五十嵐貴久

可愛いベイビー

実業之日本社

実業之日本社文庫

目次

リストラについて

1

児島《こじま》くんがトマトとモッツァレラチーズのカプレーゼにフォークを向けた。

「どう？　晶子《しょうこ》さん」

「美味《おい》しい」

「前菜がうまいと、後が期待出来るね」

トマトとチーズを合わせて口の中に入れた。本当にいつも感心することだけど、彼は食べるのが速い。

「これ、かかってるのオリーブオイルかな」

「アンチョビが入ってる……ローズマリーかタイムも」

児島くんは単なる大食いではない。お兄さんが中華のシェフをやっているというだけあって、ちゃんと味もわかる人だ。アンチョビの味を見定める辺り、さすがなものだと思った。

わたしたちは銀座のイタリアンレストランにいた。土曜日の昼下がり、店は混んでいた。つまり、デートを楽しんでいたのだ。

空はよく晴れ、春らしくほどほどに暖かい。わたしたちは世の中に数多くいる他のカップル同様、映画を見る前のランチということで、この店にやってきていた。

「いい土曜日だねえ」

児島くんがにっこり笑った。いつも彼は笑っているのだけれど、今の笑顔は特にほこほこしていた。

「仕事もないし」わたしはうなずいた。「平和な土曜日だねえ」

「同感。明日も休みだし、こんなに素晴らしいことはないねえ」

わたしたちはほほ笑み合った。周りから見れば、単なるバカップルに見えただろう。そうだ。その通りだ。わたしたちはバカップルなのだ。

「映画、何時からだっけ」

「二時半」

「今、一時過ぎか」児島くんが時計を見た。「余裕だね」

わたしたちは今話題の韓流映画、『凍《こご》える愛』を見ることに決めていた。わたしが見たがっていたからだ。主演のフィル・ウォンという韓国スターがとにかくカッコイイのだ。

しかも韓国映画お得意の、必ず泣けるラブストーリーだという。どうせ記憶喪失とかそんなことだとは思うのだが、わたしも女のはしくれで、そういうものには弱かった。

「児島くんは、『凍える愛』で良かった？」

わたしは聞いた。実は児島くんはバリバリのアクション映画ファンだ。銃撃戦があったり、ビルが爆破されたりする映画を好む。

「いいっすよ。たまには恋愛映画も見たいし」

「本当に？」

「本当に。まあ、晶子さんが主演の男を目当てにしてるっていうのが、ちょっとアレなんですけど」

「だって、フィル・ウォン、カッコイイじゃない」

「そりゃあ、まあ認めますけどね」ちょっと拗《す》ねたような表情になった。「韓流スターはやっぱ違うなあとは思いますけど」

「腹筋なんか、六つに分かれてるのよ」

「おれだって、体にはそこそこ自信あるんだけどなあ」

児島くんは大学時代、体育会山岳部にいた。彼によると、なかなかハードなトレーニングを積んできたのだという。

実際、児島くんの体格はよかった。身長百八十数センチ、体重七十五キロ、体に無駄な肉は一切ついていない。それはよく知っていた。

「何ていうのかなあ……つまり、色っぽいのよ」

「おれ、色気ないすか」

わたしたちは顔を見合わせて笑った。そんなことないよ、と手を振った。

「児島くんにも色気あるって」

「いいすよ、無理に言わなくても」

「無理じゃないって。マジで色気あると思う」

確かに、児島くんにも色気はある。仕事をしていて緊張した表情を浮かべる時など、なかなかのものだ。

ただ、フィル・ウォンには、何というか陰があって、それが独特の色気を生んでいるのだけれど、児島くんにそういう陰はなかった。笑う時には本当に子供のように笑う。また、それがよく似合う人でもあった。

結論として言えば、児島くんには陰がない。でも、その方が実際につきあうためにはいいと思う。

恋人がフィル・ウォンだったら、毎日深刻な顔をしていなければならない。そんな人とつきあうのはゴメンだ、と思っていた。

黒服を着た男が近づいてきた。目礼して、空になったカプレーゼの皿を下げる。きびきびした動きだった。

「次、何でしたっけ」

「ロブスターのフリッター」

そりゃ楽しみだと児島くんが言った。まったく、とうなずく。

どこから見ても、わたしたちは仲の良い、立派なバカップルだっただろう。わたしもそれを否定しない。

ただひとつ、普通のバカップルとは違う点があった。それはつまり、わたしたちの年齢のことだ。

わたしは今年三十八になる。そして児島くんは二十四だ。つまり、わたしの方が十四歳年上ということになる。

世の中にバカップルは数多いと思うが、これだけ女の方が年上というカップルは珍しかろう。そうなのだ。そこだけがわたしたちの悩みの種だった。

2

児島くんとつきあって、一年ちょっとになる。

その間、いろいろあった。途中、一度別れたこともあった。それでも結局わたしたちはつきあうことになって、今に至っている。

言っておくが、わたしが十四歳年下の男の子をたぶらかしたわけではない。どういうわけか、それは未《い》だ《ま》に謎なのだけれど、最初から児島くんはわたしに好意を持っていた。

わたしは何度も、わたしの方が年上であること、それも二つや三つ上なのではない、十四歳も上なのだということを繰り返して断ったが、それでもいいのだと児島くんは主張した。

わたしとしては納得しかねる部分もあったのだが、児島くんがそう言うのなら仕方がない。わたしは児島くんとつきあうことにした。それが一年と少し前のことだ。

意外なことに、わたしと児島くんの関係はうまくいった。十四歳も年下の男の子とつきあうことなど考えたこともなかったわたしは、おそるおそるという感じで交際を始めたのだが、思っていたより児島くんは遥《はる》かに大人だった。しっかりした考え方を持つ男性と言えた。

そしてもっと重要なことは、何よりも二人でいると楽しいという事実だった。わたしと児島くんとは、なぜかはわからないけれど相性が合った。

わたしたちにはジェネレーションギャップというものがあるはずだが、今日までそれを感じたことはない。わたしが子供なのか、児島くんが大人なのか、とにかく二人でいて言葉に詰まるようなことはなかった。

どんなことでもわたしたちは一緒に笑い合えた。ユーモアのセンスが似ているのかもしれないが、とにかく笑ってばかりだった。

もちろん、ヘビーな話題のこともある。例えば仕事で困難にぶつかっているというような話もある。

だけど、それをお互いに話し合うと、なぜか結論はいつも笑いだった。頑張ってやりましょう。それが二人の合言葉だった。

愛があれば、と世間は言う。愛があれば、喜びは二倍になるし、悲しみは半分になると。

わたしたちの場合、喜びは十倍になり、悲しみは吹っ飛んでいった。そこには年齢差も何もなかった。よくできたカップルと言えただろう。

趣味も合った。バリバリ体育会系の児島くんと、インドア派のわたしが、どうして趣味が合うのかよくわからないが、とにかく合うのだから仕方がない。

とりあえず、わたしたちは食べることについて意見が合った。わたしも児島くんも、食べることが好きだった。

別に高級な料理が好きだということではない。いや、高級なレストランも好きだが、時にはラーメンを食べたくなることもある。そういう気分のようなものを、わたしと児島くんは共有することができた。

お腹空《なかす》いたねえ。何食べようか。牛丼はどう？　いいっすねえ。

そんな会話がエンドレスで続いた。女子だって、たまには牛丼をかきこみたい時がある。それを児島くんはよくわかっていた。

いつもいつもフレンチのフルコースでは間がもたない。もちろん、財布もだ。お金があればあったなりに、ないならばないなりに、わたしたちは食事を楽しむことができた。

無理してない？　と児島くんに聞いたことがある。わたしに気を遣《つか》って、合わせていないのかという意味だ。

とんでもない、という答えが返ってきた。むしろ、晶子さんの方が無理してるんじゃないかと思っていたという。わたしに関して言えば、そんなことは一度もなかった。

別の例を上げてみよう。わたしは政治とか宗教が苦手だ。総理大臣の名前ぐらいはさすがに知っているが、他の大臣についてはまったく知らない。だいたい、省庁に何があるのかもよくわかっていない。それがわたしだ。

宗教については、語ることさえない。わたしの実家も、おそらくは仏教の宗徒ではあると思うのだけれど、何宗かすら知らない。

宗教はともかくとして、政治については児島くんも何か一家言あるだろうと思っていたが、聞いてみると児島くんはわたしに負けず劣らず無知だった。全然興味がないんです、というのが児島くんの返事だ。そういうものなのか。

大の大人がそれでいいのか、という意見もあるかも知れないが、わたしも児島くんも政治についてポリシーはなかった。まったく興味はない。

もちろん、細かいことを言えば差異はある。例えばわたしは児島くんがＡＫＢ48について興味があることを知っている。わたし個人はＡＫＢ48について何の思い入れもない。

わたしは地図が読めない。かなり重度の方向オンチだ。

児島くんは真逆だった。行ったことのない場所でも、車で行けてしまう。

児島くんは絵がわからない。わたしたちは時々美術館デートなどもするのだが、児島くんは退屈しているだけだ。絵を見るのはわたしの趣味だった。

挙げていったらきりはないが、わたしたちにも多くの好みの差はあった。だけど、そんなこと気にしていたらつきあえない。

お互いに譲《ゆず》れるところは譲って、お互いのやりたいことをやりたいようにしていた。そしてそれが気にならない関係だった。

「理想的じゃないの」

わたしの友人の一人は、わたしたちの関係性についてそう言った。その通りだ。わたしたちは理想的なカップルだった。ただひとつ、年齢という問題を除いては。

3

実際問題として、わたしたちの間では年齢差など、どうでもいいことだった。ただし、それはあくまでも二人の中においてはの話だ。

わたしたち個人にとっては問題なくても、もっと違う視点というものがある。それはつまり世間であり、もっと具体的に言えば親だった。

まずわたしの父だ。父はわたしたちの交際について、猛反対という立場を取っていた。父に言わせれば、わたしたちの関係はバランスが悪いということになる。女の方が十四歳も年が上なのは、バランスが取れていない組み合わせだというのが父の意見だった。

父は今まで生きてきた人生の中で、数々のバランスの取れないカップルを見てきたと言った。そして、その大半がうまくいかなかったことを語った。

長く生きている人の言葉には説得力がある。父の言うことはそれなりにわかった。

児島くんという人の人間性を言っているのではない、と父は強調した。児島くんがいい人であることはわかる。人間として好ましいと思う、とも言ってくれた。

だが、その年齢がいけない、と父は言葉を続けた。あまりにも若い。若すぎる、ということだった。

「今はいい。年齢差をお互いの努力で埋めることもできるだろう。だが、十年後はどうか。二十年後はどうか。そこまで考えていなければ、つきあうことはできない」

二十年後、わたしと児島くんがうまくやっていけるのかどうかは、まったくわからなかった。その点では父の意見も正しいところがある、とわたしは思っていた。

そしてわたしの母だ。母は今時珍しいぐらいに古いタイプの女性で、だいたいにおいて父の意見に従う。そしてそれは今回もそうだった。母は世間体という言葉を使って、わたしたちの関係に反対した。

「晶子、あんたはいいわよ。あんた個人のことだから、自分で責任を取れればそれでいいと思うの。だけどね、世間様は違う。十四歳も年下の男性とつきあってるなんて、世間体が悪いじゃないの」

母の言う世間というのが、どの辺りを指しているのかはよくわからないのだが、これまた母の意見にも一理あるだろう。どんなことを言われるのかわかったもんじゃない、というのはわたしも思っていたことだった。

そして児島くんのお母様。はっきりとは言わないけれど、消極的に反対なようだった。児島家は明らかな女家族だ。お祖母《ばあ》様もまだご健在で、児島くんのご両親と一緒に暮らしている。

そして、児島家はお父様、お母様、お姉様、お兄様、妹さん、という家族構成だった。ただし、お兄様は修業ということで、上海《シャンハイ》だか北京《ペキン》だかに行っていて、家にはいない。つまり、児島家にとって、男の子は児島くんだけということになる。

その意味で、お母様にとって児島くんは目に入れても痛くない男の子だった。ところが、その息子が連れてきたのが十四歳も年上の女だというのだから、あまり気分的にはよろしくなかったようだ。

気持ちはわかる。もうちょっと誰かいるでしょうに、ということだ。

若ければいいというものではない。それは児島くんのお母様もわかっていることだろう。

　だからといって年上にもほどがある。それが児島くんのお母様の意見のようだった。

　唯一、わたしたちの味方は児島くんのお父様だった。どういうわけか知らないが、お父様はわたしのことを気に入ってくれたらしい。いいんじゃないのか、と聞きようによってはひどくいい加減な感想を述べた。

「人生は一度きりだ。好きになった人と好きなようにつきあえばいい。たとえそれが年上の女性であったとしても、好きになった気持ちが大事だ」

　お父様は児島くんにそう言ったという。親父《おやじ》は年齢差について何かコメントはないの？　と児島くんはお父様に聞き返したらしい。それに対する答えはこうだった。

「おれもお前の歳《とし》ぐらいの時、五歳上の女性とつきあったことがある……その、なかなかいいもんだ、年上の女性は」

　真剣なのか冗談なのかわからないが、そう言ったらしい。理由はどうあれ、児島くんのお父様はわたしたちの味方だった。それが唯一の救いといえた。

　では、周りの友人たちの反応はどうだったか。わたしに関して言えば、非常に好評だった。

　例外もいたが、おおむね羨《うらや》ましいとか、あやかりたいとか、そういう言葉でわたしは誉《ほ》めそやされた。中には、児島くんの友人を紹介しなさいという注文まであった。

わたしの友人はもちろんわたしと同年輩だ。若い子がいい、というのはよくわかるが、それなりに大変なのだということをわたしは説明した。

「ファッションとかメイクとか、やっぱり大変なのよ。少しでも若く見せないと、何なのアレ、ということになっちゃうでしょ」

それは事実だった。わたしは児島くんとデートする時、普通の二倍から三倍の時間をかけてメイクをし、洋服を選んでいた。

児島くんは肌もぴちぴちだし、明らかに若い。そんな彼氏と釣り合うように見せるためには、それなりの努力が必要だった。

ただし、悪いことではない、と思っている。年下の彼氏を持つと、独特の緊張感がある。それは、若く見られたいという願望だ。

何歳になっても、若く見られたいという思いは大事だろう。だから、児島くんとつきあうことは、わたしにとって重要だった。

さて、それでは児島くんの周りはどうだったか。信じ難いことだが、こちらもおおむね評判は良かった。

わたしは児島くんの友人に何度も紹介されたことがある。彼らはわたしと会い、わたしという女性を見て、一様にいいなあ、と言った。

言っておくが、わたしはそれほど美人ではない。正直なところ、中の中というところだ。どこにでもいる三十八歳のＯＬ。それがわたしだ。

だが、そんなわたしとつきあっている児島くんに対して、誰もがいいなあと言った。うまくやりやがって、というような声も聞かれた。

なぜなのか。それは時代の声というべきかもしれない。

今、草食男子というものが増えているという。詳しい定義はよくわからないが、女性に対してやや消極的な男性ということだろう。

そんな時代の子供である彼らにとって、十四歳年上のお姉様というのは、何か安心できるものがあったようだ。それは母親に対する気分と同じことかもしれない。

児島くんの周りにいる友人たちが、皆マザコンなのか、というとまた違うような気もするが、とにかくどうあれわたしについての評価は高かった。ありがたいことだ。

周りの反応はそんなところだった。そんなことには関係なく、わたしたちはつきあっている。そして、二人の関係はとてもうまくいっていると言っていい。

わたしたちは週末になるとデートをし、愛情を確かめあっていた。二人の関係はうまくいき、この時間が永遠に続くと思っていた。そんなふうにして四月が終わろうとしていた。

4

わたしが勤めている会社は銘和《めいわ》乳業という。主に乳製品を扱っている会社だ。ぶっちゃけ大企業といっていいだろう。東京本社、大阪支社、その他全国の支社を合わせると従業員は関連会社を含め二千人を超える。

社風は、どちらかというと地味だ。派手なことを嫌うその体質のおかげで、無駄な資本投下をしなかった。そのためか、この不景気の中でも毎年僅《わず》かずつではあるが、業績をアップさせ続けている。

世間は何だかんだ人件費削減とか交際費カットだとか言っているが、銘和はもともと交際費を使わないことで有名だった。人件費の方はそれなりに抑えられてはいるものの、どういうわけか社員の給料はちゃんと毎年昇給がある。別に組合が強いわけではないのだけれど、社員に優しいのも銘和の社風だった。

例えば、社員それぞれの誕生日には会社から花が贈られる。そのため、グループ会社の中には花屋まであるほどだ。

　さて、そんな銘和乳業という会社で、わたしは働いている。去年の暮れに大きな組織改編があり、それまでの部制から局制に変わっていた。わたしの部署は東京本社宣伝広告局宣伝部といって、わたしの肩書は宣伝部第二課長だ。

　直属の部下は六人いる。宣伝課は第一課から第四課まであり、女性課長はわたしだけだった。

　女性課長が珍しいかというと、実はそうでもない。銘和は男女雇用機会均等法が生まれる前から、男女の区別なく平等に社員を評価する会社だった。

　手っ取り早いところでいえば、わたしたち宣伝部から別のフロアに移った広報部の部長は女性だ。そして彼女が担当している四つの広報課のうち、二つの課の課長が女性だった。

　宣伝広告局だけではない。会社の中でも花形というべき営業局は、担当役員と局長こそ男性だけれども、三人いる部長のうち二人が女性だ。

　簡単に言うが、営業の担当部長が女性というのは、同業他社でも珍しいといわれる。それほどまでに銘和は女性にとって働きやすい会社だった。

　その中で、わたしは三十八歳、総合職、宣伝課長という役割を担っていた。年齢とキャリアから考えて、これは平均的なポジションだ。

　わたしよりもっと若くて課長職に就《つ》いている者も少なくない。もちろん、四十を超えて課長という人もこれまたいっぱいいる。正直な話、銘和乳業という会社はもともと肩書を安売りする傾向があり、課長代理とか専任課長とかは山のようにいる。
いいのか悪いのかわからないけれども、とにかくそういう会社だった。そんな会社の中で、わたしは宣伝課にいる。

　これがまた微妙なところで、ラインかといわれればそうではない。会社の二本柱は営業部と商品開発部で、宣伝部というのはあくまで脇役だった。

　もちろん、宣伝広告局というぐらいだから、局長もいるし、その上には役員もいる。ただ、なかなかそれ以上にはいけないというのが実情だった。わたしはその微妙な部署で、これまた社的に微妙な位置にある健康食品部門の宣伝を担当している。

　銘和というのは社名に乳業がつくことからもわかるように、乳製品を扱うことがメインの会社だ。早い話が牛乳を売っている会社と考えてもらっていい。この先、どういうことがあろうとも、牛乳を売ることが本業であることには変わりがないだろう。

　ただ、こういうご時世だ。明治の昔ならともかく、今は牛乳を売っているだけでは会社は回らない。乳製品全般にわたって会社はさまざまな商品の開発に取り組んでいるのだが、十年ほど前から健康食品関連の商品が開発されるようになった。

要するに、乳製品を研究していたところ乳酸菌とかビフィズス菌とかについて新しい発見がなされ、それを使って新商品が生み出されることになったのだ。

最初はいかにも銘和らしく、会社の片隅で細々と始まった事業だったが、世の中は挙げて健康ブームだ。銘和にはユーザーからの信頼と、創業以来の長年の経験と蓄積があった。あっと言う間に商品開発部には健康食品専門の研究チームができ、続々と健康食品に関する新商品が生まれることとなった。

会社もそれを放っておかなかった。健康ドリンク、サプリメント、その他様々な商品を取り扱うこととなり、それ専用の営業部も作られた。今では全社売り上げの十五パーセントほどを健康食品関連商品が占めている。

勢いがあるといえばその通りなのだけれど、傍系といえば傍系の商品ではあった。わたしはその末端で健康食品の宣伝を担当している。

予算には限りがあり、マンパワーも不足気味だ。もうちょっと何とかしていただきたいものだと毎日思っているが、なかなか思うようにはいかない。わたしはそんな部署で働いていた。

5

児島くんの会社についても触れておきたいと思う。

児島くんはPR会社、青葉《あおば》ピー・アールという会社で働いている。身分は契約社員だ。

PR会社とは何ぞや、という話なのだけれど、世の中は電勇《でんゆう》や博要堂《はくようどう》というような巨大な広告代理店がすべてを仕切っているわけではない。もっと細々とした、ニッチなビジネスがあり、それには専門の会社がある。

つまり、巨大広告代理店が扱わないような部門があるということだ。青葉ピー・アール社というのは、そういう細かい宣伝を引き受ける会社だった。

銘和乳業と青葉ピー・アール社との関係は古い。わたしの知っている限り、わたしの入社前から青葉ピー・アール社はうちの会社に出入りしていたという。

児島くんは大学卒業直前、不運なことに内定していた会社が倒産するという騒ぎに巻き込まれ、一種の失職状態に陥っていた。そんな彼のことを契約社員として採用したのが青葉ピー・アール社だった。

そして、いろいろとあったのだけれど、偶然や運が重なり、児島くんはめでたく青葉ピー・アール社の最大のクライアントである銘和乳業の担当となった。わたしと関わりができたのはそのためだ。

一年半前、わたしは広報課にいて、青葉ピー・アール社とは関係が深かった。児島くんは毎日うちの会社にやってくる。担当している会社なのだから当然だ。そして担当者はわたしだった。

児島くんは若い割に仕事ができる。ただ、もちろん経験は浅い。わたしに対して教えを請うことも少なくなかった。

わたしは広報課が長く、正直いってお局さま的ポジションにいた。出入り業者に対して、何か教えるのはやぶさかではない。

そんなふうにして、わたしたちは親しくなっていったのだが、それは銘和と青葉ピー・アール社の関係があったからだ。とりあえず両社に感謝しておこう。

この数カ月、表立った問題はなかった。仕事は何となくうまく回っている。そう思っていた。

だが、それは甘かったようだ。四月の最終週、木曜日、とんでもないことが起きたのだった。

6

木曜日の朝、わたしは部課長会議に出ていた。これは毎週の慣例で、いわゆる報告会だった。

今週、役員会や部長会で何が話し合われたのか、現在のわたしたち四課の仕事の進捗状況はどうなのか、社員の慶弔関係で何か新しく起きたことはないのか、まあそういったところだ。

今、わたしたちの部長は是枝《これえだ》という人で、これは去年の十月人事で決まったことだった。それまでは宣伝局の執行役員である秋山《あきやま》という人が部長を兼任していたのだが、さすがにそれはあんまりだろうということで、新しい部長としてやってきたのだ。

是枝部長は四十五歳で、これといって癖《くせ》はない人だ。何事に対しても万事鷹揚《おうよう》で、良きにはからえ的なところがある。わたしたち課長職にとっては、ちょっと頼りないがやりやすい上司といえた。

前の秋山部長は、最近珍しい決断と実行の人で、リーダーとして宣伝部をぐいぐいと引っ張っていくタイプだった。頼れる上司ナンバーワンということで、部下たちの信頼も厚く、名部長といえたから、その後任である是枝部長はさぞかしやりにくかろうと思っていたのだが、本人は前任者のことをあまり意識していないようだった。なかなか得難い人材といえるだろう。

会議で、わたしには報告することがあった。これは一年前から決まっていたことなのだが、新しい健康ドリンク〝ツバサ〟が今年の六月末に発売されることが正式に決定し、その宣伝方針を改めて皆の前で話さなければならなかったのだ。

〝ツバサ〟は全方位型健康ドリンクということで、マルチビタミンがその中に成分として入っている。銘和期待の新ドリンクだ。

〝ツバサ〟の大きな特徴は、コンビニでしか買えないというところで、これは銘和という会社にとっても初めてのことだったが、販売をコンビニチェーンだけに絞っていた。もちろん、宣伝もその点を強調することになっている。

初出荷数は五十万本、年内に百万本を目指すというのが〝ツバサ〟の目標だった。かなり大きなプロジェクトといえるだろう。

当然、テレビスポットも大量に流す。わたしたち二課には巨額といっていい宣伝費が投入されていた。

正直なところ、銘和はコマーシャルが苦手な会社だ。派手なことが嫌いで、いい商品なら必ず売れるという考え方をしている。

確かに、昔はそうだったのだろう。銘和といえば信頼できるブランドというイメージがあると言われていた。

だが、もう平成だ。コマーシャルが苦手だとか、そんなことを言っている時代ではない。新商品発売に向けて、宣伝の充実は絶対に必要なことだった。

会議が終わり、わたしたちは会議室を出た。今度は課会が待っている。

今の部課長会議で話し合われたことを、課員に伝えなければならない。繁雑《はんざつ》ではあったが、仕方のない手順だった。

わたしが席に戻ると、全課員六人が待っていたが、もう一人わたしを待っている人がいた。児島くんだ。

児島くんがわたしのデスクの前にぽつんと立っていた。おはようございます、とわたしは挨拶《あいさつ》した。おはようございます、と児島くんが深々と頭を垂れた。

言うのを忘れていたが、わたしと児島くんがつきあっていることは、会社の人間には秘密だった。もしバレたら、何を言われるかわからない。銘和は噂《うわさ》好きの会社でもあった。

「どうかしました？　何か約束してましたっけ」

わたしは言った。いえ、と児島くんが首を振った。

「ただ、報告したいことがありまして」

児島くんとわたしは皆の前では丁寧語で話す。当然のことだった。

「何でしょう。今、ちょっと忙しいんですけど」

いつもなら、わたしがそう言えば、じゃあ出直しますという児島くんが珍しく頭を振った。何だろう。よほど重要な話なのか。

「川村《かわむら》課長がお忙しいのはよくわかってます。ですが、二、三分お時間をいただけないでしょうか」

児島くんが真剣な表情になった。何、何なの児島くん。わたし、何かしたっけ。

「今、話す?」

「できれば」

児島くんが歩きだした。わたしとしてはついていくしかなかった。非常階段に出ると、そこには誰もいなかった。児島くんが振り向いた。

「すいません、忙しいのに」

「ううん、いいの。ちょっとだったら大丈夫だから」

すいません、と児島くんがまた頭を下げた。どうしたのよ、とわたしは言った。

「いや、実はですねえ」

児島くんが口を開いた。頬《ほお》には苦笑が張り付いている。いったい何があったのか。

「はっきり言います。実は、ぼく、御社の担当から外れることになりました」

そうなの？　わたしは驚いた。いったいなぜ。青葉ピー・アール社に何があったのか。

「ていうか、晶子さん、参りましたよ」

児島くんが肩をすくめた。いったいどうしたの、とその肩に手をやった。

「いや、ぶっちゃけるとさ、おれ、クビになった」

混乱した。児島くんの言ってることが理解できない。機械的に彼の言葉を繰り返した。

「クビ?」

うん、と児島くんがうなずいた。

「リストラだって。正社員を辞めさせるにはいろいろ問題があるでしょ？　だから、とりあえず契約社員を切るんだってさ」

「何なの、それ」

わかんないねえ、と児島くんが言った。

「今朝、突然通告されてさ。一応、何とかならないでしょうかって聞いたんだけど、すいませんって頭下げられちゃってさあ」

「ひどい。抗議するわ」

「まあ、しても無駄だと思うけど。ぼくだけじゃないんだよ。契約社員八名、同時に首切りだって」

「それでいいの？」

「よくはないけどさ。仕方ないんじゃないの。あの会社、最近業績落ち込んでたからなあ」

児島くんにはそういうところがある。性格が良すぎて、損をしてしまうようなところだ。

「冗談じゃない」わたしは言った。「あなたをクビにするなんて、とんでもない会社だわ」

「まあまあ、晶子さん、落ち着いて」

「落ち着いてなんかいられないわよ！」

これは事件だった。事はわたしたち二人の交際にまで関連してくる。

持っていたポーチを開いて、携帯電話を取り出した。青葉ピー・アール社に電話をしなければ。

わたしは憤激していた。児島くんが心配そうに見つめていた。

挨拶について

1

結論から言うと、わたしの電話は無駄だった。

わたしは段をふたつばかり飛び越えて、青葉ピー・アール社の大崎《おおさき》という役員に電話を入れ、いくら契約社員とは言っても不当解雇ではありませんかと直訴したのだが、本当に申し訳ないという答えが返ってくるばかりだった。

詳しく聞くと、青葉ピー・アール社は契約社員の採用に当たり、一カ月前に契約解除の通告をすれば、平たく言えばクビにできる契約を結んでいるという。今時そんな奴隷《どれい》のような契約が有効なのかどうか、わたしにはよくわからないが、とにかく児島くんはその契約書にサインしていた。つまり、今朝通告された解雇通知は、一カ月後に適用されるということだ。

とはいえ、一カ月後にクビになる人間に、大事なクライアントの担当を任せておくわけにはいかない。一月分の給料を先に支払うから、おとなしく辞《や》めてほしい、というのが大崎役員の返事だった。

　わたしにはもっと言いたいことがあったのだけれど、それを言うと明らかにおかしいので、それは止《や》めておいた。だいたい、契約社員が担当から外れるというだけで、最大手のクライアントとはいえ、一課長が役員に電話をすること自体相当おかしな話だ。諦《あきら》めざるを得ない。

「ゴメン、児島くん……ダメだった」

　晶子さんが頭下げることないですよ、と児島くんが手を振った。

「晶子さんには何の関わりもないことだし」

「関わりはあるわよ……その、つまり、児島くんの問題はあたしの問題でもあるわ」

「そりゃそうかもしんないけど」児島くんが笑った。「まあ、決まったことはしょうがないじゃない」

「児島くん、それでいいの？　あっさり諦めるわけ？」

「まあねえ……せっかく慣れてきたし、仕事もそこそこ面白くなってきたところだから、残念といえば残念なんだけどさ」

　このへんは児島くんも今時の男の子だ。仕事というものにそれほど執着はないようだった。

「まあ、とりあえず、今月分の給料はもらえるみたいだから、何とかなるでしょ」

「あたし、探すわ。あなたを雇ってくれそうな会社」

「そうっすねえ……お世話になるかも」

児島くんが腕を組んだ。わたしはその手に触れた。

「代理店とか、聞いてみる。青葉ピー・アールなんて小さな会社にいることないわよ。もっと大きな会社に入って、見返してやんなさい」

「まあ、会社の大小はどうでもいいんですけど」

児島くんには欲がない。それもまた今時なのかもしれないけれど、偉くなるとか出世するとか給料をたくさんもらうとか、そういうことには興味がない人だった。

「まあ、できれば銘和さんとつきあいのある会社がいいですけど」

「どうして?」

「そりゃ、晶子さんがいるからに決まってるじゃないですか」

バカ、とわたしは児島くんを叩《たた》いた。冗談ですよ、と児島くんが言った。

「でも、まあ、まるっきり冗談っていうわけじゃないけど。だって、その方が楽しいと思わない?」

「……まあ、思う」

わたしは渋々ながらそれを認めた。これからは児島くんと毎日顔を合わせることがなくなってしまうのだ。それを考えると気分がブルーになった。

「自分でも探してみますよ。広告系の会社で、どっかいいところがないか」

「そうね……それはその方がいいと思う」

「あんまり心配しないでください。まだ若いし、何やったって食えますよ」

「肉体労働とか？」

「ああ、いいっすねえ。宅配便の会社とか入ろうかな。体使う仕事、好きなんですよ」

わたしは首を振った。宅配便関係の仕事はメチャクチャ忙しいのを知っていたからだ。

「長くは続かないわよ」

「まあねえ……それはその通りなんだけど」

「せっかくＰＲ関係の会社にいたんだから、その経験をうまく使える会社に入るに越したことはないと思う」

「そりゃそうだ」

非常階段を下りてくる足音が聞こえた。わたしは児島くんのことをちらりと見た。

「そろそろ戻らないと」

「うん」

「会議なのよ、これから」

わかってます、と児島くんが答えた。

「頑張《がんば》ってください」

「いつでも連絡ちょうだい」

「はい」

「今夜、会う?」

「いいっすねえ。失職のお祝いでもしますか」

「何のんきなこと言ってるのよ」

足音が近づいてきた。わたしは最後に児島くんの手を握って、その場を離れた。児島くんが小さく手を振っていた。

2

その日の夜九時、わたしと児島くんは新宿のバーで待ち合わせをしていた。いつもならもっと早い時間から会うのだけれど、児島くんが引き継ぎがあるので、こんな時間になったのだ。

九時二十分、ネクタイを外した児島くんが店に入ってきた。明らかに疲れている様子だった。

「お疲れさま」

わたしは声をかけた。いやあ、と児島くんがジャケットを脱ぎながら、カウンターにいたわたしの隣《となり》に座った。

「すいません、黒ビールください」

児島くんのオーダーに、カウンターの奥でバーテンがうなずいた。

「遅くなって、すいません」

軽く頭を下げた。いいのよ、とわたしは手を振った。

「いろいろ大変でしょ」

「まあねえ……細かい作業がもろもろと」

児島くんの最大のクライアントは、わたしの会社、銘和乳業だが、もちろんうちだけを担当しているわけではない。前に聞いたことがあったが、児島くんが担当しているのは大小取り混ぜて三十社ほどということだった。それらをすべて後任に引き継いでいくというのだから、これは大変な作業だろう。

「明日、新しい担当者を御社に連れていきたいんですけど、いいですか」

児島くんが言った。青葉ピー・アール社を使っているのは、わたしだけではない。宣伝、広報、いずれの部も青葉ピー・アールと組んでいる。うちの会社だけでも会わせなければならない人は十人以上いるだろう。

「あたし、明日は会社にいるわ」

「よかった」

児島くんがスマホを取り出して、何やらボタンを押した。ちなみに、わたしはスマホを使っていない。買おうと思ったことすらない。そういう児島くんの姿を見ていると、何というかジェネレーションギャップを感じてしまう。

「明日は銘和さんだけで終わっちゃいそうだな」

児島くんがジョッキの黒ビールに口をつけた。

「人だけは多いからね」

ため息をついた。まあまあ、と児島くんがわたしの肩を叩いた。

「しょうがないっすよ」

「児島くんはさあ、悔《くや》しくないの？」

悔しい？　と児島くんが首を傾けた。

「悔しいっていうか、残念だなあっていうのはありますけど」

「残念？」

「いろいろ、御社と進めていた仕事があるじゃないですか。途中なのもあれば、始まったばかりの件もある。それが終わるところまで見届けられないっていうのは、やっぱりちょっと残念というか」

「気持ちはわかるよ」

　わたしはディタオレンジをひと口飲んだ。まあ、しょうがないすけど、と児島くんが言った。

「社会に出たら、理不尽なこともあると思ってましたから」

「それにしてもひどいわね、青葉ピー・アール」

「仕方ないっすよ。不景気ですから」

　確かに、どこもかしこも不景気だ。いい話などめったに聞かない。だが、だからといって、末端の契約社員を全員クビにする会社ってどうなのよ、という話だ。

「もっと児島くん、怒ってもいいと思うな。だって、あなたすごく真面目《まじめ》に働いてたじゃない。一生懸命やってたじゃない。あたし思うんだけど、児島くんって仕事できる方だと思う、それなのにそんなに簡単にクビにするなんて、どうかしてるよ」

「そういう会社なんですよ」

「それ言ったら、おしまいなんだけど」

何か食べない？　と聞いた。実を言うと、わたしはもう既に夕食を済ませていた。おつまみ程度ならつきあえるけど、と言った。

「言われたら、何か腹減ってきたな」児島くんがフードメニューを開いた。「……すいません、マルゲリータピザください。あと、小エビのカクテルサラダも」

あと、何にしようかな、とメニューをめくっていく。幸いなことに、この店は食べ物も充実していた。

「金、あるんですよ」

唐突に児島くんが言った。どういう意味？　とわたしは聞いた。

「今月の給料が二十五日にもらえるでしょ。それから、来月分の給料もまるまる出るんです。あと、これ」

児島くんがジャケットの内ポケットから封筒を取り出す。中に手をやると、一万円札が十枚出てきた。

「退職金です。先払いでもらいました」

「それはそれでいいけど、来月が終わったら？」

「ま、プー太郎ですな」

落ち着いた口調だった。何を達観しているのだろう、この人は。

「プーじゃ困るのよ」

「わかってますって。すぐに次の仕事を見つけますから」

履歴書買わなきゃ、と児島くんが笑った。

「知ってる？　児島くん。昨日ニュースでやってたんだけど、今、新卒の大学生の五人に一人が定職につけないんだって。そういう時代なのよ」

「わかってます……何となく」

「甘く考えない方がいいと思うな」

「頑張ります」

そう言った児島くんの前に、小エビのカクテルサラダが出てきた。取り皿ください、と児島くんがフォークを手にした。

3

翌日十時、児島くんがうちの会社にやってきた。若い女の子を一人連れていた。

児島くんは宣伝部の中に入ってくると、まず部長席に行った。是枝部長と何か話している。女の子が名刺を出して頭を下げているのが見えた。

まあ、ちょっとこっちへ、と是枝部長が来客用のソファに二人を誘った。児島くんと女の子がおとなしく座った。

何か話している。もちろん、児島くんが新しい担当者の紹介をしているのはすぐにわかった。

「相馬《そうま》くん」

是枝部長が宣伝第一課長の名前を呼んだ。何でしょうか、と相馬課長が近づいた。是枝部長が何か説明している。そうなんですか、という声が聞こえた。

相馬課長が名刺を出して、女の子と交換している。しばらく会話を交わしてから、わたしの名前を呼んだ。

「川村課長」

「はい」

立ち上がって、ソファのところへ行った。残念ですねとか何とか、相馬課長がつぶやいていた。

「川村さん、あのね、児島さんが会社辞めるんだって」

是枝部長が言った。そうなんですか、とわたしは児島くんの方を見た。もちろん知っているのだけれど、ここは初めて聞いたことにしないと話が面倒になる。

「はい、辞めることになりました」

児島くんが頭を下げた。残念ですねえ、とわたしも相馬課長のように言った。

「どうして辞めるんですか？」

いやまあ、いろいろありまして、と児島くんが頭を掻《か》いた。深く突っ込んで聞くのも違うだろうと思って、わたしは何度かうなずいた。

「川村さんのところも、青葉さんとは一緒に仕事してたよね」

是枝部長がわたしを見る。はい、と答えた。

「新商品〝ツバサ〟の件で、青葉さんとは一緒に動いてます」

「うまくいってる？」

「はい、まあ、何とか」

「ねえ、せっかくうまくいってたのに、参ったよね」是枝部長が苦笑した。「だけど、まあ仕方ない。児島さんの人生だもの。わたしらが口を挟《はさ》むことじゃないよね」

「そうですね」

「それで、後任なんですが」児島くんが会話に割り込んできた。「青葉ピー・アールの社員で、竹下《たけした》といいます」

女の子が名刺を差し出した。二十五、六歳ぐらいだろう。整った顔立ちをしている。とても真面目そうな子だった。

「竹下と申します。よろしくお願い致します」

頭を深く下げた。わたしは手に持っていたポーチから名刺入れを取り出した。

「宣伝二課の川村です。こちらこそ、よろしくお願いしますね」

水越《みずこし》くん、とわたしは呼んだ。広報課時代から一緒だった部下の水越は、どういうわけかわたしの後を追うようにして、宣伝部に異動となっていた。

「何すか」

昔からそうだが、水越にはやる気が感じられない。口ばっかりで、手を動かさない。宣伝二課の中でもワースト社員だったが、〝ツバサ〟の担当者でもあった。

「児島さん、青葉ピー・アールを退社されるそうよ」

「マジ？　児島くん、何で？」

確かに水越の方が年上だから、くん付けでもいいのだけれど、他社の人間だ。くんはないだろう、とわたしは一人で勝手にイライラしていた。

「まあ、いろいろありまして」

児島くんはリストラについて、詳しい説明をしなかった。どうやら会社からそれについて話すのを禁じられているようだった。

「何だよ、言ってよ。何、どっか転職するの？」

水越は遠慮という言葉を知らない。他人のプライベートにずかずかと足を踏み入れていく。いつか注意をしなければならないだろうと思った。

「それで、後任の竹下さん。〝ツバサ〟については彼女と組んでもらうことになると思う」

わたしは早口で説明した。水越が竹下さんの方を見た。目が輝いた。

「ちょっと……すぐ名刺持ってきます」

水越は美人に弱い。児島くんとは親しくしてるようだったが、後任者が美人ということで、とりあえず張り切ってしまったのだろう。自分のデスクに行って名刺を一枚持ってきた。

「そうすか、竹下さんすか。よろしくお願いしますね」

よろしくお願い致します、と竹下さんが深く頭を下げた。いや、そんな、とか訳のわからないことを言いながら、水越が名刺をしげしげと見つめた。

「かなえさんっておっしゃるんですね」

「はい」

わたしは手の中の名刺を見た。そこには竹下かなえという名前が記されていた。

「いい名前ですね」

「そうでしょうか……自分ではよくわかりません」

竹下さんが首を振った。なかなか謙虚な女性のようだ。

「相馬くん、三課と四課の人間も呼んでくれないか」

是枝部長が言った。その時、わたしたちの横を通り過ぎていった背広姿の男性がいた。秋山役員だ。

わたしは後先考えず、児島くんの腕を引っ張り、秋山役員に近づいた。

「おはようございます」

頭を下げた。驚いたように秋山役員が顔を上げた。

「おはよう。どうした」

実は、わたしはこの秋山役員が宣伝部長だった頃、一度つきあっていた。秋山氏は何しろ社内人気も高い素敵な男性だ。年齢もわたしとは釣り合っている。

だがわたしは結局この人を振って、児島くんと元の鞘《さや》に収まった。どうしてなのかは自分でも謎だ。

「青葉ピー・アールの児島さんです」

わたしは言った。知ってるよ、と秋山役員が微笑《ほほえ》んだ。

「いつもすいませんね。お世話かけます」

秋山役員は威張らない人だ。自社の社員にも優しいように、他社の人間に対してもいつも丁寧《ていねい》だった。

「児島さん、青葉ピー・アールを退社するんです」わたしは報告した。「しかも、自己都合じゃなくて、会社都合で」

「どういうこと？」

「リストラされたんです。契約切りです」

わたしの方から言ってしまうことにした。多くを語らなくても、秋山役員は何かを察したようだった。それはそれは、とつぶやいた。

「災難でしたね」

「突然のことで」児島くんが言った。「こっちもびっくりしてます」

「いつから？」

「昨日通告されました。契約では、一カ月後に辞めなければなりません」

「そうですか。厳しいね」秋山役員が舌打ちした。「聞いてますよ。ずいぶん一生懸命うちのためにやってくれたって」

「児島さんがいなかったら、大変でした」

わたしは言った。うんうん、と秋山役員がうなずいた。

「地味だけど、底支えするプロモートがなければ、商品の宣伝なんてできないもんな」

「そうです。おっしゃる通りです。それなのに、青葉ピー・アールは児島さんをリストラするんです。弱い契約社員のクビを切って、それで経費節約とかいって喜んでいるんです」

「いや、別にそこまでは……」

児島くんが遠慮がちに口を挟んだ。それでもわたしは冷静になれなかった。

「まあ、川村さんが怒るのもよくわかるよ。とはいえ、他社の方針だからね。我々が口出しするわけにもいかない」

秋山役員が児島くんを見た。はい、と児島くんがうなずいた。

「次は決まってるの？」

「いえ、全然」

「まあ、君のような人なら、すぐ次が見つかりますよ。心配しなさんなって」

「はい」

「児島さんは、やっぱりＰＲ会社がいいわけ？」

「まあ……働いていましたから、やりやすくはあると思います」

「声かけてみるよ」秋山役員がわたしに目をやった。「代理店とか、そういう会社に」

お願いします、とわたしは頭を下げた。なぜよその会社のたかが契約社員のために、そこまでしなければならないのかとツッコミが入りそうだったが、そんなことを気にしている余裕はなかった。

「児島さん」是枝部長の呼ぶ声がした。「三課の連中、来たよ」

失礼します、と言って児島くんがその場を離れた。わたしはもう一度、よろしくお願いしますと秋山役員に頭を下げた。

4

その日一日かけて、児島くんは銘和の社員に挨拶回りと引き継ぎをしていた。簡単に言うが、二十人ぐらいの人と会ったのではないだろうか。

退社の挨拶をして、竹下さんを引き合わせる。もちろん、現在進行中の仕事の話などもあるから、数分で終わるものではない。

そして児島くんは優しい人だったから、竹下さんに対しても引き継ぎに当たって万事問題がないように作業を行っていた。ちょっと丁寧過ぎるのではないかと思えるほどだ。昼休みと夕方、一度ずつ児島くんから携帯にメールが来た。もろもろ順調です、ということだったが、本当のところはわからない。

わたしも、児島くんにだけかかずらっているわけにはいかなかった。本当だったらわたしが率先して児島くんを社内中連れ回したいところだったが、わたしにも仕事がある。そして、新商品である〝ツバサ〟発売直前のこの時期に、ぼんやりしている暇《ひま》はなかった。

夕方、児島くんと竹下さんが長い挨拶回りを終えて、社を出て行った。お疲れさま、とわたしはメールを送った。それ以外できることはなかった。

児島くんから電話があったのは、それから約一時間後、夜七時のことだった。

「晶子さん?」

児島くんの声は明るかった。わたしを安心させようとしてそんな声を出しているのか、それともさっぱりした気分でいるのかはわからなかった。

「はいはい」

「どうも、今日はありがとうございました」

「いえ、そんなことないです」

「誰かいるんですか」

「たくさん」

わたしは周囲を見回した。水越以下六名の部下が忙しそうにデスクに向かっている。

「それじゃ、手短に」児島くんが言った。「今日、何時頃帰れそうですか」

「そうですねえ、九時ぐらいをメドにしてるんですけど」

「ああ、ぼくもそれぐらいに終わるんですよ」

「はい」

「その後、晶子さんの家に行ってもいい？」

「……別に」

「別に、何？」

「構いませんけれども」

わたしと児島くんはしょっちゅうお互いの部屋を行き来している。お互いの家の鍵も持っていた。

「じゃあ、十時頃行きますんで」

「何か必要なものはありますか？」

「お弁当買っていきますよ。一緒に食べましょう」

「わかりました」

じゃあ、と言って児島くんが電話を切った。わたしは携帯をポーチに戻した。

「川村課長」

それを待っていたかのように、藤沢《ふじさわ》という課員が立ち上がった。藤沢は二十七歳で、去年結婚したばかりだ。なかなか仕事のできる人だった。

「何？」

「CM撮影の件なんですけど」藤沢が資料をわたしのデスクに広げた。「タレントの長《は》谷部《せべ》レイ、スケジュールが出ました」

長谷部レイは女性誌のモデルで、男性女性共に人気のある超有名タレントだ。最近はバラエティ番組などにも引っ張りだこで、七月からはテレビジャパンのドラマにも準主役として出演する。

彼女を〝ツバサ〟のキャラクターモデルにするために、わたしたちがどれほど努力したかについては省略する。とにかく、とんでもなく面倒な交渉が必要だったと言うに留《とど》めよう。

「いつ？」

藤沢が六月中旬の日を二つ言った。

「どっちかということで。電勇さんが頑張ってくれたおかげで、絵コンテ通り撮影ができそうです」

「あなたとわたしが立ち会うのは当然だけど」わたしは言った。「部長にも来てもらうようにしましょう」

「そうですね。局長は？」

「局長もよ。それに、役員にも来てもらった方がいいかもしれない」

「役員もですか」

「それぐらい〝ツバサ〟には会社が期待しているのよ。いいわ、わたしの方から頼むから。あなたは是枝部長にスケジュールを伝えて、空けといてもらうように言ってちょうだい」

「わかりました。この件で電勇さんが月曜に来ます」

「何時？」

「午前中でどうでしょう。課長、月曜のスケジュールは？」

「朝イチから〝モナ〟会議が入ってる」

「長くかかりそうですか」

「秋山役員が仕切るから、短いと思う」

「じゃあ、十一時でどうです?」

「たぶん大丈夫」

「じゃあ、電勇さんに連絡しておきます。十一時からでどうでしょうって」

「よろしく頼むわ。誰が来るの?」

「営業の連中とディレクター、カメラマン、照明、音声、その他もろもろで十名ほどになるかと」

「わかった。会議室も押さえておいて」

「もう取ってあります」

藤沢がウインクした。なかなか気の利く子だ。よろしくお願い、と肩を叩いた。

「課長、ちょっといいすか」

話が終わったのを見計らって、水越が出てきた。何よ、とわたしは立ったまま言った。

「これ、何とかなりませんかね」

水越がおそるおそる出してきたのは、一枚の領収書だった。店名に〝キャバレー&クラブ・シルキー〟と書いてある。

「あんた、バカじゃないの?」わたしは座り直した。「こんなキャバクラの領収書なんて、落ちるわけないじゃないの。あたしが良くても経理が許さないわ」

「そこを何とか」水越が手を合わせた。「課長の裁量で」

「無理よ」

「いや、ぼくだって行きたくて行ったわけじゃないんですよ」水越が情けない表情になった。「この前、〝ツバサ〟販売会議があって、コンビニのバイヤーが来たじゃないすか。飯食ってこいって言ったのは課長でしょ」

「ご飯はね。それは言ったわよ」

「親睦を深めるようにって、課長も言ってたじゃないすか。それで、まあ、お互いの親睦を深めるためにもというわけで、まあその、ちょっとそういう店にも行かざるを得なかったというか」

わたしは金額の欄を見た。十二万五千円と記されている。十二万五千円って何よ。

「いや、これ落ちないと、ぼく死んじゃいます」

水越が腹を切る真似《まね》をした。勝手に死になさいよ。だがそうはいかなかった。

「稟議《りんぎ》書、書きなさい」わたしは言った。「なぜ、何のために、そういうお店に行かなければならなかったのか、経理を納得させる文章を書いて。とにかくわたしはハンコを押すから」

ほいほい、と言って水越が席に戻った。まったく、とんでもない部下を持ったものだ。課長職は大変だ。

5

夜十時、わたしは東久留米《ひがしくるめ》のマンションへ帰った。明かりがついていた。

「お帰り」

児島くんが玄関先まで出迎えてくれた。

「ただいま。ああ、疲れた」

児島くんが何も言わず、わたしをお姫様だっこしてくれた。そのままリビングへ向かう。椅子《いす》に座らされた。

「お疲れさまです」

「まったく。いつ来たの?」

「三十分ぐらい前かな。わりと早く終わったんで」

児島くんがテーブルに置いてあったコンビニの袋を指さした。お弁当が入っているのだろう。

「一緒に食べようと思って、待ってた」

「ゴメンね、じゃあ、ちょっと手を洗ってくる」

わたしは洗面所に行き、手を洗ってうがいをした。戻ると、児島くんがお弁当をレンジでチンしたところだった。

「お茶も買ってきた」

「ありがと」わたしはペットボトルのジャスミンティーをひと口飲んだ。「ああ、おいしい」

「ま、食いましょうよ。おれ、腹減っちゃってさあ」

どうぞどうぞ、とわたしは言った。児島くんがハンバーグ弁当の蓋《ふた》を開いた。

「後任の人、女の子なんだね」

竹下さんのこと？　と児島くんが付け合わせのポテトサラダを食べながら聞く。そう、とうなずいた。

「きれいな子ね」

「ええ。すごい真面目なんですよ」

児島くんは時々女心のわからないことを言う。今のは、そうでもないですよ、とか何とか返してほしかった。

「歳は？」

「ぼくと同じです。今年二年目で」

わたしもお弁当の蓋を開いた。オムライス弁当だった。

「明日からも引き継ぎの嵐ですよ」

児島くんが言った。全部彼女なの？　とわたしは聞いた。そうです、と児島くんが答えた。

「まあ、うまくやってよ」

わたしたちは無言でお弁当に向き合った。いつものように児島くんはあっと言う間に食事を済ませ、手持ち無沙汰《ぶさた》そうにしている。あのさ、と児島くんが口を開いた。

「何？」

「ちょっとご相談があるんですけど」

わたしはオムライスをほお張りながら、何なの、と言った。実はですね、と児島くんが語り出した。

「ぼくは失職状態になるわけでして」

「わかってる」

「求職活動をしなければならなくなるわけなんですけど」

「うん」

「正直言って、無収入なわけで」

「そうね」

「それがいつまで続くかわからないと」

「早めに決めてほしいわ」

「それでね……ぶっちゃけますと、その間家賃が無駄だなと」

「児島くんの？」

そうそう、と児島くんがうなずいた。

「それでですね、もし良かったらなんですけど、ここで一緒に暮らせないですかね」

オムライスが喉に詰まって、一瞬息ができなくなった。

「……どういう意味？」

「つまり……仕事が決まるまで、お世話になれないかなと」

「マジで？」

「はい。そうです」

児島くんが肩をすくめた。ちょっと待ってちょっと待って。児島くんとわたしがここで一緒に暮らすですすって？

「……考えたことなかった」

「まあ、節約の一環としてですね、ちょっとご考慮願えないかなと」

わたしはジャスミンティーをひと口飲んだ。ご飯が喉《のど》に詰まって、なかなか下へ降りていかない。

「マジで?」

どうでしょうか、と児島くんが頭を下げた。どうしたらいいのだろう。夜はまだ長く続きそうだった。

同棲について

1

児島くんが本当に引っ越してくることになった。翌々週の日曜日のことだ。

正直言って、二人で住むのはどうかと思っていた。古いのかもしれないが、結婚前の男女が同棲《どうせい》するのってどうよ、という考えもあったし、それ以上に心の準備ができていなかった。

だけど、児島くんの申し出を断ることはできなかった。家賃を払うのがもったいないという彼の言い分には一理あると思ったし、一緒にいる方が楽しいじゃない、という無邪気な発言に乗ってしまったところもある。とにかく、わたしと児島くんは東久留米のわたしのマンションで一緒に暮らすことになったのだ。

児島くんの引っ越しは異常なまでに簡単だった。児島くんも高円寺《こうえんじ》のアパートでそれなりに物を持って暮らしていたというが、家財道具を残したまま後輩に部屋を譲ったのだという。彼が持ってきたものは洋服の類と靴が十足ほど、そしてパソコン一台きりだった。

「お世話になります」

児島くんが頭を下げた。まあいいけど、とわたしは言った。

「引っ越しなのに、これだけ？」

「いろいろあったけど、全部捨てたりあげたりしてきました」

「さっぱりしてるのね」

「これだけあれば十分暮らせますよ」

児島くんがわたしのウォークインクローゼットに洋服の類をかけ始めた。わたしの部屋はまあまあ広いが、二人用というにはちょっと無理がある。靴などは下駄箱に入りきらないので、玄関に雑然と並べられることになった。

なかなか複雑な心境だった。女一人暮らし、三十八歳というのは、実は非常に気楽な生活だ。正直言って、一人暮らしに慣れているわたしとしては、誰かと一緒に住むことができるのだろうか、という思いもあった。

わたしにも日々のペースというものがある。児島くんにそのつもりがなくても、そのペースが乱されるのは確実だった。

「まあ、でも、一緒に暮らしてみるのもいいじゃないですか」

「どういう意味？」

「つまりですね、将来的なことを考えると、ぼくたちは二人で暮らすことになるわけじゃないですか」

「そうなの？」

「その前にお試し期間を設けるというのも、いいことじゃないすか。ほら、よく言うでしょ。暮らしてみたら、思ってたのと違ったって」

「確かに、世間じゃよくある話ね」

「ぼくと晶子さんは、今までつきあってきたわけだけど、例えば、ぼく、晶子さんのスッピンの顔って見たことないんですよ」

「見せたくない」

「わかりますよ。そりゃそうでしょう。だけど、最終的にはどこかでそれを公開せざるを得なくなる」

「……そうかもしれないけど」

「だったら、最初からオープンにしちゃえばっていう話です。ぼくだって、晶子さんに見せていない部分もいっぱいあるんですよ。それを見てもらういい機会だと思うんです」

「まあ、そうかもしれないけど……」

「深く考えないようにしましょう。お互い、自然体で」

児島くんが笑った。いつも思うことだけど、児島くんの笑顔はとても爽《さわ》やかだ。すべてを包んでしまうような笑み。

もしかしたら、それに騙《だま》されているのかもしれないけれど、まあいいや、という思いもあった。

「ともあれ、一緒に暮らすといっても、最初から、あまりお互いのことに干渉するのはやめましょう。自然に慣れていけばいいんです」

「慣れるかなあ」

「慣れますよ」児島くんが請《う》け合った。「大丈夫ですって」

「とにかく、あなたは次の仕事を見つけなさい。それが何よりも優先されることよ」

「わかってます」

「あたし、無職のフリーターと一緒になるのなんて絶対嫌だからね」

「そんなふうにはなりませんって」

「本当に頼むわよ。その若さでヒモみたいな暮らししたら、人生終わりだって」

「大丈夫です。金もまだあるし、やめる時にもらった給料だってあるし」

「いつまで保《も》つんだか」

「貯金を食いつぶす前に、仕事を見つけますよ」

「絶対よ」

「はいはい」

はいは一度でいい、とわたしは言った。児島くんが舌を出した。

2

翌日の月曜日、わたしは児島くんに見送られる形で出勤した。お出掛けのキスはなかった。そんなことをしている場合ではないのだ。

月曜日の朝は報告会がある。わたしは〝ツバサプロジェクト〟のサブリーダーという仕事をしていたから、報告会に出るのはマストだった。

サブリーダーといっても、リーダーは是枝部長で、正直言ってこの人は何もしない。名前だけのお飾りだ。

わたしが〝ツバサプロジェクト〟を切り盛りしていかなければならない。やり甲斐《がい》があるといえばその通りなのだが、責任は重く、やることも多い。

中間管理職だから、上下横からのべつまくなしに文句を言われる。それが仕事だとはわかっていたが、なかなか辛《つら》い立場だった。

〝ツバサ〟はコンビニでしか売らない。これは銘和乳業という会社において初の試みだった。

銘和は歴史も伝統もある会社だ。販売について、つきあっている会社は数え切れない。そして、今までのつきあいというものがある以上、コンビニでしか売らない商品を作るのは大冒険だった。

とはいえ、決まったことは決まったことだ。コンビニでしか売らないというのは役員会の承認を経て、社長が決裁したことなので、わたしたち下々の者はそれを守らなければならない。各部署からはブーイングの嵐だったが、それでも言われた通りやるしかなかった。

「販売局長は、コンビニチェーンだけでの販売というのに、了解をしてくれているんですが」藤沢が報告した。「また販売役員がぶつぶつ言ってるそうです」

「スーパーでも売れって？」

「ま、早く言えばそういうことですね。今からでも何とかならないかと」

「ならないわね」わたしは言った。「役員会で決まったということは、販売の役員も出てたわけでしょ。一回賛成したことに今さら反対するなんて、冗談じゃないわよ」

「まあまあ、川村課長。落ち着いてください。向こうも悪気があって言ってるわけじゃないんですから」

「販売の現場に話してちょうだい。コンビニオンリーで売っていくという方針は絶対だって。コマーシャルだって、それありきで作ってるんだからね」

「わかってますわかってます。ぼくはわかってるんですけど、販売の役員が言ってることを報告したまでのことでして」

「時間がないのよ。コマーシャルの撮影はもう目の前に迫ってる。今さら変更は利かないわ」

伝えます、と言って藤沢が座った。代わりに立ち上がったのは水越だった。

「えーと、コマーシャルの件なんですが、長谷部レイの事務所が三千万円でどうかと言ってます」

電勇さん経由の話ですが、と言い添えた。三千万円。銘和としては破格の金額だった。

「それは最終決定なの？」

わたしは聞いた。たぶんそうです、と水越が答えた。たぶんって。

「たぶんじゃ困るのよ。決定なのか希望なのか、そこをはっきりしてもらわないと」

「いや、最終です」座ったまま藤沢が発言した。「ぼくが聞いたところでは、三千万が先方の希望金額でした」

そういうことです、と言って水越が座った。みんな、どう思う？　とわたしは聞いた。

「長谷部は今が旬ですからねえ」藤沢が言った。「決して高すぎる金額じゃないと思います」

「相場がわからないんですけど」前田希《まえだのぞみ》という課員が言った。「彼女は男女問わず人気がありますから、いいところなんじゃないでしょうか」

長谷部レイをイメージキャラクターにしようと言い出したのは希だった。理由は、清潔感があること、意外とコマーシャルには出ていないこと、健康的であることなどだった。

銘和は創業以来、苦手とはいえ、数え切れないほどのテレビコマーシャルを打ってきたが、タレントを起用した例は意外と少ない。アニメーションや、牧場や牛の動画をそのまま使ったようなコマーシャルが圧倒的に多い。

そんな歴史の中で、ど真ん中にタレントを配置したコマーシャルを作るのは非常に珍しいことで、ほとんど前例はなかった。その意味で、わたしたちにはコマーシャル出演料の相場というものがよくわからなかった。

「三千万っすか」水越が声を上げた。「いいなあ、タレントって。マンション買えるじゃないすか」

確かにその通りだ。わたしの東久留米のマンションが三千八百万円だから、一本のコマーシャルだけでほぼ買うことができる。いい商売だなと思った。

「ま、その分税金とかいろいろ大変だと思うけどね」藤沢が言った。「でも、羨ましいといえば羨ましいな」

「女性は美しく生まれないと損だっていう話っすよ」

そう言った水越をわたしは睨《にら》みつけた。今のは一種のセクハラ発言だろう。水越が肩をすくめた。

「とにかく、最終決定なのね？」

はい、と藤沢がうなずいた。わかった、と答えた。

「じゃあ、正式に上と話すから」

「まさか、それで揉《も》めたりしないでしょうね」藤沢が心配そうな表情になる。「今さら、三千万は高いとか何とか言われたら、すべてがぶち壊しというか」

「まあ、だいたいのことは話してあるから。秋山役員だって、ノーとは言わないでしよ」

「でも、三千万ですよ。今までのうちのコマーシャルの流れから考えると、ちょっと高すぎるといいますか」

「是枝部長はわかってくれてるから、一緒に話すわ」

「まあ、お願いします。長谷部レイの件は以上です。スケジュールも押さえましたし、後は撮影を待つのみです」

「ワガママじゃないといいんすけどねえ」水越が苦笑した。「何か、川尻《かわじり》エリカみたいなのが来ると面倒じゃないすか」

「業界評判はいいですよ」佐久間恵美《さくまえみ》という課の中でも一番若い子が言った。「素直で、言うことをちゃんと聞くって」

「それ、どこの情報?」

「テレビ局に知り合いがいるんです。その人から聞きました」

恵美が言った。本当にその通りならいいのだが。

「まあ、その辺はあんまり深く考えるのは止めましょうよ。電勇さん仕切りなんだし、電勇がうまいことやってくれますって」

藤沢が言った。確かにその通りだ。こちらとしては、支払った金額に見合うだけの仕事をしてくれればそれでいい。それだけの話だ。

「雑誌関係の広告はどうなってるの？」

わたしは聞いた。まだまだ会議は長く続きそうだった。

3

会議が終わったのは十二時過ぎだった。わたしは是枝部長に会議の内容を報告するために席へ行った。

「まあ、とりあえずメシ行こうよ」是枝部長が言った。「話はその時に聞くよ」

わかりました、とわたしは答えた。是枝部長は食事時間に仕事の話をしたがる癖のある人だった。

会社の近くにある喫茶店に向かった。昼を過ぎているので店は混んでいたが、どうにかして席を見つけ、是枝部長と向かい合わせに座った。

わたしはナポリタンスパゲッティーとアイスティー、是枝部長はジャワカレーとコーヒーを頼んだ。お互い水を飲んでひと息ついたところで話が始まった。

「どうなの、コマーシャル。進んでる？」

「進んでます」

会議の内容を説明した。長谷部レイのコマーシャル出演料が三千万円ということで打診をされている、という話をしたところで、是枝部長が手を上げた。

「三千万？」

「はい、三千万円です」

なるほどねえ、と是枝部長がつぶやいたところに、注文したスパゲッティーとカレーが届いた。まあ食おうよ、と部長がスプーンを手にした。

「予定通りと言えば、予定通りのお値段だね」

「そうですね」

長谷部レイを〝ツバサ〟のイメージキャラクターにしようという話が持ち上がったのは半年前のことだ。正直言って、その頃の長谷部レイは知名度が今ひとつだった。

彼女を起用しようというのは、わたしたち二課の話し合いの中から生まれたアイデアだ。モニタリングしたところ、実は若い層を中心に長谷部レイの人気が高いことがわかり、わたしたちは彼女を強く推した。

部長会、局長会、役員会等々で検討された結果、わたしたちの案が通り、長谷部レイを使うことになった。そして半年が経《た》ち、彼女の人気は急上昇して、今では誰も知らない者はいないというところまできている。選んだわたしたちとしては、胸を張っていいかもしれない。

　半年前、長谷部レイのコマーシャル出演料は二千万円ぐらいと言われた。それは既に報告済みだった。半年の間に一千万アップしたことになる。それだけ彼女のバリューが上がったということになるのだろう。

　そのこともわたしは是枝部長に報告していた。予定通り、という部長の発言はそれを踏まえてのものだった。

「局長と役員には話してある」是枝部長が言った。「おそらく三千万前後で話が決まるだろうとね。二人ともわかってくれてる」

「じゃあ、問題はないですね」

「いや、それは宣伝広告局の話でさ」是枝部長がゆっくりとカレーを飲み込んだ。「全社ってわけじゃない」

　役員会というものがある、と言った。役員会ですか、とわたしはため息をついた。

　正直なところ、銘和は大きな会社だ。従って、体質的にどうしてもいわゆる大企業病というものに罹《かか》っている。具体的に言えば、話の進展が遅いのだ。

　小さな会社なら、現場レベルでいろんなことが決められるだろう。だが、銘和では違った。

何かにつけて会議を通さなければならない。コマーシャルのタレントひとつ取っても、役員会の了承が得られなければ話は進まないのだ。

「他部署はどう言ってるんですか」

「感触は悪くない。長谷部レイを起用すること自体は、もう既に決定事項だ。彼女は人気も高い。有名だし、パブリックイメージもいい。後は三千万に見合うだけの仕事をしてくれるかどうかだ」

「部長は高いと？」

思ってない思ってない、と是枝部長が空いていた左手を振った。

「三千万と言われれば、そうなんだろうなと思うよ。そのクラスのタレントだろう」

「秋山役員は何と？」

「秋山さんも了解している。話はついている」

「他部署はどうですか？」

「部長会では話したよ。根回しは済んでる。出演料が三千万になるだろうということもみんなわかってくれてる。ただねえ、金を出すのは会社だからね」

そりゃそうだ。サラリーマンが払える金額ではない。

「ということはさ、役員会なり社長なりのゴーサインがなけりゃ、どうしようもないってことなんだよ」

「そっちはどうなんですか？」

「それは秋山役員の仕事だからね。秋山氏がどうしてるのかは聞いてない」

「大丈夫でしょうね……土壇場《どたんば》で引っ繰り返ったりしませんよね？」

「会社のすることはわからんよ……いや、冗談冗談。上げておいて、ハシゴを外すようなことはしませんよ」

是枝部長がカレーを食べ終わった。わたしはといえば、話に夢中でナポリタンを半分ほどしか食べていなかった。まあ食べなさいよ、と是枝部長が言った。

「……秋山役員はわかってくれてる。他部署の役員にも説得して回っているだろう。何、二千万も三千万も同じさ。今さらノーとは言うまいよ」

「だといいんですが。すべてのスケジュールは長谷部レイを中心に回ってます。もう今さら引き返せません」

「わかってるって。まあ心配しなさんな。なるようになりますよ」

是枝部長は楽観的だったけれども、わたしは心配だった。もともと心配性なのだ。

「本当に大丈夫なんですよね」

「問題ない。と思うよ」

是枝部長が言った。これ以上追いかけても意味はない。わたしは味のしないナポリタンを口に運んだ。

4

その日、わたしが家に帰ったのは夜九時頃だった。外から見ると家に明かりがついていて、何となく嬉《うれ》しかった。

「ただいま」

「お帰り」児島くんがスウェット姿のまま出てきた。「遅かったね」

「いろいろとありまして」

「そうですか」

わたしと児島くんは何となく手をつないでリビングへと向かった。児島くんはパソコンで何かしていたらしい。蓋が開きっ放しになっていた。

「児島くん、何時に帰ってきたの」

「七時半ぐらいかな」

「会社、どうだった？」

「相変わらずですよ。また挨拶回りで」

「大変ね」

「そうでもないよ。もう慣れた」

着替えたら、と児島くんが言った。そうする、とわたしは寝室に入った。箪笥《たんす》から適当に部屋着を出し、それに着替える。

「ご飯は？」

リビングに戻った。児島くんがパソコンの前に座っている。食べたよ、という答えが返ってきた。

「晶子さんは？」

「何やかんや適当に」

何してるの、と聞いた。求職活動、と児島くんがマウスを動かしながら言った。

「何かいいのあった？」

「あるようでない」児島くんが首を振った。「なかなか難しいよね」

洗面所に行って手を洗った。児島くんが鼻歌を歌っているのが聞こえる。一人ではないのだ、ということを改めて実感した。

「お茶でも飲む?」

リビングに戻ってわたしは聞いた。いただきます、と児島くんが言った。

「自分でやろうかと思ったんだけど、どこに何があるのかわかんなくて」

「戸棚開ければカップでも何でも入ってるよ」

「いや、勝手に開けたら悪いかなと思って」

児島くんが気を遣った発言をした。気にすることないのに、と言いながらお茶の用意をした。

いつもならテレビをつけて、何かわけのわからないバラエティとかドラマを見ているところだ。二人で暮らすというのは、いろんなことが変わるのだと思った。

「仕事はどう?」

児島くんが聞いた。まあまあね、とわたしは言った。

「例の〝ツバサ〟の件で大忙しよ」

「ああ、〝ツバサ〟ねえ。懐《なつ》かしいなあ」

児島くんがため息をついた。そんな昔の話じゃないでしょうに、とわたしはその肩を叩いた。

「いや、もう過去のことですから」

そういうものなのだろうか。わたしは失職したことがないので、児島くんの気持ちはわからなかった。

「順調に進んでますか?」

「気になる?」

「そりゃあね。ぼくの仕事でもあったわけだし」

　さて今日は終わりにしましょう、と言って児島くんがパソコンの蓋を閉じた。お湯が沸《わ》いた。日本茶をいれて、ソファに並んで座った。

「ああ……うまい。落ち着きますなあ」

「そうだね」

「いつも晶子さんは日本茶?」

　決まってない、とわたしは言った。

「その日の気分で紅茶の時もあるし、気が向けばハーブティーをいれることもある」

「ぼくはインスタントコーヒー専門ですよ。家に帰ったらお湯沸かして、カップにインスタントの粉入れてお湯ぶっかけて」

「そうなんだ」

「ま、楽ですから」

それからしばらくわたしたちは黙《だま》ってお茶を飲んだ。わたしは誰かと一緒にいる生活が久しぶりだったにもかかわらず、とても落ち着いていた。

児島くんはいるのかいないのかわからないほど静かで、自然な形で座っている。とても心地《ここち》の好《よ》い時間だった。

「児島くんは邪魔にならないねえ」

半ば感心しながらそう言った。どういう意味？　と児島くんが聞いてきた。

「言葉通りの意味だよ。あたしが何か話したい時には相手になってくれるし、黙っていたい時はいつまでも黙っていてくれる。邪魔にならない人だよね」

「そうかな。自分じゃ何にも考えてないけど」

「考えないでできるのって凄《すご》いよ」

児島くんが微笑んだ。テレビでもつける？　とわたしは聞いた。

「何やってるのかな」

「さあ……ぼく、あんまりテレビ見ないんだよね」

「そうなんだ」

「うん。別に嫌いなわけじゃないけど、あんまり見ない」

それからどうでもいい会話を延々と続けた。夜はまだ長く、わたしたちは姉弟のようにいつまでも喋《しゃべ》りあっていた。

5

その週の土曜日、わたしは朝早く起きた。隣では児島くんが平和な顔をして眠っている。

起こさないようにそっとベッドから降りた。そのままキッチンへ行って朝食の用意を始めた。

朝食といっても、そんな大したものではない。卵焼きとお味噌汁《みそしる》、納豆とご飯というメニューだ。しばらくすると児島くんが起きてきた。

「おはよう」

「おはようございます」

「顔、洗ってくれば？　ご飯の用意できてるから」

うん、とうなずいた児島くんが素直に洗面台へ行った。ばしゃばしゃと顔に水をかけている音がした。

児島くんと暮らし始めて知ったのだが、彼は朝食を取らなければ生きていけない人だった。しかもパンでは駄目で、白米を食べないと調子が出ないという。

食いしん坊の児島くんらしいことではあったが、わたしは朝食抜きでも平気なタイプなので、そこだけが面倒臭かった。

「ああ、腹減った」児島くんがリビングに入ってきた。「飯、何すか」

「納豆」

「いいっすねえ、大好きなんですよ、納豆」

「お代わりもあるわよ」

「ありがとうございます」

いただきます、と言って児島くんが納豆を掻き混ぜ始めた。わたしはその様子を見つめていた。

「何見てるんすか」

「平和だなあと思って」

そうですかね、と児島くんが納豆をご飯にかけた。

「まあ、至って普通の日常ですけど」

「それを平和っていうんじゃない」

なるほど、とか何とか言いながら児島くんがご飯を食べ始めた。どう見てもまともではないスピードでかき込んでいく。食べっぷりは見事だった。

「行くの？」

「うん」わたしはうなずいた。「呼ばれたからね」

わたしは一昨日、実家から呼び出しを食らっていた。たまには顔を見せたらどうなのよということだったが、要は事情聴取だ。それはわかっていた。

「まだ八時だよ」

「四十分ぐらいかかるから」

用意もあるし、とわたしは言った。そう、と児島くんが答えた。

「どうするの？　一緒に住んでること言うの？」

「言えるわけないじゃないの」

去年、わたしの両親と児島くんの親は顔を合わせた。わたしがその機会を作ったのだ。話し合いは何となく無事に終わり、両家の親はわたしたちのつきあいに対して、黙認という立場を取ることに決めた。あれからしばらく経つが、不気味なほど両家の親は何も言ってこなかった。

突然母から連絡があったのは、さっきも言った通り一昨日のことだ。一度実家に来てくれないかという。何のためにとわたしは聞いたのだけれど、ちゃんとした答えはなかった。

たまには顔を出しなさい、と何度も言うばかりで、断るのも面倒臭くなり、わたしは行くと返事をした。それが今日だった。

「じゃあ、あたしは支度をするから」

「うん」

「ご飯のお代わりは炊飯器にあるから、勝手によそって食べて」

「いただきます」

ドレッサーの前に行き、メイクを始めた。休日だというのに、面倒なことではあったが仕方ない。

小一時間ほどかけて、身支度を整えた。児島くんはのんびりと朝食を楽しんでいるようだった。

外出着に着替えて、最後に腕時計をはめた。九時半だった。

「じゃあ、行ってくるから」

「はいはい」

携帯持った？　と児島くんが聞いてきた。持った、とわたしは答えた。

「児島くんは何してるの」

「仕事、探します」

「あらそう」

いってらっしゃい、と児島くんが玄関まで見送りにきた。じゃあね、といってわたしは家を出た。

6

小平《こだいら》の家に着いたのは十時半のことだった。チャイムを鳴らすと母が出てきた。

「いらっしゃい」

「来たわよ」

「何をそんなにつんけんしてるの」

母が言った。あたし、忙しいのよ、とわたしは言った。

「たまの休日ぐらい、休んでいたいと思ってたのに。呼び出されるなんて割に合わないわ」

「まあいいから入んなさい」母が言った。「お父さん、いるから」

居間に行くと、父が座ってテレビを見ていた。会うのは正月以来だ。父はますます老けて見えた。

「晶子か」父が口を開いた。「座ったらどうだ」

「言われなくても座るわよ」わたしは椅子に座った。「お母さん、お茶」

はいはい、という返事が聞こえた。父がテレビを消した。

「元気か」

「おかげさまで。お父さんはどうなの」

「別に。変わりはない」

「そう」

沈黙が訪れた。母がお茶を持ってきた。わたしたちの前に湯呑《ゆの》みを置き、そのまま座る。わたしたちはそれぞれにお茶を飲んだ。

「その後、どうなんだ」

父が言った。その後って何よ、とわたしはまたお茶を飲んだ。

「ちゃんと働いてるのか」

「おかげさまで。忙しいわ」

「今、何をしている」

「新商品の宣伝」

そうか、と父が言った。また沈黙。

何か食べたの、と母が言った。食べた、とわたしは答えた。本当は何も食べていなかったが、それを言うと母が何か作るとか言い出すので、面倒臭かったのだ。

「それはそれとしてだ……晶子、まだあの男とつきあってるのか」

いきなり父が聞いてきた。あまりにも直球の質問というべきではなかろうか。

「あの男って……児島くん？」

「そんな名前だった」

「つきあってるわよ」

そうか、と父が言った。母は何も言わなかった。

「晶子、父さんはお前に幸せになってほしいと願っている」

「はあ」

「親なら誰もがそうだ。何よりもまず子供の幸せを考えている」

「うん」

ありがたい話だ。父が言葉を続けた。

「これは前にも言ったことだが、お前とその男とではバランスが取れない。お父さんはそう思う」

「お父さんが何と言おうと、あたしたちはバランスが取れてるわ。自分でも意外なほどにね」

「それでも、無理だと思う。晶子、長くは続かないぞ」

「もう一年以上続いてるわ」

「たった一年で何がわかる」

「そりゃお父さんとお母さんみたいに、何十年も一緒に過ごしてはいないわ。だけど、恋愛で一年続くのって、今どきそうはないわよ」

「……お前とは、何歳年が離れていると言ったかな」

「十四よ」

「十四」父が吐き捨てるように言った。「そんなもの、うまくいくわけがないじゃないか」

「うまくいってるのよ」わたしは声を大きくした。「あたしたちにも理由はわからないけど、とにかくあたしたちはうまくいっている。それは事実よ」

「錯覚だ」父が言った。「今だけの話だ」

「何でお父さんにそんなことが言えるの？　お父さん、児島くんのこと何にも知らないじゃない」

「去年、二回会った」

「それだけで、何がわかるっていうの？」

まあまあ、と母が割って入った。

「二人とも落ち着いて……お茶のお代わりいる？」

いらん、と父が言った。わたしは湯呑みを前に出した。母が新しいお茶を注《つ》いだ。

父がなぜ突然話を蒸《む》し返したのかはわからない。ただ、親には独特の嗅覚《きゅうかく》がある。父はわたしと児島くんが新しい関係に踏み出したことを、それこそ第六感で知ったのだろう。

わたしと児島くんは、今一緒に暮らしている。それはつまり、わたしたちの関係がより親密になったということだ。

父はそれに気づいて、クギを刺すためにわたしを呼んだ。そういうことのようだった。

わたしが今ここですべてを話したらどうなるだろうか。児島くんが会社を首になり、家賃を払えずにわたしのマンションで暮らしていることを知れば、どうなるのだろう。おそらく、怒り出すというよりも、泣き出すのではないかと思われた。

「とにかく、父さんはお前たちのことについて反対だ。改めてそれを伝えておこうと思った」

父が宣言した。どうぞご自由に、とわたしは答えた。

「お父さんがどう言おうと、あたしはあたしの思う通りにやっていく。もう三十八歳だもの。子供じゃないわ」

「三十八にもなって、そんなことを言っていること自体、子供の証拠だ」

「どうして娘を信じないの？」

「信じている。だが判断に誤りがあれば、それは正さなければならない。それは親の義務だ」

「間違ってるって、どうしてわかるのよ」

「経験だ。晶子、父さんはお前より長く生きている。それはつまり、人生経験が長く深いということだ。父さんは世間というものを知っている。お前よりもな。その経験から考えて、お前は間違っていると断言できる」

「お父さんの人生観がすべてじゃないわ」

父が座り直した。テレビにリモコンを向ける。何だかよくわけのわからない番組をやっていた。

それが父の返事だった。もう話す気はない。そういうことだった。

「とにかく、ご飯にしましょう。少し早いけど、ね」

母が言った。いったい何を食べるつもりなのか。だいたい食べる雰囲気なのかどうか。少し考えればわかることだったが、母はその場の空気を変えたいだけのようだ。父がテレビに目をやっている。もうわたしのことなど目に入らないようだった。話すことはすべて終えた、ということなのだろう。

「お父さん」

呼びかけたが、返事はなかった。答えるつもりはないということらしい。

母がキッチンに向かった。わたしは大きくひとつため息をついた。

中華について

1

わたしと児島くんは、どちらかというとよく出歩くタイプだ。

デートといえば外に決まっている。映画を見たり、お茶を飲んだり、あるいは児島くんがどこかから借りてきた車でドライブに行ったり、レストランで食事をするなど、とにかくもっぱら外で会うのが常だった。

もちろん、お互いの家でまったりしていたい時もあるわけだけれど、それはその時々の都合による。基本的には外で会うことを好む二人だった。

ところが、二人で暮らし始めると、なかなかそうはいかなくなった。今までわたしたちは土日の休日を二人のために空けていたのだけれど、毎日二人で顔を突き合わせていると、今さら休日にどこかへ行こうという気はなくなる。こんなことでよいのだろうかと思いつつ、わたしたちは次の日曜もどこへも出掛けなかった。

これは、わたしの仕事が忙しくなっていたという理由もある。〝ツバサプロジェクト〟の件で、わたしの帰宅時間は毎日十時を越えていた。当然、家のことは何もしていない。

前だったら、掃除や洗濯は平日のうちに済ませておき、心置きなく休日を児島くんと過ごすこともできたのだけれど、とりあえず今はそれどころではない。わたしとしては、雑事をすべて休日にこなさなければならなかった。

それが児島くんには大いに不満だったらしい。休日はデートをしましょうよ、と言った。

「休みの日なんだから、出掛けないと」

「そんなこと言ったって」わたしは唇《くちびる》を尖《とが》らせた。「この洗濯物の山はどうするのよ」

「だから言ったじゃないですか、ぼくがやりますって」

確かに、児島くんはそう言ってくれていた。わたしたちが一緒に暮らすことになった時、家事は分担制にしましょうと言い出したのは児島くんだ。

実際、食事を作るのはわたしだけれど、皿洗いなどは彼がやってくれていた。食後のコーヒーをいれるのも児島くんの役目だ。ただ、それとこれとは違う、とわたしは思っていた。

確かに今、児島くんは比較的暇だ。何だかんだで今まで担当してきた会社に対しての挨拶回りも終わり、まだ契約期間は二週間ほど残っているものの、出社には及ばず、という状態が続いていた。必然的に家にいることになる。

家でぼんやりしていても仕方ないから、掃除でも洗濯でも何でもやりますよというのが児島くんの言い分だったけれど、わたしとしてはそんなことをしてほしくなかった。というより、そんなことをしている時間があるのなら、新しい職を見つけてほしいと願っていた。

児島くんの再就職は難航していた。時期も悪かったのだろう。今は五月で、もう新卒採用はとっくに終わっている。

どんな会社でも採用はとっくに済んでいたはずだった。中途採用者の枠などない、というのが実際のところだっただろう。

そこへ社会人歴二年、たいした資格もない児島くんが割り込んでいこうというのだから、これは無理があった。児島くんが探しているのはＰＲ会社や広告代理店だったが、なかなかそういう仕事に空きはないということは、わたしにもよくわかっていた。

だから急《せ》かすつもりはなかったのだけれど、やっぱりなるべく早く安定した職業に就いてほしかった。しかも、できれば今度は契約社員などではなく、正社員で。

もちろん、児島くんも同じことを考えていた。契約か正社員かと言われれば、誰だって正社員で採用されることを望むだろう。

だが、その枠は狭かった。そこに強引に押し入るためには時間が必要だ。掃除や洗濯をしている場合ではない。わたしはそう考えていた。

もっと言えば、掃除ひとつ取ってもわたしにはわたしなりのやり方がある。それを児島くんに勝手にされるのが嫌《いや》だったということもあった。

洗濯もそうだ。わたしは男物の下着を洗うことに何の抵抗もないが、わたしの下着を児島くんに洗われると思うと、ちょっとそれは嫌だった。そんなの気にすることないじゃない、と児島くんは言うのだけれど、わたしとしては大いに気になる。

そんなわけでわたしの日曜日は掃除と洗濯に費やされた。児島くんはパソコンを抱えてうろうろするばかりだった。手伝おうか、と彼は何度も言ってくれたのだけれど、いいから、とわたしは答えるのみだった。

2

次の月曜日は大事な打ち合わせがあった。午後一時から六本木のグランドハイアットホテルの会議室で、長谷部レイを含めたコマーシャルの全体会議があったのだ。

わたしたち宣伝二課のメンバーは電勇の担当チームと共に午前十時に会議室に入り、長谷部レイを迎える準備をしていた。時間はあっと言う間に過ぎ去り、午後一時になった。昼食は抜きだった。

そして一時十分、長谷部レイが電勇のアテンダーと事務所のマネージャーに付き添われて、会議室に入ってきた。待っていたわたしたちの間からどよめきが漏れた。

長谷部レイはそれほど着飾っていたわけではない。春らしいピンクのワンピース、ニットのカーディガンという格好だったが、そのスタイルの良さと全体からあふれ出すオーラのようなものに、わたしたちは圧倒されていた。テレビで見るより遥かに美人だ、とわたしは思った。

「おはようございます」

黒のスーツを着た中年の男が挨拶した。電勇のアテンダーが、セントラム・コーポレーションの浅田《あさだ》マネージャーです、と紹介した。わたしたちは列を作り、是枝部長から順番に名刺の交換会を始めた。

それが一段落して、それぞれ自分の席に着いた。長谷部レイは一番中央の席に座った。マネージャーの浅田氏がぴったり横にくっついている。

「おはようございます」進行役である電勇クリエイティブチームの横井《よこい》ディレクターが口を開いた。「いよいよ本番の撮影は一ヶ月後の日曜ということになりましたが、今日はその内容を事前に確認するためにお集まりいただいたというわけです」

横井ディレクターの説明は的確でわかりやすいものだった。慣れているのだろう。進行はてきぱきとしていて、早かった。

わたしは長谷部レイを盗み見た。彼女は身長が高い。隣の浅田マネージャーと比べて、頭ひとつ大きかった。

表情は何もない。笑ってもいなければ怒ってもいなかった。まるっきりの無表情だ。人形のようだ、と改めて思った。

「皆さん、周知のことと思いますが、銘和乳業さん発売の新商品、健康ドリンク〝ツバサ〟はコンビニでしか発売しません」横井ディレクターの話が続いている。「これはなかなかの冒険といいますか、銘和さん的には非常に新しい試みです。だからこそ成功させなければなりません。新しい形での流通革命を、ということです」

是枝部長が大きくうなずく。長谷部レイに動きはなかった。ただ、黙って話を聞いている。

「さて、お手元の資料をご覧ください」

横井ディレクターが言った。わたしはレジュメを開いた。表に大きく『全方位型健康ドリンク〝ツバサ〟』の文字があった。

「〝ツバサ〟はマルチビタミン入りの健康ドリンクです」横井ディレクターが言った。「そこで、今回の発売コンセプトは〝レボリューション〟ということになりました」

それはさんざんわたしたちも説明されてきたことだった。レボリューションドリンク、〝ツバサ〟。それがわたしたちの新商品だ。

もちろん、長谷部レイもその説明は受けてきたのだろう。ちょっと退屈だ、というような表情になっていた。人間らしいところもあるのだ、と思った。

「くどくどしい説明はもういたしません」横井ディレクターが苦笑した。「何度も打ち合わせを重ねて出てきたコピーがこちらです。レボリューション。まさに〝ツバサ〟にふさわしいキャッチコピーと言えるでしょう」

水越が手を叩いたが、他のみんなは無言だ。恥ずかしそうに水越がうつむいた。

「では、こちらを見ていただきましょう。明かりを」

照明が暗くなった。横井ディレクターが手元のパソコンを立ち上げる。マウスをクリックした。会議室正面のスクリーンに映像が浮かび上がった。

「こちら、撮影用のコンビニエンスストアＣＧです。ＣＧといっても、本物のセットに極力近い形で作られています」

　映っていたのはコンビニだった。セブン-イレブンともローソンとも少し違う。何、とは言えないが、どこかが違っている。

「撮影用のセットは、現在急ピッチで建て込みが始まっています。数日中には完成する予定です」

　映像の中で、女の子がコンビニの中に入っていった。もちろん、この女の子もＣＧだ。女の子がカゴを持って店内をうろつく。飲み物のコーナーに行き、これこれ、というように〝ツバサ〟のペットボトルを摑《つか》んではカゴにほうり込んでいく。

　二十本ほど入ったところで、レジに向かった。どすん、という感じでレジにカゴを差し出す。

「いらっしゃいませ」

　店員が、こんなに？　という顔をする。それに対して女の子がひと言〝レボリューション〟とつぶやく。それが今回のコマーシャルだった。

　わたしたち銘和乳業の関係者は、皆このデモ・コマーシャルを見ていた。聞いたところによれば、長谷部レイも見ているという。どちらかといえば、控えめでおとなしい出来といえたが、それをどううまく表現するかは、すべて長谷部レイにかかっていた。

「というわけです」

照明がついた。横井ディレクターが笑みを浮かべている。

「シンプルですなあ」

是枝部長が言った。部長はこのコマーシャルについて、わたしたちと同様よく知っているはずだったが、何か言わなくてはならないという使命感のようなものがあったのだろう。単純な感想を口にした。

「シンプル・イズ・ベストです。商品に魅力があれば、余計な装飾は必要ないというのがわたしたちの判断です」

横井ディレクターがまた笑った。なるほど、と是枝部長がうなずいた。

「何か質問はございませんか」

「うちの長谷部は、セリフはひと言なんですね」

浅田マネージャーが電子手帳を手にしながら言った。そうです、と横井ディレクターが答えた。

「〝レボリューション〟そのひと言に、万感の思いを込めておっしゃっていただけたらと思います」

「わたしたちは実際の〝ツバサ〟を飲んでいません」浅田マネージャーが言った。「どんな味なんですか？」

「現物を用意しています」わたしは立ち上がった。「藤沢くん、お配りして」

藤沢と他の女子社員が用意してあった〝ツバサ〟のペットボトルを会議に出席していた全員に配って回った。うちの会社の連中はともかく、みんなちょっとおそるおそるといった感じで口にする。おや、という顔になった。

「お世辞を言うわけじゃないですけど、おいしいですね」

浅田マネージャーが笑顔になった。正直、おいしさには自信がある。今までのマルチビタミンドリンクとは違い、オレンジ味をベースにした〝ツバサ〟は飲みやすさを追求して作られた商品だった。

「いかがですか？」

わたしは長谷部レイに聞いた。ひと口飲み終えた彼女が小さく微笑んだ。

「飲みやすいです、とっても」

「オレンジ味のスポーツドリンクといった感じですね」浅田マネージャーが言った。

「夏場なんか、特によさそうだ。ごくごく飲めそうです」

良かったと思った。もちろん、長谷部レイもタレントなのだから、コマーシャル上はおいしくなくてもおいしいと言ってくれるだろう。

だが、本当においしいと感じてその言葉を口にするのと、実際にはおいしくないと思っているのにおいしいと言うのでは、説得力が百倍違う。長谷部レイは本当においしそうに〝ツバサ〟を飲んでいた。

「さて、それでは当日の段取りを説明します」横井ディレクターが口を開いた。「まず、撮影のスタジオなんですが……」

会議は長く続きそうだった。わたしは目の前の〝ツバサ〟をひと口飲んだ。

3

「面接、決まりました」

児島くんがわたしに報告したのは、その日の夜のことだった。しかも二社、と得意そうに言った。

「すごいじゃない」

どんな会社なの、とわたしは聞いた。小さな代理店とＰＲ会社です、と児島くんが答えた。

「何て会社？」

「J&Pエージェンシーって会社と、ナショナルPRって会社」

「知らないわ」

「だって、弱小だもん」

児島くんがちょっと拗ねた。説明してよ、とわたしはお茶を飲みながら言った。

「どこにあるの？」

「J&Pは赤坂《あかさか》。TBSのすぐ近くです」

「ナショナル何とかは？」

「新宿《しんじゅく》です。京王《けいおう》プラザから徒歩二分」

「どうやって見つけたの？」

「紹介。大学のゼミの先輩が教えてくれた。あとはインターネットで調べただけ」

「正社員？」

「うん、両方とも正規採用」

ふうん、とうなずいた。児島くんは毎日ぶらぶらしているように見えたのだけれど、やるべきことはしっかりやっていたのだ。とりあえずそれがわかっただけでも、わたしは安心した。

「まあ、でも、面接だし」児島くんがうつむいた。「まだ受かったわけじゃないから」

そりゃそうよ、とわたしは彼の肩に手を置いた。

「だけど、受けてみないと何も始まらない。そうでしょ」

「ごもっとも」

「面接はいつなの？」

「J&Pが来週の月曜、ナショナルは金曜」

「どっちに入りたいの？」

「そんな贅沢《ぜいたく》言ってられないですよ。どっちでもいいから、拾ってくれる会社に入りたいと思ってます」

「だいたいさあ、児島くんは何を志望しているの？　広告代理店？　それともPR会社？」

そりゃあ、と児島くんが小さな声で言った。

「PR会社もいいんですけど、やれることが限られてますからね。できれば代理店入って、仕事してみたいと思ってますよ」

「じゃあJ&Pね」

「いやあ、そう簡単じゃないんですよ」児島くんが両手を広げた。「J&Pっていうのはハツシバ電機の孫請け会社のそのまた孫会社で、代理店といってもハツシバの仕事しかしてないんです」

「そうなんだ」

「下請けの孫請け会社ですよ」

「じゃあ……難しいところね」

「ナショナルは、ＰＲ会社の中では大きい方です」児島くんの説明が続いた。「社員数もそこそこいますしね。出入りしている会社もけっこう多い。給料も少しですけど、Ｊ＆Ｐよりはいいんです」

「そうなんだ」

「しかも、ぼく、前職がＰＲ会社ですからね。勝手がわかってるというか、何をすればいいのかもわかってますし」

「そりゃその方が楽だよね」

若者が楽な方向に流れる昨今の風潮を、わたし個人はいいと思っていなかったけれど、仕方のないところだろう。まったく見も知らぬ業界に入って、いちから苦労するよりも、よくわかっている世界に行く方がいいという児島くんの気持ちはわからないでもなかった。

「でも、別に腰掛けで勤めるつもりはないんでしょ？」

「どういう意味？」

「とりあえず就職するだけして、また転職しようとかって考えてるんじゃないよね」

そりゃそうですよ、と児島くんが笑った。

「マジで働きますよ。定職に就いて、立派な社会人になるんです」

「安心したわ」

これは決して偏見ではないと思うのだけれど、最近の若い子は仕事についてあまり真剣に考えていないような気がする。フリーターの延長というか、とりあえずそこそこのお金が稼げるまで働いて、あっさりと辞めてしまう。

そしてお金がなくなったらまた働きだす。そんなスパイラルが見えてしまうのは、わたしだけではないと思う。

特に、児島くんは前にいた青葉ピー・アールという会社でも契約社員だったし、それをよしとしていたように感じられた。わたし的に言えば、まさに今時の若者の典型的なタイプと言えた。

そんなふらふらした考え方の男の子と長くつきあっていくことなどできない、というのがわたしの考えだったが、どうやらそういうことではなさそうなので、ちょっと安心した。

「そりゃ晶子さん、考え過ぎですって。ぼくのこと、軽く馬鹿にしてるっていうか」

「馬鹿になんかしてないけど」

「都合のいい時だけ働いて、あとはぶらぶらして暮らすような、そんなライフスタイルを送りたいなんて誰も思ってませんよ。みんな定職に就きたいと考えている。若い奴《やつ》だって働きたいんですよ」

「あら、そう」

「そうですよ。だけど、現実的な問題として、就職率は下がっている。働きたい会社には行けない。だからモチベーションも下がって、フリーターやニートという道を選ぶ奴が増えているだけの話で」

「認識不足で申し訳ありません」

　わたしは頭を下げた。いやまあ、と児島くんが手を振った。

「確かに、そういう傾向がないこともないんですけどね」

「まあ、そんなことはいいけど、着ていく服はあるの？」

「ありますよ。スーツぐらい持ってますって」

「いつものを着ていくつもり？」

「いけませんか？」

「駄目よ、そんなんじゃ」わたしは言った。「ちゃんと、面接用の服を買いなさい」

「今からじゃ間に合いませんよ」

「そんなことないわ。スーツマーケットでもコタカでも売ってるでしょ。吊《つ》るしでいいから新品を着て行った方がいいと思う。靴《くつ》はあるの？」

「ありますって」

「あとで磨《みが》いておくから」

「お母さんですか」

「母親気分にもなるわよ」

わたしと児島くんは歳が十四離れている。いつもは年齢差を感じたことはないのだけれど、こんな時は別だった。

「髪の毛は？　長すぎない？」

「床屋行こうと思ってました」

「ちゃんと、リクルート仕様にカットしてもらうのよ」

「わかりましたわかりました」児島くんが言った。「何だかなあ、もう。大袈裟《おおげさ》ですよ、晶子さん。たかが面接じゃないすか」

「児島くんはまだ若いから、そんな気楽なこと言ってられるのよ。たかが面接、されど面接よ。それで一生が決まっちゃうんだからね」

「まあ、それはそうなんですけど」

「だったら真面目にやんなさい」

まずお風呂入って、とわたしは命じた。はい、と児島くんが素直にうなずいた。

4

翌日、朝一番でわたしは是枝部長と共に秋山役員のもとへと向かった。昨日のツバサ会議が長引いたので、秋山役員を捕まえられず、報告が遅れていたのだ。

「長谷部レイはどうだった？」

秋山役員がまず聞いてきた。美人でしたな、と是枝部長が言った。そりゃよかった、と秋山役員がうなずいた。

男というのは簡単なものだ。美人というだけで何もかも許してしまえる。秋山役員にしても、それは例外ではなかった。

「それで、会議はどう進んだの？」

わたしは昨日あったことをそのまま話した。大体が電勇主導で話は進んでいたので、説明するのは楽だった。なるほどね、と秋山役員が首を縦に振った。

「それじゃあ、〝ツバサ〟の味も気に入ってくれたわけだ」

「そうです」

「本人もやる気ありと」

「そうですね」

「いいじゃないの。乗ってるってことだ」

そりゃまあ、とわたしは言った。

「乗ってもらわないと困ります」

「三千万も払うんだもんな」秋山役員が笑った。「元は取ってくれないと」

「うちとしてはかなり大規模なコマーシャルですから」是枝部長が言った。「新聞広告も打ちます。雑誌、ラジオは言うまでもありません。もちろんインターネット広告も」

「前、言ってたやつ……あれはどうなった」秋山役員がわたしの方を向いた。「有名ブロガーを集めて、〝ツバサ〟の試飲会をするって話」

「手配は終わりました。発売一週間前に実施する予定です」

「何人ぐらい来るの?」

「四、五十人でしょうか。それについては広報部が直接タッチしているので、その報告待ちです」

「ブロガーっていうのがどうもね」是枝部長が渋い顔になった。「叩かれなきゃいいんですが」

有名ブロガーを招いて意見を聞く会を開くというのは、どこの会社でも同じようなことをやっている。大体の場合、ブロガーの方も大人で、商品に関しては当たり障《さわ》りのないことを記事にするのだが、ひとつ対応を間違ってブロガーたちのプライドを傷つけるようなことをしてしまうと、後はどうなるかわからなかった。

わたしの聞いた例では、ある冷凍食品の試食会をやったところ、メーカーの対応が悪く、飲み物が出なかったらしい。そのためにその商品はネット上でさんざんに叩かれ、結局発売中止にまで追い込まれたという。ブロガーを呼ぶのは、リスクを伴う行為でもあった。

「注意しろよ」秋山役員が言った。「ああいう連中はプライドが高い。ネット上では神様扱いだからな。それだけに取り扱いには注意が必要だ。万事手抜かりのないように。おみやげなんかも忘れるなよ」

「私はどうも好かんのですがね」是枝部長が鼻をかんだ。「ネットに文章を載《の》せるだけで、そんなに影響力があるんですかね」

「まあ、あるんだろう。人気ブロガーともなると、一日のヒット数が万単位にもなると聞いている。それだけの人がブログを見ているということだ。一定の影響力はあるだろう」

「時代も変わりましたねえ」

「まったく」

二人がちょっと哀《かな》しそうな顔になった。あと、何か報告することはあるだろうか。

「とりあえず、コンビニチェーン店は各社とも協力的です」わたしは言った。「各社すべての店舗において、ポスターを貼《は》ってくれるという言質《げんち》を得ました」

「長谷部レイの？」

「そうです。彼女が〝ツバサ〟を持って、ニッコリ笑うというパターンです」

「まあ、何でも露出しておくに越したことはないしな」秋山役員がうなずいた。「とにかく、チャンスは逃すな。話題になるんだったら何でもいい。どんなメディアにでも取り上げてもらうよう、努力してくれ」

ところで人手は足りてるのか、と秋山役員が聞いてきた。何を言ってるんですか、とわたしは唇を尖らせた。

「足りてるわけないじゃないですか」

「一課と四課から人を出させています」是枝部長が説明した。「それぞれ一名ずつ、臨時に二課のメンバーというか、〝ツバサ〟担当ということで。それでもまだ足りません」

「どうするかね」

「三課からは人を出せません。あっちはあっちで、新商品の〝スーパーミルク〟を抱えてますから。正直、三課も人がいないんです」

「アルバイトの手配は？」

「そんなの、とっくにやっています」わたしは言った。「でも、アルバイトにできる仕事には限りがあります。まさか、長谷部レイのアテンドをバイトにやらせろとかおっしゃるんじゃないでしょうね」

そんなことは言ってない、と秋山役員が肩をすくめた。できるわけないんです、とわたしは身を乗り出した。

「ちゃんとした社員で、それなりに責任を持たせることのできる人がいなければ、話は進みません。もう発売は来月に迫っているんです。こんなことじゃ、どうなるかわかりませんよ」

「脅かすなよ」秋山役員が言った。「そこを何とかさ」

「何とかなる状況じゃないんです」

「是枝部長、こうしたらどうかな。広報の連中も使おう。今までの通常業務に加えて、〝ツバサ〟担当を増やせば……」

「私は結構ですが、組合が何と言うかわかりません」是枝部長が首を振った。「部を越えた労働は、組合の最も嫌うところです」

「宣伝広告局だぞ。一緒じゃないか」

秋山役員が言った。これは難しいところで、銘和の場合、同じ局でありながら宣伝部と広報部の垣根は曖昧だ。

一応、ひとつの部署としてくくられており、担当役員も秋山役員となっている。だがその実態はといえば、それぞれの部署がひとつの砦《とりで》を築いているという感じだった。宣伝部と広報部の間の溝はかなり深い。

昔はそんなことはなかった。広報部が広報課だった頃は、宣伝部の仕事を手伝うというのが一般的だったが、去年の暮れの組織改編で広報課が広報部に格上げされてからというもの、広報部は宣伝部との間に一線を画している。広報部長の岩見《いわみ》部長も、広報部の独立運動に闘志を燃やしているということだった。

「岩見とはおれが話すよ。嫌とは言わせない」

それはまあそうだろう。だいたい、人事の話は役員の仕事だ。わたしたちの口出しするところではない。

「時間がないんです。人をください」

わたしは最後にそう言った。わかってる、と秋山役員がうなずいた。

5

わたしは二課に戻った。待っていたのは水越だった。

「何かあった？」

「ちょっといいすか」

わたしは座りながら言った。水越は立ったままだ。

「急ぎの用ってわけじゃないんですけど……〝モナ〟の件で」

言うまでもないことだが、わたしたち宣伝二課の仕事は〝ツバサ〟だけではない。担当的にいえば、銘和乳業の取り扱っている商品の中の健康食品に関するものすべての宣伝が、わたしたちの管轄だった。

銘和の扱っている商品は、小さなものから大きなものまで合わせると数百を超える。もちろんその中には定番商品でもある牛乳などの乳製品も含まれる。含まれるというより、その割合が大きいと言えるだろう。

ただ、定番商品はあえて宣伝する必要がない。必要がないと言い切ってしまうと語弊があるかもしれないが、とりあえず緊急事態が勃発するようなことはない。

商品そのものが宣伝媒体なのだ。スーパーマーケットなどの陳列棚に並んでいれば、消費者はそれをいつものように買って帰る。そういう商品も少なくなかった。

だから数百を超える銘柄があるとはいえ、その宣伝にいちいち対応する必要はないのだけれど、わたしが担当している宣伝二課は違った。二課の担当する商品は比較的新しい分野である健康食品すべてだった。

どういうことなのかというと、健康食品には新商品が多い。昨今の健康ブームで、銘和の販売部や商品開発部は、やたらと健康食品関連商品を作りたがる。作りたがるというとまた違うのかもしれないけれど、とにかく最近はその数がどんどん増えているのも事実だ。

そして、健康食品にはまだまだニーズがあると考えられている。そのためには消費者を啓蒙《けいもう》していかなければならない。

具体的に言えば、これこれこういういいことがあるから、ぜひこの健康食品を買って試してみてはどうでしょうかということで、それを宣伝とわたしたちは呼ぶ。

最近の銘和の新商品には、その二割が頭に健康がつく。そしてそのすべてに宣伝が必要だ。

宣伝というものは、発売当初だけでは終わらない。もちろん発売時に最も力を注ぐのだけれど、その後も継続して宣伝を行っていかなければならない。

従って、わたしたち宣伝二課の仕事は増えるばかりだった。実際のところ、四つある宣伝の課の中で、一番働いているのはわたしたちだろう。もしかしたら会社の中でも最も働いているのではないかとさえ思えた。

ルーティンの仕事だけでも手一杯なのに、〝ツバサ〟のような新しいコンセプトを持つ新商品が次々と開発されていく。それをたった六人の課員で何とかしろという方に無理があるのだ。

わたしにはそんな不満があったのだが、水越はまた何か新しい問題を持ち込んできたらしい。とにかく聞くわよ、と言った。

「〝モナ〟なんですけどね……販売が、そろそろ新しいフレーバーの商品を売りたいって言ってきたんですよ」

「売りたいなら売ればいいじゃない」

「商品開発部も、何か新しい次の商品を用意しているらしいんです」

「勝手に用意すれば」

「ついては、新しい宣伝を考えてくれって話なんですよ」

また何かやれって言うの？　とわたしは聞いた。そういうことです、と水越がうなずいた。

「販促費が出るには出るらしいんですけど、それはスーパーとかで試飲のイベントをやるっていうことで終わりだっていうんです」

「それで？」

「他に何か宣伝を打てないかって。今までの商品と一緒に」

そんなお金ないわよ、とわたしは首を振った。

「どこにそんな予算があるっていうの？」

「一応、宣伝費の枠があるじゃないすか」

「そんなもん、とっくに使い切ったわ」

「だから新商品を発売するんじゃないすか。新フレーバーの商品が出れば、そこに宣伝費がつく。それでもう一回〝モナ〟を盛り上げようって」

「気持ちはありがたいけど、無理だわ」わたしは言った。「広報に言ってよ」

「広報に予算なんてないのは、川村課長が一番よくわかってる話じゃないすか」

「あなただって知ってるでしょ」

広報には予算がない。まるっきりないといえば嘘《うそ》になるが、とにかく微々たるものだ。とても新商品の宣伝などできるはずもない。

「とにかく、そんなお金ないわ。新商品を出すなら、ポスターぐらいだったら作れるけど、それ以上は無理よ」

「そこを何とかなりませんかね。たとえば〝ツバサ〟の予算から、ちょっと引っ張ってくるとか」

水越はなぜ〝モナ〟にこだわっているのだろう。彼にしては珍しく執拗《しつこう》な抵抗を見せていた。

「いったいどうしたのよ。何があったの？」

「商品開発部、一生懸命なんですよ。見てらんないっつうか」

わたしはじっと水越を見つめた。水越が目を逸《そ》らした。

「正直に言いなさい。誰かに頼まれたの？」

「いや、別に頼まれたとかそういうんじゃないです」

「じゃあ何で？　何でそんなに必死になってるわけ？」

「……実はですね」水越が前かがみになった。「商品開発部に桜井《さくらい》さんて人がいまして」

「桜井洋子《ようこ》?」

「ええ。彼女が〝モナ〟担当なんですけど、まあ必死というか頑張ってるというか……」

桜井洋子というのは商品開発部でも珍しい女性社員だ。理系の大学を出て、うちに入ってきたということで、ちょっとした社内の有名人だった。ついでにいえば、研究者らしからぬナイスバディという噂も聞いていた。

おそらく、水越はその桜井洋子という女性に好意を持ってしまったのだろう。彼女のために何かしてやりたいと考えた。だからわたしのところへ来たのだ。

それはいい。恋愛が仕事のモチベーションになるのは有り得る話だ。決して悪いことではない。

ましてや、いつもやる気の感じられない水越がこんなに一生懸命になっているのだから、むしろいいことだと考えるべきなのだろう。

だがそれはそれ、これはこれだ。新フレーバー商品の宣伝のために、巨額な宣伝費を動かすわけにはいかない。それは常識で考えればすぐにわかる話だった。

「まあ、気持ちはわかるけど……ないものはないわ」わたしは言った。「あなたはお金のかからない宣伝の方法を考えなさい。それが一番よ」

「ですが、まるっきりないんじゃ考えようがないっす」

「だから、ポスター作るぐらいの金は出すって言ってるじゃないの」

「そんなお金」水越が吐き捨てた。「右から左ですよ」

「そこを考えるのよ。それがあたしたちの仕事じゃないの」

「じゃあ、とにかくポスターは作ってくれるんですね？」

「予算を出しなさい。金額が出たら、上と話してみるから」

よろしくお願いします、と水越が頭を下げた。他の仕事もそれぐらい本気でやってくれないものかと思った。まったく、仕事が多すぎる。

6

翌週、児島くんは面接に行った。二社とも十日から二週間ほどで結果が出るということだった。

出来はどうだったのと聞くと、まあぼちぼちですという答えが返ってきた。どういう意味なのかはよくわからないが、大きな失敗はしていないということなのだろう。

とにかく児島くんは就職に向かって一歩踏み出した。悪い話ではない。

「でも油断しちゃ駄目よ」わたしは言った。「両方とも落ちることだって十分考えられるんだからね」

「不吉なこと言わないでください」

「現実を語ってるのよ、あたしは。受けたから受かるってもんじゃないわ。問題はその後よ」

「そりゃそうですけど」

「他のところも引き続き探すこと。コネでも何でも使って、どこでもいいから受けるのよ」

わかりましたわかりました、と児島くんが二度繰り返した。

「でもさ、とりあえず面接終わったわけだし、飯でも食いに行きませんか」

「ご飯？」

うん、と児島くんがうなずいた。

「銀座に知ってる店があるんです。中華なんですけど、なかなかいい店なんですよ」

晶子さんもここのところ忙しかったし、少し骨休み的なことも必要なんじゃないですか、と言った。なるほど、うまいことを言うものだ。

そういうわけで、わたしたちは日曜の夜銀座へ向かった。東銀座の駅から歩いて三分ほどのところにその店はあった。

店名は〝亜Q〟といった。なかなかオシャレな外観の店だ。まだ新しい。

「本店が横浜にあるんですけど」相変わらず児島くんは食事情に詳しかった。「最近、ここに支店ができたんです」

「そうなんだ」

わたしたちは予約していた夜七時ぴったりに店に入った。黒服のボーイが迎えてくれた。中華らしくないお出迎えだった。

「ちょっと……高くないの？　この店」

「まあいいじゃないですか。万事任せてくださいって」

児島くんがウエイターを呼んだ。何かこそこそ話し合っている。ワインでいいですか、と聞く。いいけど、と答えた。

「中華でワイン？」

「ここ、そういう店なんです」

児島くんが何か指さした。ウエイターがうなずいてその場を去っていった。

「コースで頼んでありますから」児島くんが言った。「一番いいコースですよ」

「どうしたのよ、児島くん。何かあった？」

「面接祝いです」児島くんが真面目な顔になった。「そりゃ、少しぐらい贅沢してもバチは当たらないんじゃないですか？」

何だかよくわからないままに、ワインがテーブルに届けられた。フルボトルだ。わたしにはワインの知識などないが、それはとても高そうに見えた。

「ちょっと、大丈夫なの？　フルボトルなんて」

「まあまあ。とにかく乾杯しましょう。ぼくの就職がうまくいくことを願って。もちろん、〝ツバサ〟がメチャクチャ売れることも」

「そりゃ、児島くんの就職がうまくいってくれればいいんだけど」

「だったらゴチャゴチャ言わない。さ、乾杯しましょう」

わたしたちは赤ワインでそれぞれの仕事の成功を祈って乾杯した。背の高いワイングラスが触れ合って、澄んだ音をたてた。

すぐに前菜が届いた。ピータン、くらげの和《あ》え物、蒸《む》し鶏《どり》、小魚の炒《いた》め物とよくあるメニューだったが、デザインが違った。

それぞれ美しい皿に、まるで何かのモザイクのように載せられている。見ているだけで美味しさが伝わってくるようなひと皿だった。

「さあ、食べましょう食べましょう」児島くんが料理を取り皿に取り分けた。「美味しそうじゃないですか」

「何か、すごい高級な感じがする」わたしは言った。「びびりそう」

「たまにはこういうデートもいいじゃないすか」

蒸し鶏をひと口食べた。異常なまでに食感がいい。何というか、とにかく柔らかい。ソースも絶品だった。

「美味しい」

「ですね」

それから次々に料理がやってきた。冬瓜《とうがん》のスープ、白菜のクリーム煮、何という料理なのかはわからないけど、ヒラメを蒸したもの、海老《えび》のサラダ、口休めのシャーベット、そして豚のステーキ。

全体的に中華というよりフレンチの感じがした。ヌーベルシノワとは、こういう料理のことを言うのだろう。

最後にシェフがやってきて、わたしたちの目の前でチャーハンを作ってくれた。シェフは背が高く、なかなか格好いい人だった。まだ若いだろう。三十代に見えた。

「最後は中華なのね」わたしはささやいた。「思いっきりコテコテの」

「まあ、中華料理屋ですから」児島くんが答えた。「最後ぐらいコテコテじゃないと」

シェフがお皿にチャーハンを取り分けてくれた。わたしはひと口食べて驚いた。ご飯がぱらぱらで、ひと粒ひと粒の食感がはっきりとわかるほどだった。

そしてその味付け。塩コショウだけのシンプルな味だったが、絶妙としか言いようがなかった。

わたしはこんなに美味しいチャーハンを食べたことがない。それを伝えると、児島くんが嬉しそうにうなずいた。

「うまいってよ、兄貴」

兄貴？　どういうことだろう。

「お楽しみいただけましたか」シェフが白い帽子を取った。「いつも達郎《たつろう》がお世話になっています」

お兄さん？　児島くんのお兄さんなの？

「上海から戻ってきたんですよ」児島くんが言った。「二カ月ぐらい前かな。それで、この店のシェフを任されて、今ここにいるというわけです」

「すいません、全然知らなくて……あの、すごく美味しかったです」

「頑張って作りましたので」

児島くんのお兄さんがにこにこと笑った。言われてみれば、その笑顔にはどこか児島くんのそれを思わせるものがあった。

「いろいろ聞いてます、達郎から」

「……はい」

「親父はともかく、オフクロや妹たちが反対してるそうですね」

わたしは黙った。この人は何を言うつもりなのだろう。

「ぼくは賛成ですから」児島くんのお兄さんが言った。「達郎が選んだ女性です。間違いはないでしょう」

「……ありがとうございます」

「それを伝えたくて、今日は来ていただきました」

そうだったのか。だから児島くんはわたしをこの店に連れてきたのか。

「とにかく、ゆっくり話がしたいですね。デザートの後にでも」

児島くんのお兄さんがウインクをして、その場を去っていった。児島くんがわたしの腕に触れる。ちょっと幸せな気分になっていた。

トラブルについて

1

店は閉店時間を迎えていたが、わたしたちはそのまま席に座っていた。そうしてほしいと児島くんのお兄さんに言われたからだ。

客が皆帰り、わたしたちだけがぽつんと取り残されていた。そこに児島くんのお兄さんがやってきた。

「お待たせしました」

いつの間にかお兄さんは着替えていた。白いワイシャツ、グレーのスラックス。ネクタイはしていない。身長が高いのは、兄弟揃《そろ》って似ているところだった。

「座っても?」

もちろんです、とわたしは答えた。お兄さんが児島くんの隣に腰を下ろした。

「さっきはすいません。ばたばたしていまして」

「とんでもありません。お忙しいのに、こっちこそすみません」

わたしは言った。何か飲みませんかとお兄さんが言った。わたしたちはそれぞれにビールを頼んだ。

お兄さんが合図をすると、黒服の男が近寄ってきた。お兄さんが何かささやく。引っ込んだ黒服がすぐ戻ってきて、ビールをわたしたちの前に置いた。

「さあ、乾杯しましょう」お兄さんがグラスを高く掲げた。「お二人のおつきあいに」

「乾杯」

児島くんがグラスをお兄さんのそれに合わせた。澄んだ音がした。わたしもそれになった。

「いやいや、驚きましたよ」お兄さんがひと口ビールを飲んだ。「達郎がつきあっているのが、こんなに素敵な女性だとは思いませんでした」

「素敵なんかじゃありません」

わたしは手を振った。いやいや、とお兄さんが笑った。

「自分の弟ながら、なかなかやるもんだなと感心しています」

ぼくは達彦《たつひこ》といいます、と児島くんのお兄さんが名乗った。達彦。たぶんお父さんの名前にも達の字が入っているのだろう。そういえば児島くんのお父さんの名前を聞いたことがなかったな、と思った。

「お兄さんはおいくつなんですか」

わたしは聞いた。今年で三十四になります、と達彦さんが答えた。三十四。わたしより四つも下だ。

「ご結婚は……されてないんですか」

「まだ修業中でして」苦笑が浮かんだ。「それどころじゃないというか」

「兄貴、彼女いないんだよ」児島くんが言った。「晶子さん、誰か紹介してあげてよ」

「そんな……あたしの周りにいる女子なんか、みんな歳を取っているわ」

「年上の女性とはつきあったことがないんです」達彦さんが言った。「ちなみに、達郎もそうです。今までつきあった女性といえば、年下かせいぜい同じ歳ぐらいまで」

それはわたしも聞いていた。児島くんの恋愛については過去のことをすべて聞いていたが、どれもごく普通の恋愛だった。

そんな弟がいきなり十四も年上の女性とつきあい出したのだから、お兄さんとしてはさぞやびっくりしたことだろう。わたしがそう言うと、正直なところそうです、と達彦さんがまた苦笑した。

「常識で考えれば、なかなか難しいところでしょう。ご存じかどうか、親父はちょっと変わったところのある人間なんで、どうにか受け入れたと思いますが、オフクロがちょっとね」

「知っています」

「児島家っていうのは、男系と女系ではっきりと分かれるんですよ。ぼくもサラリーマンじゃない仕事に就いているし、弟も失職しているときている。女は普通です。オフクロはごく普通の専業主婦だし、妹たちはこれまた一般的な人種です。そういう家なんですね」

「ばあちゃんもだよ」児島くんが言った。「ばあちゃんも普通のおばあちゃんさ」

そうだな、と達彦さんがうなずいた。ちょっと沈黙が流れた。

「まあ、それはそれとして」達彦さんが口を開いた。「さっきも言いましたが、ぼくは二人の関係について賛成してますから」

「なぜです？」

わたしは聞いた。こいつはね、と達彦さんが児島くんの肩に手を置いた。

「なかなか信頼できる男なんですよ」

「はい」

「ぼくとは十歳離れていますが、なかなかいい男に育ったと勝手に思ってます。達郎はいい奴なんです」

やめてくれよ兄貴、と児島くんが笑った。まあいいから、と達彦さんが話の先を続けた。

「ぼくがコックになることを決めたのは、中学を卒業した頃の話なんですが、なかなか親には話せなかった。高校へは行きましたが、大学へ進むつもりはなかった。料理人の道へ進もうと思っていたからです」

「はい」

「ですが、親父はともかく、オフクロにはそれが言えなかった。反対されるのはわかりきっていました。ご存じかどうか、コックは修業期間の長い仕事です。十年かかって一人前になれるかどうか……そんな仕事です」

「何となくわかります」

「息子がそんな苦労の多い人生を歩もうとしていることについて、オフクロが反対するのは当然です。オフクロは普通の主婦ですからね、ぼくを平凡なサラリーマンにしたかった。もっと言えば、公務員にしたかったようです」

「そうなんですか」

ええ、と達彦さんが笑った。

「普通の職業に就いてほしい、というオフクロの願いはわかっていました。だからなかなか言い出せなかったんですが……こいつが肩を押してくれました」

児島くんの背中を叩いた。

「どういう場面でだったかは忘れましたが、とにかくぼくたちは家族で食卓を囲んでいた。将来どうするの、みたいな話になった時、こいつが言ったんです。お兄ちゃんはコックさんになりたいんだよって」

そうなの？　とわたしは聞いた。そんなこともあったっけ、と児島くんがうなずいた。

「兄貴はぼくだけに将来の夢を語ってくれてたんです。親父も知らなかった。まだ子供でしたからね、ぼくは。深い考えもなく、そんなことを言ったんですよ」

「それでまあ、大騒ぎになったんですが……とにかく、こいつだけは終始ぼくの味方でした。コックになりたいというぼくの夢を後押ししてくれた。しまいには、自分がサラリーマンになるから、お兄ちゃんにはやりたいことをさせてあげてほしいとまで言ってくれた。そういう弟なんです」

「サラリーマン、失職しちゃったけどね」

児島くんが舌を出した。すぐ別の仕事が見つかるさ、と達彦さんが優しく言った。

「とはいえ、まだまだ半人前です。未熟なところもあります。川村さんには逆にご迷惑になってるんじゃないかと……」

「とんでもないです」わたしは首を振った。「わたしの方こそ、児島くんの足を引っ張っているんじゃないかと思ってます」

「どういう意味ですか」

「その……もっと年齢的にも釣り合いの取れる人がいるんじゃないかと思って。こんなわたしなんかにつまずいてる場合じゃないだろうって」

「つまずいているとは思えませんね」達彦さんが断言した。「いいところに落ち着いたなと思っていますよ」

「そうでしょうか」

「二人は良く似合ってます。ぼくが言うんだから間違いない。似合いの二人ですよ」

「……そうなの？」

わたしは聞いた。自分ではそう思ってるよ、と児島くんが胸を張った。

「とにかく、今日は飲みましょう」達彦さんが手を挙げた。「ビールでいいですか？ワインなんかもありますよ」

「じゃあ……赤ワインを」

黒服が近づいてきた。

2

その晩、わたしはしたたかに酔った。

児島くんのお兄さん、達彦さんがわたしたちの関係に賛成してくれているということが嬉しくて、ついつい飲み過ぎてしまったのだ。

正直、わたしたちの関係についてお互いの親族は全員反対しているといってもいい。児島くんのお父さんは別として、それ以外はすべてだ。

そんな中、児島くんが一番仲のいいお兄さんがわたしたちの関係を認めてくれた。こんなに嬉しいことはなかった。

わたしたちは亜Qというその店を出て、バーを三軒はしごした。支払いのことはよく覚えていない。本来なら一番年上であるわたしが払うべきだったのかもしれないが、どうやら達彦さんが払ってくれたようだ。

そんなこんなでわたしは二日酔いとなり、頭痛がひどかった。休日明け、月曜日に出社してもなお、気分の悪さは収まっていなかった。

そんな時に限ってトラブルが起きる。〝ツバサ〟について長谷部レイの事務所からクレームが入ったのがその発端だった。

クレームの内容は、長谷部レイが〝ツバサ〟のコマーシャルに出演するという話が、どこからか業界に流れてしまったというものだった。

それの何が問題なのか、最初はよくわからなかったが、聞いてみるとこういうことだった。長谷部レイの事務所は長谷部を総合タレントとして売っていこうと考えている。当然のことながら、コマーシャルについては一社独占というわけではない。いろんな会社の仕事をしようと考えていた。

その中にチョコレートの新商品を宣伝する話があった。ところが、〝ツバサ〟を発売するわたしの会社、銘和乳業はその傘下にグループ会社として製菓会社を持っていた。それが話をややこしくしていた。

コマーシャル業界には不文律がある。同業他社の製品のコマーシャルには出ないというものだ。当然のことと言えるだろう。

同じタレントがこっちではA社の商品を、あっちではB社の商品を宣伝していたというのであれば、いったいどっちが本線なのかわからなくなってくる。子供が考えてもわかる話だ。

長谷部レイの事務所は、もちろんその辺りのことを十分に承知していた。だからこそ、新しいチョコレートの宣伝について、慎重に取り組んでいたのだ。

くどいようだが、銘和のグループ会社にはチョコレートを売っている製菓会社がある。拡大解釈して言えば、銘和の製品のコマーシャルに出演しているということは、銘和の宣伝をしているのと同じだ。ひいては銘和グループの宣伝ということになる。

だが、正式に話を通さずに情報が漏《も》れたことによって、長谷部レイが出演しようとしていたチョコレートメーカーが態度を急変させ、コマーシャルには起用しない方向で話が進んでいるという。大変困っています、というのがクレームの内容だった。

わたしとしては、話を大事《おおごと》にしたくなかった。今のところ〝ツバサ〟の件は順調に進んでいる。

何かが起きて、撮影が中止になったらすべてが終わりだ。そんな事態だけは避けなければならなかった。

そのためには、うちから情報が漏れたのではないことを証明しなければならない。銘和に非があると認めるわけにはいかなかった。

とはいえ、それは困難な作業だった。うちの課員は六人いるが、その誰かがどこかで〝ツバサ〟のコマーシャルに長谷部レイを起用することを喋ったかどうかなど、調べるのは無理なのだ。

うちの課に限ったことではない。長谷部を使うことは、マーケティング部などの調査に基づいて決まった話だ。

そのためにはモニタリング調査などもしている。どこでその情報が漏れたかなど、わかるはずもなかった。

わたしはずきずきする頭を抱えて、トラブル処理に乗り出した。とにかく、どこで話が漏れたかを突き止めねばならない。だがそれは海岸の砂浜でダイアモンドをひとつ捜すことぐらい難しかった。

となると、後はできることなど限られている。具体的には、長谷部レイの事務所をなだめることだ。わたしは浅田マネージャーと至急会うことにし、言葉を尽くして説得した。

浅田マネージャーとしても、事を荒立てるつもりはなかったようだ。ともあれ、非常に困るという意思表示をしてくるだけだった。わたしはひたすら頭を下げ、許しを乞うしかなかった。

それだけで一日が過ぎた。浅田マネージャーは何とかわたしの話を理解してくれたようだった。少なくとも、わたしの話を聞いてくれた。こっちはこっちで何とかします、というのが浅田マネージャーの最後の言葉だった。

しかし、トラブルはそれだけではなかった。他の商品についても、細かい面倒事が次々に起きた。それぞれ、ひとつひとつは瑣末《さまつ》なことだけれど、放っておくわけにもいかない。

課長職というのは、現場の最前線だ。どんなところにも出て行かなければならない。わたしは仕事に没頭していた。

児島くんからメールがあったのは、そんなこんながようやく片付きつつあった火曜日の午後のことだった。今、電話してもいい？　というのがメールの内容だった。

わたしは携帯電話を取り上げて、非常階段へと向かった。

3

「もしもし？」
「はい」
「あたし」
「……うん」

児島くんの声は暗かった。どうしたのよ、とわたしは聞いた。

「うん……」

児島くんらしくもないことだった。何をそんなに沈んだ声をしているのだろう。

「どうしたのよ」

「うん……あのね、就職のことなんだけどさ」

「決まったの？」

「いや……面接、落ちた」

「嘘」

「マジ」

「何で」

「そりゃこっちが聞きたいぐらいで」児島くんが乾いた笑い声をあげた。「何がどうなってるんだか」

「だいたい、通知は十日後じゃなかったの？」

「そのはずだったんだけど、ついさっき電話があった」

「何て？」

「申し訳ないけど、今回はご縁がなかったということでって言われた」

「二社とも落ちたの？」

「いや、ひとつだけ。広告代理店の方」

「他には？　何か言われた？」

「本来合否は週末か翌週頭に行う予定だったけれど、皆さんそれぞれご都合がおありでしょうから、早めに通知しました、だってさ」

「都合って何よ」

「これからの就職活動のことだと思うよ。落ちたのがわかれば、次へ行きやすくなるじゃない。そういうこと」

なるほど。親切といえば親切な話だ。それにしても。

「どうして落ちたのかしら。児島くんを落とすなんて、バカじゃないの、その会社」

「晶子さん、過大評価し過ぎ。ぼくなんて、そんなたいしたもんじゃないんだから」

「まあいいわ。まだ一社残ってるんだし、他だってある。諦めちゃ駄目よ」

「諦めるつもりはないよ」

「今、何してるの？」

「家で次に面接できる会社を探してるところ」

「何かいいのあった？」

「なかなかないなあ」児島くんがのんきな声を上げた。「帯に短し、タスキに長しってやつで」

「贅沢言わないの。どこでもいいから、入れるところに入りなさい」

「わかってますって」

「それにしても、何で落ちたかなあ」

「わかりゃ苦労しないって」

「何かミスした？　面接の時に」

「さあ……自分ではわからないけど」

「着てる服とか、おかしかったのかしら」

わたしは面接の朝のことを思い出していた。児島くんは最近床屋に行ったばかりという髪形で、普通のスーツに紺のネクタイをして出ていったはずだ。靴も新しい。わたしが磨いたものだった。

「何かやらかしたのかなあ、おれ」

「そんなことはないと思うけど……」

「まあ、そんなに簡単に行くとは思ってなかったけどね」

「そりゃそうよ。就職なんて人生の一大事だからね。そんなに簡単に事が進むと思ったら大間違いよ」

「わかってる」

「とにかく落ち着いて。一社ぐらい落ちたからって何なのよ。そんなこと世の中にはよくある話だわ。他の会社を探しなさい」

「うん」

「まだ一社残ってるんだし、ヤケにならないで」

「いよいよ宅配便かなあ」児島くんがうつろな声を上げた。「もうそれしか残ってないような気がする」

「児島くん、それは止めといた方がいいと思うよ」

「でも、ぼくって肉体労働似合ってると思わない？」

児島くんが真面目な声で聞いた。確かに、児島くんには腕力もある。体も強い。肉体労働にふさわしいスキルは揃っているといえるだろう。でも、しかし。

「児島くん、あたし、今忙しいの。帰ってから話そう」

「ごめんね、忙しいところ電話なんか」

「ううん、それはいいんだけど……でも本当に忙しいのよ。ゴメンね、また連絡する。メールちょうだい」

「わかった」

「じゃあ、またね」

「はい」

「切るわよ」

「了解」

わたしは電話を切った。やれやれ。そんなことになるとは思っていなかった。

というより、話が速すぎるのだ。もっと後になってからの話ではなかったのか。

(しょうがない)

仕方のないことだった。落ちる時は落ちる。それは児島くんの人間性の問題ではない。児島くんがその会社に向いてないということなのだ。

それに、もしかしたらもっと強力なコネを持つ誰かが正社員の座に就いたのかもしれない。こんな季節外れの求職活動なのだから、何があってもおかしくはなかった。

わたしはひとつため息をついて、デスクに戻った。

4

三千万円の稟議が通ったよ、と是枝部長が言ってきたのは、その日の夕方のことだった。

三千万円というのは、〝ツバサ〟コマーシャルにおける長谷部レイの出演料のことだ。この数日で初めていいニュースを聞いたような気がした。

「正式に役員会で通った。さすがに社長もハンコをつくだろう」

是枝部長が言った。良かったですね、とわたしはうなずいた。

「ほっとしました」

「まあね、通るとは思っていたけどね」是枝部長が役員席の方をちらりとみた。「秋山氏が大演説ぶったらしい。今だから言えるけど、営業なんかの中には、高すぎると言っていた連中もいたようだ。それを説得したんだから、秋山氏もたいしたもんだよね」

「さすがですね」

「まったくだ……しかし、これでもう後戻りはできないことになった」

「そうですね」

もう一度うなずいた。すべての条件は揃ったことになる。もう後へは引けない。

「それでだ、撮影までの段取りをもう一度秋山氏に伝えてもらいたくてね」

「はい」

「すぐできるかい？」

「資料は揃ってます」

「さすが川村さん、遺漏はないね」

それが仕事ですから、とは言わなかった。それではあまりに可愛《かわい》げがないだろう。

「いつならいい？」

「今すぐにでも」

「わかった。秋山氏の都合を確認してくる。ちょっと待っててくれ」

是枝部長が秋山役員の方へと向かった。わたしは大急ぎで机の上を引っ繰り返して、資料を揃え始めた。

「川村さん、ちょっと」

是枝部長の呼ぶ声が聞こえた。立ち上がって役員席へと向かう。

「お疲れさま」秋山役員が言った。「聞いたと思うが、予算が通ってね。すべて本決まりになった。やるぞ」

「はい」

「それで段取りについて再確認したい。今、いいかい」

「できれば、三十分ほどいただければと……その間に準備しますので」

三十分後か、と秋山役員が腕時計を見た。

「わかった。じゃあ四時半にしよう」

「了解しました」

「どこでやる？」

「会議室を取りましょう」是枝部長が言った。「急な話ですが、どこか空いてるでしょう」

「すまないけど、よろしく頼むよ」

では四時半に、と言って秋山役員が手を振った。わたしは是枝部長と共に自分たちのデスクへ向かった。

「藤沢くん」

「はい」

席にいた藤沢を呼んだ。ちょっと緊張した表情で藤沢が是枝部長のデスクに近寄ってきた。

「あのね、三千万の件だけど、予算が通ったの」

「あ、そうですか」藤沢が手を叩いた。「そりゃよかったですねえ」

「それで、秋山役員がこれから撮影までの流れを知りたいっておっしゃってるの」

「はい」

「それも三十分後に」

「準備します」

「あたしも資料は全部持ってるけど、あなたが専任でやってるから、説明はあなたの方からしてもらった方がいいと思って」

「やります。やらせてください」

藤沢の目が光った。この子は時々こういう目をすることがある。できる子なのだけれど、顔にすぐ出てしまうのが欠点だった。

上昇志向が強すぎるのだ。それでも、とりあえずこの場は藤沢に任せる方がいいだろう。

「じゃ、お願いするわ。四時半スタートよ」

「会議室はこっちで取っておく」是枝部長が言った。「呼ぶから、来てくれればいい」

「わかりました」

藤沢がきびきびした足取りで自席に戻った。是枝部長が自分のデスクに座った。

「よろしく頼むよ」

「はい」

「細かいところは全部君任せだからねえ」是枝部長が苦笑した。「すまんね、出来の悪い部長で」

「とんでもありません。みんなやりやすいって言ってます」

「そう言ってもらえると助かる……まあ、とりあえず今はその話はいい。問題は役員への説明だ」

「はい」

「うまくやってくれ。もちろんわたしも同席する」

「はい」

では、と言って自分の席に戻った。やらなければならないことは山ほどある。

とにかくひとつひとつ片付けていかなければならない。わたしは立ち上がりっ放しになっているパソコンのキーボードに指を置いた。

5

秋山役員への説明は四時半ちょうどに始まった。話はそれほど難しくなかった。

だいたい、プレゼン案は説明済みなのだ。これはあくまでも確認の作業だった。

「ということは、再来週の日曜、朝九時から撮影が始まるということだな」

秋山役員が言った。そうです、とわたしは答えた。

「場所は麻布《あざぶ》のスタジオです。セッティングは当日までに電勇さんがやってくれます」

「おれは何時に行けばいい？」

「朝六時半にはいらしていただければと思っています」

「ずいぶん早いな」

秋山役員が苦笑した。日曜なのにすみません、とわたしは頭を下げた。

「いや、いいんだよ、そんなの。当然の義務だし」

「社運を賭けて、とまではいいませんけど、大規模なプロジェクトです。やっぱり役員にもいらしていただかないと……」

「わかってるわかってる。行きますよ。君たちは何時から入る？」

わたしと藤沢は目を合わせた。

「朝六時には入っていたいと考えています」

藤沢が言った。六時かあ、と是枝部長が天井を仰いだ。

「仕方がないじゃないですか。長谷部レイはメイクやヘアの関係で七時に来るんですよ。それより遅かったらシャレにならないっていうか」

藤沢が唇を尖らせた。わかってますよ、と是枝部長が言った。

「ただねえ、早いなあと思ってさ。それだけの話だよ」

「撮影時間はどれぐらいを予定している？」

秋山役員が聞いた。もろもろ合わせて八時間ぐらいです、とわたしは答えた。

「コマーシャル撮影と同時に、ポスター撮影やラジオＣＭのナレーション録《ど》りもやることになっていますので」

「大掛かりだな」

「長谷部レイのスケジュールが空いてないんです」

「三千万も出すんだぞ。もうちょっと余裕をもって事に当たれないのか」

「無理です。これはさんざん話し合って出た結論ですから」

川村さんがそう言うのなら仕方がないな、と秋山役員がお手上げのポーズを取った。

「撮影の内容については知っているからあえて聞かないよ。何か付け足すことはあるかい？」

「特には」

「よし、わかった。じゃ、準備を整えておいてくれ」

秋山役員が立ち上がった。どちらへ、とわたしは聞いた。

「社長のところだ」

「社長？」

「できれば、社長にも顔を出してほしいと思ってね」

そこまで大袈裟な話になるとは思っていなかった。銘和は二千人規模の大企業だ。そのトップがコマーシャル撮影に顔を出すというのは異例なことだろう。秋山役員がいかに〝ツバサ〟に力を注いでいるのかがわかった。

「いいか、失敗は許されない。コマーシャルの出来が悪ければ、それはそのまま商品の売り上げに直結する。何としてもいいものを作るんだ」

「作るのはぼくらの仕事じゃありません。電勇のクリエイティブチームの仕事です」

藤沢が言った。そこをさ、と秋山役員が苦笑した。

「そこをうまくやるのが君たちの仕事じゃないのか」

「それは……そうですけど」

「いいか、ここで言ってるいいコマーシャルというのは、芸術的な意味じゃないぞ。いかにして消費者の購買意欲をそそるものが作れるかということだ。絵コンテは見た。いいだろう。レボリューション、結構だろう。だが、そのコピーが人の心を打たなければ何の意味もない。おれは長谷部レイというタレントのことはわからん。だが、君たちが選んだんだ。結果は出してくれるだろう。期待している」

強烈なプレッシャーだった。わたしは秋山役員のここまで切羽詰まった表情を見たことがなかった。〝モナ〟の時でさえもだ。

「是枝部長、君も一緒に来てくれ。二人で社長を口説こう」

「アポは取ってあるんですか？」

「そんなのは後だ。今から行くぞ」

特攻隊のような口調だった。秋山役員と是枝部長が会議室を出ていった。後に残されたわたしと藤沢は揃ってため息をついた。

「会社側もハンパないですね」

「そうね」

「たかが健康ドリンクじゃないですか。そこまで必死にならなくても……」

「〝モナ〟以来、健康食品部門で目立ったヒットがないから」わたしはもう一度ため息をついた。「秋山役員も焦《あせ》ってるんだと思うな」

「それを下に押し付けられても」

「そんなこと言わないの。やり甲斐《がい》のある仕事だと思わない？」

「そりゃそうですけど」

その時、わたしの社内用ＰＨＳが鳴った。出てみると、かけてきたのは希だった。

「どうしたの?」

「今、どちらですか」

「会議室」

「いきなりいなくなっちゃったから、みんな捜してたんですよ」

「ゴメンゴメン……それで、いったいどうしたの?」

希がある健康食品の名前を言った。二年前に発売されたものだ。

「それがどうしたの」

「午後の情報番組で紹介されたんです。埋もれた良品を探せっていうコーナーで」

「へえ」

「問い合わせの電話がガンガン鳴ってます。とてもじゃないけど対応できません」

すぐ戻ると言って、PHSを切った。何ですか、と藤沢が聞いてきた。悪くない話よ、とわたしは言った。

6

その日家に帰ったのは夜十一時過ぎのことだった。とにかく忙しすぎる。何とかしないといけないだろう。

「おかえり」

ジャージ姿の児島くんが現れた。疲れた、とわたしは言った。

「こんなに遅い時間まで働かせるなんて、銘和さんも鬼だね」

「鬼じゃないわ。悪魔よ」

靴を脱いで玄関に上がった。児島くんはどこか元気なさげだった。ああそうだ、児島くんには児島くんで大変なことがあったのだ。

「面接、残念だったね」

「……うん」

何か食べた？　と児島くんが尋ねた。ううん、と首を振る。テレビで話題になった健康食品の問い合わせに忙殺されて、食事どころではなかったのだ。

「ラーメンでも作ろうか」

児島くんが言った。いい、と手を振った。

「こんな時間から食べたら太っちゃう」

「晶子さんは少し太ったぐらいの方がベストだと思うけどね」

「あら、ありがと」

「いや、マジでマジで。とにかく、何か食べた方がいいよ」

そうねえ、とわたしは腕を組んだ。

「会社からもらったこんにゃくサラダが冷凍庫にあるわ」

「こんにゃくサラダ？」

「冷凍食品よ。ローカロリーでおなかいっぱいになるって、一時は話題になったの」

確かに、話題になった時期もあった。ダイエット目的で買っていく客が多く、わたしたちもその宣伝に力を注いだものだ。

ただ、ブーム商品というものには必ず終わりがある。正直言って、銘和のこんにゃくサラダはおいしくなかった。まずいものを続けて買う客はいない。何だかんだで売れなくなってしまい、今ではどこのスーパーでも他社の同種製品に取って代わられてしまった。

代わりに残されたのは大量の在庫の山だ。それが社員に配られ、今はわたしの冷凍庫の中にあるというわけだった。

「あれならいいでしょ。解凍するだけだし、すぐできるわ」

探してみるよ、と児島くんが冷蔵庫の方へ行った。わたしは着替えるために寝室へと向かった。

出てくると、児島くんがこんにゃくサラダを皿に移し替えているところだった。ラップをして電子レンジで温めればそれでできあがりだ。簡単なところも一時的とはいえ客に受けた要因だった。

「シラタキみたいだ」

「似たようなものよ」

わたしは皿を取り上げて電子レンジに入れた。加熱一分。それでもうできあがりだった。後は付属のごまだれソースをかけて食べるだけだ。

すぐにこんにゃくサラダが完成した。一分間加熱しただけだから、半解凍のような状態だった。その食感が面白いと受けたものだと思いながら、テーブルに座った。

児島くんがフォークを持ってきてくれた。ありがたいことだった。

「それで、詳しいことを聞かせてよ。面接、何で落ちたの？」

「それがわかれば苦労はしませんって。おれ、何かミスったかなあ」

「どうだったの？　あがったりした？」

「そりゃ普通に緊張しますよ。人生がかかっていますからね」

「ちゃんと話せた？」

「それはね。いくら緊張してるとはいえ、いざその場に行けば喋りますよ」

「何かとっちらかったこと言わなかった？」

「言わなかった……と思う」

「ちゃんと相手の目を見て話した？」

「もちろん」

「じゃあ、何でだろう」

わたしにはわからなかった。これは身内ぼめになってしまうのかもしれないけれど、児島くんは非常によくできる子だ。正直、面接受けもいいタイプだと思う。

もちろん、落ちる時は落ちる。それが就職だ。だが、一次面接を突破できないなんてことがあるだろうか。意外だった。

「まあ、落ちたもんは落ちたもんで。終わった話をあれこれいっても始まらないっすよ」

「始まるわよ。反省を踏まえて次に生かす。それが……」

「わかってますって。反省すべきところはして、次のチャンスを狙《ねら》います」

わたしはこんにゃくサラダをひと口食べた。おそろしく無味乾燥な味がした。ごまだれソースがなければ食べられたものではないだろう。一過性の商品に終わるはずだ。

同時に、商品開発部にも腹が立った。何を開発してるんだか。ほぼ八つ当たりだったが、そう思った。

「それで、次はあるの？」

「ちゃんと探してますよ」

「そんなことを聞いてるんじゃないの。あるかどうかを聞いてるの」

「それはまあ……それなりに」

わたしと児島くんは顔を見合わせて笑った。まったく、児島くんと話しているのは本当に楽しい。

別に、特別面白いことを言っているわけではない。だけど、言葉やフレーズのひとつひとつが、なぜかわたしにとっては笑いのツボなのだ。

「児島くん」

「なに？」

「児島くんといると楽しいよ」

「そうすかね」

「そうだよ」

「どこが？」

「うーん、全体的にというか」

「何すか、それ。もっとはっきり言ってもらわないと」

児島くんが拗ねた。わたしはその頬にキスした。

「残念だったね、面接」

「うん」

「次、頑張ろうよ」

「頑張るために、ごほうびください」

「ごほうび？」

あっと言う間にわたしは児島くんに抱きすくめられていた。よしよし、とその肩を優しく抱き締めた。

7

いよいよ撮影当日まで待ったなしの状況になった。

わたしたち宣伝二課のメンバーは、それぞれ自分たちの仕事に精一杯力を注いだ。あの水越ですら毎日遅くまで残業していたのだから、どれほど非常事態だったのかわかるというものだろう。

そして約十日が過ぎ、本番当日の日曜日になった。空はあいにくの雨模様だった。実際の撮影はスタジオで行うから、天気はどうでもいいといえばどうでもいいのだが、雨ということでやはり気分は落ちた。

わたしたちは朝六時に麻布のスタジオに集合し、長谷部レイの到着を待った。六月にしては寒い日だった。

「ちゃんと来ますかね」

水越が言った。不吉なことを言わないでちょうだい。

「来るわよ。そういう契約なんだから」

「でも、車が事故ったりとか、何かアクシデントに巻き込まれたら」

水越がますます不安を煽《あお》るようなことを言った。その時はその時よ、とわたしは答えた。

「また考えるわ」

「どうするんすか？　もう宣伝のスケジュールは決まってるんですよ。今さら変更はできません」

「わかってるって、そんなこと」

「よせよ、水越」見かねた藤沢が声をかけた。「そんなこと言っても仕方ないじゃないか」

そりゃそうだけど、と水越がつぶやいた。そうこうしているうちに、是枝部長と近藤《こんどう》局長がやってきた。

「すまん、遅れたかな」

是枝部長が手を挙げた。いいんです、とわたしは答えた。

「まだ長谷部レイさんは来ていませんから」

悪かった悪かった、と是枝部長が繰り返した。電車が停《と》まっちゃってさあ、とか何とか言っている。近藤局長は無言だった。

二十分後、六時半、スタジオの前にタクシーが停まった。降りてきたのは秋山役員だった。

「悪い、遅くなった」

第一声はそれだった。どうしたんですか、とわたしは聞いた。山手線《やまのて》が人身事故で遅れてる、と秋山役員が言った。

「渋谷まで出るのがひと苦労だった。タクシーもなかなか捕まらなくてね」

長谷部レイは来たのか、と秋山役員が尋ねた。まだです、と答えた。

「でも、彼女は事務所の車で来るはずですから、電車が停まっても問題ありません」

だから言ったじゃないすか、と水越が愚痴り始めた。

「電車が止まれば誰でもタクシーを使いますよ。そうしたら道は大混雑で、遅れるに決まってる。もしかしたら来れないかもしれない」

「そんな大渋滞になるわけないわ」

「だけど」

「いちいちうるさい」わたしは怒鳴った。「黙って待ってなさい」

はい、と水越が引き下がった。苦笑した秋山役員が、そうカリカリしなさんな、と言った。

「緊張するのはわかるけど、現場の空気が悪くなる」

すみません、と謝った。水越のあまりの無神経ぶりに腹が立って我慢できなかったのだが、確かに怒鳴るべきではなかった。

「電勇さんはもう来てるのかい？」

「電勇は昨日からスタジオに泊まり込みです。もうセットは組み上がっています。ご覧になりますか？」

「見たいね」

わたしは秋山役員、近藤局長、是枝部長を案内してスタジオの中に入った。スタジオはものすごく広い。旅館の宴会場の五倍ほどはあるだろうか。

その中央にコンビニエンスストアのセットが組まれていた。四方八方から照明が当てられている。今は照明チェックの最終段階をしていた。

「これはこれは」秋山役員が言った。「すごいね」

「本物のコンビニを再現しています。スケールも同じです」

「中、入ってもいいか」

「駄目です。今作業中ですから」

すまない、と秋山役員が照れたような笑みを浮かべた。そこへ藤沢が入ってきた。

「川村課長、長谷部レイさんが来ました」

今何分？　とわたしは尋ねた。六時五十分です、と藤沢が答えた。

「早いですね」

「早いのはいいことよ」

わたしは言った。秋山役員たちがついてくる。その先頭を切ってスタジオの外に出た。

浅田マネージャーの姿が見えた。おはようございます、とわたしは挨拶した。すぐ後ろに長谷部レイが立っていた。いよいよ始まるのだ。

撮影について

1

長谷部レイの美しさは圧倒的だった。

わたしはテレビや雑誌などを通じて、長谷部レイのことを見ている。もちろん、資料や宣材写真なども確認していた。

そればかりか、つい最近のことだが、打ち合わせということで彼女本人とも直接会っている。美人であることはよくわかっていた。

だが、その時には感じなかった美しさで彼女は溢《あふ》れていた。何と言ったらいいのだろう。とにかく完璧だった。

見た目というだけではない。全身から発せられるオーラとでも呼ぶべき何かが彼女を覆《おお》い尽くしていた。

その美しさは喩《たと》えようがない。神様が造った愛らしい人形のように見えた。

メイクを終えた長谷部レイがわたしたちの前に現れた。指示を待っている。気圧《けお》されたのか、ディレクターも何も言わない。こんなことに慣れているのか、マネージャーの浅田氏が声をかけた。

「長谷部、準備できました」

ああそうですか、とディレクターがうなずいた。度を失っているわけではないらしい。彼もまた経験は豊富だった。

「それでは、そろそろスタンバイよろしいでしょうか」

ディレクターが言った。各部署から返事があった。ちょっと待ってください、と照明部のスタッフの一人が言った。

「もう一回テストお願いします」

「はい了解。テストよろしく」

ディレクターが指示した。ライトが煌々《こうこう》と辺りを照らしている。必要以上なのかそうでないのか、素人《しろうと》のわたしにはわからなかったが、現場は光で満ちていた。

まぶしくて目も開けていられないほどだ。その大量の光と長谷部レイのオーラが交じり合って、現場はまるで光の洪水だった。

「ちょっと待ってください……今、調節しています」

ディレクターが長谷部レイを手招きして、セットのコンビニの入り口に立たせる。そこが定位置だった。ここから彼女は店内に入っていくのだ。

ディレクターが歩き方を演出している。ゆっくりと、さりげない調子で、という言葉がわたしにも聞こえた。

「照明、どうですか」

声がした。藤沢だった。

「わかんない」わたしはささやいた。「あたしは素人だもの。光のことなんてわかんないわよ」

「そりゃそうですけど」藤沢が言った。「いったいどうなっちゃうんだろうって」

「そんなことより彼女を見てよ」わたしは長谷部レイを指さした。「見て、あの美しさ。ミスユニバースだってかなわないわ。神々しいぐらい」

確かに、と藤沢がうなずいた。

「きれいですね」

「きれいなんてもんじゃないわ。神がかっている」

わたしの肩に手が置かれた。見上げると、秋山役員がそこにいた。

「いいじゃないか、彼女」

「ありがとうございます。予想以上です」

まったくだ、と秋山役員が手に力を込めた。

「おれは資料でしか見てなかったんだけど、あんなに美人だったか？」

「いえ、わたしもそう思っています。彼女の魅力は写真なんかじゃわかりません。こうやって現場で見てみないと」

「いいねえ。素晴らしいよ。よくあんな子を見つけてきたな」

「わたしの力じゃありません。課員の言う通りにしたら、こうなったんです」

「いやいや、川村さんのおかげだよ。これは凄い。コマーシャルを見た人間は目が離せなくなるだろう」

わたしが長谷部レイを選んだのではない。長谷部レイがいいんじゃないですかと最初に言い出したのは、わたしの部下の希だった。

その時、まだ長谷部レイは単なる一モデルに過ぎなかった。もちろん、モデルといってもその辺の読者モデルとは違う。いわゆるカバーモデルを務めるほど、業界では有名だったが、まだ世間一般の認知度は低かった。

それを見つけてきたのは希だ。わたしではない。

その時、希がどれぐらい本気だったかはわからない。〝ツバサ〟のコマーシャルを制作するに当たって、出演するタレントを探していたのだが、誰もが知っている有名タレントを起用するほど予算に余裕はなかった。

出演料にも限度がある。テレビ、ラジオ、雑誌、インターネットなどすべての媒体を網羅して出演してくれるタレント、モデルはいくらでもいたが、すべて金銭的に無理があった。

もともと、わたしたちに与えられていたギャラの限度額は二千万円だった。二千万円で起用できるモデルは限られてくる。

もう半年以上も前のことだが、その時の状況から言って、例えばゴールデンタイムのテレビドラマに主演するような女優に対するギャランティではなかった。

二千万円で出演してくれるモデル、しかも〝ツバサ〟発売時にその人気がピークに達するようなモデルを探せというのがわたしたちに与えられたミッションだった。そんなことはできない。わたしたちは神様ではないのだから、未来を予想することなど不可能だ。

ああでもない、こうでもない、とわたしたちはモデル事務所から取り寄せた宣材写真のカタログを見て、延々と議論した。その議論とは関係のないところで、希が名前を挙げたのが長谷部レイだった。

最初は誰もが不安視した。長谷部レイは無名ではなかったが、かといって有名というわけでもない。テレビにたくさん出ているかといえば、そうでもなかった。

あるファッション誌の専属モデルとして表紙によく出ている女の子。そんな認識があるぐらいだった。

だが、希は珍しく自分の意見を主張した。彼女には何かあると思わせるものがあると言った。

そんなに言うのなら、とわたしはうちの会社のマーケティング部に調査を依頼した。長谷部レイの世間に対する認知度、人気はどれぐらいのものなのか。それを調べてほしいと頼んだのだ。

マーケティング部の調査は素早かった。銘和乳業がモニターとして契約している千人の女性にアンケートを行ったのだ。

その結果、四十代以上からの認知度はゼロということだったが、注目すべきは十代の女性だった。彼女たちは全員といっていいほど、長谷部レイを知っていた。知っていたどころか、長谷部レイを支持していた。

いわく、ファッションの参考にしている。いわく、ライフスタイルに注目している。いわく、本人に興味がある。リスペクトしている。エトセトラ、エトセトラ。

二十代の女性もほぼ同じ傾向だった。〝ツバサ〟は健康ドリンクだ。しかも、銘和としては珍しいことだが、ターゲットを十代、二十代の女性に絞っている。〝ツバサ〟を買って飲むのは十代二十代の女性、というのが会社の決めた狙いだった。長谷部レイはその対象から注目を集めていた。

しかも中途半端なものではない。百パーセントという結果が出ていた。

そこでわたしたちは改めて長谷部レイを調べた。聞こえてくる声はすべて肯定的なものだった。

清潔感があり、美しい。清楚《せいそ》で、女性受けがいい。健康的で、スポーティな感じがする。

最終的に長谷部レイで行こうと言ったのは確かにわたしだったが、わたしは何も判断していない。すべての情報を集めて、その声に従ったまでのことだ。

さまざまな調査の末に、購買者の声を素直に聞けば、長谷部レイしかいなかったというのが実際のところだった。決してわたしの手柄ではない。

わたしに手柄があったとすれば、会社内で長谷部レイを起用することについて上を説得したことだろう。何しろ、長谷部レイは世間的には無名だった。特に、会社で上に立つ年配の男性にとっては。

まず、是枝部長を説得するのが大変だった。是枝部長は四十五で、しかも男だ。ファッション誌など読むはずもない。従って、世の中に長谷部レイというモデルがいることさえ知らなかった。

わたしは順序だてて是枝部長を説得した。長谷部レイというモデルがいて、世の中の若い女性たちから絶大な支持を受けていること、いわゆるファッション誌業界の中では次世代を担う有望株であること、今でこそ認知度は低いが、もうすぐにでも人気が爆発するであろうことなどだ。

是枝部長はそれほど我が強くない。投げっぱなしではないかと思えるほど、現場のやることには口を出さない。何でもハンコを押してくれるいい上司だ。そんな是枝部長でさえも、最初は長谷部レイに対して難色を示した。

あまりにも無名だというのがその理由で、当時は確かにそうだった。だから、是枝部長の言っていることにも一理あった。

それでもわたしは説得を続けた。モニターのアンケートをすべて表にまとめ、十代、二十代の女性からは認知度が高いことを示した。最終的には部長も納得してくれたが、あそこで諦めていたら今日という日はなかっただろう。

わたしはその後是枝部長と共に局長の了解を取り付け、最終的に秋山役員のところまで話を持っていった。返ってきた答えはノーだった。

今でもよく覚えているが、秋山役員は長谷部レイをコマーシャルに起用したいというわたしたちの案に対して二度ダメ出しをした。その理由は長谷部レイがまだまだ無名だということだった。

秋山役員は長谷部レイについて、独自のルートで調べていた。役員は能力もある。判断力もある。

わたしたちが挙げたデータについても目を通しており、彼女が十代、二十代の女性たちから圧倒的に支持されていることも知っていた。それでもノーと言った。

秋山役員としては、ギャラを倍にしてもいいから、もっと有名な女優を連れてこいということだった。そういう判断をする人だった。わたしたちに与えられた予算は二千万円というものだったが、ギャラのことは気にするなと秋山役員は言った。

結果的に倍の四千万円になってもいい。それでもいいから、とにかく世間的に認知度の高い女優を起用しよう、という。

確かにそれは安全策といえたかもしれない。〝ツバサ〟は銘和の商品の中でも最も有望なものだ。何がなんでも成功させなければならない。

そのためにはいくら金を使っても構わない。秋山役員の論はそういうことだった。

だが、わたしたちは長谷部レイを起用することを提案し続けた。その時は自分でもわからなかったが、何か勘のようなものがあったのだろう。

同時に長谷部レイは露出を増やしていた。具体的には、テレビのバラエティ番組などでよく顔を見るようになっていたのだ。時を逸《いっ》してはならないとわたしは強く感じていた。

渋る秋山役員を説得して、長谷部レイの起用にゴーサインを出させた。後は簡単だった。一度了解と言った秋山役員は、途中で船を降りるような人ではなかった。

役員会で長谷部レイをコマーシャルに起用することを提案し、独特の説得力で各部を納得させた。その意味で秋山役員は信頼できる上司だった。最初はノーと言っていても、イエスを出したら決して後には引かない。

役員たちには男性が多い。しかも、当然の話だが、彼らは五十代だ。六十歳以上の者もいる。

当然のことだが、長谷部レイという名前に対して反応はよくなかった。ハセべって誰？　それが率直な意見だった。

そんなところから秋山役員はスタートし、最終的には全員を納得させたのだから、これは役員の手柄といえる。わたしにできたのは、それをサポートすることだけだ。

具体的には、各部署から集めた長谷部レイに関する好感度資料をまとめて提出した。それだけのことだった。

だから、秋山役員はすべて川村さんのおかげだというけれど、決してそうではなかった。実際には発案した希の手柄だし、最後には自分で役員会及び社長を納得させた秋山役員自らの手柄でもある。

わたしは何もしていない。ただ乗っかっただけのことだ。

「いや、そんなことはないよ。川村さんの提案がなければ、こんなことにはなっていなかったんだからさ。もうちょっと自分を評価してもいい」

秋山役員が言った。そんなことはありません、とわたしは首を振った。

テスト、始めます、とディレクターが叫んだ。現場に緊張感が走った。

2

撮影は順調に進んでいた。

わたしたちは電勇のクリエイティブチームから、事前に撮影の段取りを説明されていたが、実際にもその通りになった。銘和がコマーシャルを作るといっても、実際に作るのは電勇だ。

わたしたちは見ていることしかできない。ただ、素人目から見ても、何の問題もなさそうだった。

唯一、問題があったとすれば、それは照明だろう。コンビニのセットは本当にリアルなコンビニをモチーフに建てられている。もちろん、屋根もあれば壁《かべ》もある。その中で撮影を行っていくのは照明のセッティングが難しい、とわたしたちは説明を受けていた。

何度もテストが繰り返された。まず最初は長谷部レイがコンビニに入ってくるシーンだ。

彼女はジーンズにポロシャツ、ジャケットという軽装だった。手にはポーチを持っている。ただ何ということはなく、気まぐれでコンビニに入っていく女の子、という設定だ。

長谷部レイはその役を無難にこなしていた。ぶらぶら、というと少し違うのかもしれないが、そういえば、というような表情をしてコンビニに入っていく。そこまでがワンカットだった。

カメラはコンビニのセットの店内に設置されている。ドアが開き、長谷部レイが入ってくるところを正面から撮るのだ。

長谷部レイにはあまり表情がなかった。別に不機嫌《ふきげん》だからというわけではない。学校帰りなのか、出勤前なのか、とにかく通りすがりのコンビニに寄ったという設定のためだ。

そんな時、ニコニコ笑っている客がいたらおかしいだろう。だから長谷部レイの顔に笑みはなかった。

ディレクターはモニターをじっと見ている。何度か同じ動作が繰り返され、その都度指示をする。彼女は言われたことに忠実だった。話をよく聞く子だなと思った。

今回の撮影に関して、特殊なCG処理などは行われない。もちろん最終的に画面に映る商品名のカットなどはCGだが、長谷部レイの出演する場面に関しては、すべてそのままを撮る。何も加工はしない。

そのためか、ディレクターは慎重だった。なかなかOKは出さない。何の問題もなさそうだったが、それがプロというものなのだろう。

それでも、十回ほど同じ動きを繰り返しているうちに、いただきました、というディレクターの声が聞こえた。ワンカット撮影できたということだ。

すぐに次の場面の撮影が始まった。長谷部レイがレジ前にあるカゴを手に取り、雑誌棚の前を通り過ぎていくシーンだ。

コンビニの通路にレールが敷かれ、カメラが移動していく。なかなか大掛かりだ。棚に置かれている雑誌の類は、すべて特注だった。実際にはないファッション誌、情報誌、女性誌、男性誌の表紙がたくさん並んでいる。

長谷部レイはその前をただ通り過ぎていくだけだ。ちなみに、いわゆる成人誌の類は置いていない。当然の配慮だった。

カゴを右手に引っかけた長谷部レイが歩いていく。カメラがそれを追う。ただ歩くだけの演技は難しいというが、長谷部レイはまったくそんなことを感じさせずに歩いていた。

「どうなんだ」

是枝部長がわたしの耳元でささやいた。どうと言われても、とわたしは部長を見た。

「うまくいってるんじゃないでしょうか」

「なぜわかる」

「ディレクターが何も文句を言ってませんから」

そうなのか、と是枝部長がつぶやいた。

「うまくいってくれればいいのだが」

「うまくいきますよ。信じましょう」

「是枝部長、現場に任せよう。我々は様子を見ているしかない」

秋山役員が話に入ってきた。

「はあ。しかし静かですな」

「実際のコマーシャルでは、バックに音楽が流れます」わたしは説明した。「今のところ、美村《みむら》カエラでいくということです」

「美村……カエル？」

「カエラです」

カエラカエラと是枝部長が二度繰り返した。放っておくしかないだろう。

その間にも撮影は進んでいた。雑誌棚の前を通り過ぎるシーンは、テストを含め十回ほど同じことが続いたが、しばらく見ているうちにディレクターがＯＫを出した。これでこのカットは終わったことになる。

「順調じゃないか」

秋山役員が言った。そうですね、とわたしは時計を見た。

「一時間でツーカットですから、何も問題なさそうです」

「長谷部レイにケツはあるのか」

「あります。夜六時に六本木《ろっぽんぎ》まで行かなければなりません」

六時か、と秋山役員も腕時計に目をやった。

「今のペースでいけば、まったく問題はないな」

「そうですね」

テレビ用のコマーシャル撮影が終わった後には、ラジオコマーシャル用のナレーション録《ど》りがある。また、雑誌に使う写真も撮らなければならない。

ウェブ用のスペシャルバージョンの撮影も残っている。だが、このまま撮影がうまく進んでくれれば、時間的にはまったく問題なさそうだった。

「次は何を撮るんだ」

「いよいよ〝ツバサ〟です」

わたしは答えた。絵コンテは事前にもらっていた。順番通りに進むなら、次は〝ツバサ〟を長谷部レイが手に取る場面だった。

そこでカメラのセッティングが直されることになった。小休憩だ。

長谷部レイがわたしたちの方にやってきた。浅田マネージャーが何か話しかけたが、ううん、というように首を振った。

どうやら、座るかと言ったらしい。それを長谷部レイが断ったのだ。

「立ちっぱなしじゃないか。疲れているだろうに」是枝部長が中腰になった。「座らせてあげたらどうかな」

「本人がいいと言ってるんですから、そのままにしておけばいいんじゃないでしょうか。その辺の管理は事務所の仕事です。わたしたちの関知するところではありません」

わたしは言った。そうかねえ、と是枝部長が座り直した。

是枝部長は早くに結婚をし、今二十歳ぐらいの娘さんがいるという。自分の子供と重ね合わせていることがよくわかった。

カメラの再セッティングには時間がかかった。照明も含め、すべてをセットしなければならないのだから、それは当然だろう。

わたしは左右を見た。ディレクターがＡＤと何か話している。顔に不安の色はなかった。三十分ほど待ちが続いた。スタッフたちは動き続けている。

わたしにはよくわからなかったが、それもまた必要なことなのだろう。しばらくすると、準備ができましたという声がスタジオに響いた。

「長谷部さん、じゃあこちらへ」

ディレクターが言った。長谷部レイがコンビニの中に入っていく。

今度は飲み物の棚を前にした撮影だった。ドリンクの類が大量に並んでいる。それらすべての飲み物は銘和乳業の商品だ。当たり前だが他社の商品は一切ない。そして、その中央には〝ツバサ〟が所狭しと並べられていた。

ディレクターが飲み物の棚のドアを開く。本物のコンビニなら、ドアは勝手に閉じるのだが、セットなのでドアは開きっぱなしだ。

そこから〝ツバサ〟をどんどん取ってカゴに入れていく。その辺の一連の動きをディレクターがやってみせた。

長谷部レイが相変わらず無表情のままそれを見ている。あっと言う間にカゴが一杯になった。二十本ほど取っただろうか。

〝ツバサ〟は五百ミリリットル入りのペットボトルだ。二十本ということは十キロになる。ずいぶんと重いはずだが、その辺は我慢してもらわないと、と思った。

長谷部レイはもちろん瘦《や》せている。腕も細い。だが案外力はあるようだった。二十本入りのカゴを渡されてもびくともしない。

まずはボトルを取るところから撮ります、とディレクターが大声で言った。カメラが寄ってくる。わたしたちの前にもモニターが置かれていたが、手がアップになるのがわかった。

「はい、テスト始めます」

声がかかった。ヨーイ、スタート。長谷部レイが手を動かした。

〝ツバサ〟のボトルを次から次へと取り出し、カゴにほうり込んでいく。かなり早い動きだった。それをカメラが撮っていく。

二十秒ほどかかっただろうか。もちろん、これをすべて丸々使うわけではない。

そんなことをしていたら、コマーシャルの尺がいくらあっても足りないだろう。うまく編集するはずだった。

〝ツバサ〟のボトルがアップになる。パッケージが正面から映し出される。それを何度も取っては、カゴにほうり込むという動作を繰り返した。

やはり十回ほどテストが続いた。カメラはがっしりと固定され、動かない。動いているのは長谷部レイの手だけだ。

そんな感じで、とディレクターが最終的な指示を終えた。モニター席に戻る。本番いきましょう、という声がした。

「いよいよですね」

藤沢がわたしの耳元でささやいた。そうね、とうなずいた。

「いきます。スタート」

ディレクターが言った。長谷部レイが無造作に〝ツバサ〟のボトルを取り出してはカゴに入れていく。すぐにそれが終わった。

「はいＯＫ。もう一回いきましょう」

ＡＤたちが飛んで来て、長谷部レイからカゴを受け取り、〝ツバサ〟のボトルを棚に戻した。また一からやり直しだ。

「いきます。スタート」

ディレクターの合図と同時に、長谷部レイが同じ動作を繰り返す。いったいさっきとどこが違うのだろうと思えるほど同じ動きだったが、ディレクターは納得していないのか舌打ちをした。

「すいません、もう一回お願いします」

「何であの男は同じことをやらせるのかな」是枝部長が不満そうに言った。「何度やっても同じことだよ。人間、そうは変わらない」

「黙って見ていましょう」わたしは言った。「ディレクターにはディレクターなりの完成図みたいなものがあるはずです。今の絵はそれと合っていないんでしょう」

「その頭の中の完成図っていうのは、具体的にはどんなものなんだ？」

「長谷部レイが〝ツバサ〟のボトルを引っ張り出すという絵です」

「さっきからやってるじゃないか」

「何かが違うんでしょう」

「何かとは？」

「それがこだわりという奴だ」秋山役員がわたしたちの話に入ってきた。「ここは黙って見ていよう」

「ですがね、役員、わたしの見るところではさっきからまったく同じ動きを繰り返しているだけです。何がOKで何がNGなのか、その判断基準すらわからない。あれじゃ長谷部レイの方が参ってしまいますよ」

ディレクターが細かく演技指導をしている。長谷部レイは素直にうなずいていた。

3

そのカットの撮影が終わったのは、それから三十分後のことだった。

見ているわたしたちにはわからないことだったが、長谷部レイの演技にようやくディレクターは納得したらしい。オーケーです、と叫んで撮影を終えた。

「これからどうなるんだ」

秋山役員がわたしに聞いた。まだまだです、とわたしは答えた。

「今度はカゴを持ってレジに行くところまで撮ります。その後は彼女のアップで、決めの台詞《せりふ》を言う場面を撮ります」

「コマーシャルの撮影っていうのは細かいねえ」是枝部長が言った。「もっとこう、ぱっぱっと終わるもんだと思っていた」

これでも簡単な方です、とわたしは説明した。

「今日は順撮りですから、場面場面を撮っていくだけでいいわけです。これが屋外でロケとかだったら、もっと大変ですよ」

「室内でよかった。今日は雨だしな」是枝部長が肩をすくめた。「まあ、とにかく早く終わってほしいものだ」

そんなに簡単には終わらないだろうとわたしは思っていた。撮影はむしろここからが山場なのだ。だが、それは言わなかった。

「はい、休憩入ります」

ＡＤの子たちが叫んでいる。長谷部レイが戻ってきた。浅田マネージャーが強引に椅子に座らせた。

長谷部レイが、水を、と言った。すぐにどこからかミネラルウォーターのペットボトルがやってきて、彼女の手に渡った。

「〝ツバサ〟を飲んでくれないかね」

是枝部長がつぶやく。わたしは苦笑いした。

「そこまで強制はできません」

「そりゃそうかもしれないが、せっかく〝ツバサ〟のコマーシャル撮りをやっているんだ。嘘でもいいから〝ツバサ〟を飲んでほしいじゃないの」

ヘアメイクの女性が長谷部レイの髪の毛を直している。彼女は座ったままだ。

セット内では照明やカメラのセッティングが行われていた。誰もが忙しそうだった。正直言って、わたしたちが一番暇だった。

仕方がない。スポンサーというのはそういうものだ。金だけ出して口は出さない。それが一番望ましいスポンサーの在り方だった。

二十分ほど経った。セッティングすべて完了しました、とADの子が報告している。ディレクターがうなずいた。

「それじゃあ、テスト始めましょうか」

お願いしますと言った。おとなしく長谷部レイが立ち上がる。所定の場所まで行き、二十本のペットボトルが入ったカゴを持った。重そうだ。

「カメラはレジ前にあります」ディレクターが指さす。「そのまま、まっすぐ歩いてください」

長谷部レイがうなずいた。照明がつく。辺りが一気にまぶしくなった。

「はい、じゃあ歩いてください。ヨーイ、スタート」

ディレクターがその場に立ったまま合図をした。長谷部レイが歩きだす。ぶらぶら、という表現が一番似合う歩き方だった。

「じゃあ、今度はもうちょっとしっかり歩いていただきましょうか」

ディレクターが言った。ADの子がペットボトル入りのカゴを取り、元の位置に戻る。ディレクターが少し速足で歩いてみせた。長谷部レイがそれを真似《まね》する。そんな感じです、とディレクターが軽く拍手をした。

「では、テスト始めましょう」

歩きだした。歩くといっても数歩の距離だ。すぐ止まった。はいOK、とディレクターが言った。

「じゃあ、今度はスキップするような感じで」

ディレクターの要求は多種多様だった。ゆっくり歩いて、おしとやかに歩いて、弾むように歩いて、少し駆け足で歩いて、大股で歩いて、うろうろしながら歩いて、まっすぐ前だけを見つめて歩いて、などなどとにかくいろんなことを言った。

わたしが長谷部レイだったら耐えられなくなるだろうと思ったが、さすがにそこはモデルという経験が生きているのか、おとなしくディレクターの要求に従っていた。

「川村さん、顔色悪いけど大丈夫?」

秋山役員が突然言った。そうでしょうか、とわたしは言った。正直なところ、胃が痛かった。緊張しているのだろう。

時計を見た。いつの間にか十二時を回っていた。

「大丈夫です」

「顔が青を通り越して白くなってるよ」

「……ちょっとトイレに行ってきます」

立ち上がってスタジオのトイレに向かった。別に尿意があるわけではないが、そうした方がいいだろうと思ったのだ。

鏡を見た。確かに、顔色が悪くなっている。持っていたポーチからメイク道具を取り出し、化粧を直した。気分が悪い、と思った。

吐き気がする。だがそれを堪《こら》えて元の場所に戻った。本番が始まっていた。

「ヨーイ、スタート」

モニター席でディレクターが叫んだ。長谷部レイが歩きだす。どうやら、少し速めに歩くことで決まったらしい。

すたすたと通路を進んでいく。はいＯＫ、とディレクターが言った。

「もう一回やりましょうか」

長谷部レイは我慢強かった。元の位置に戻り、また歩きだす。ヘアメイクが入って、撮影が一時中断した。

どこがどう変わったのかわからないが、結構です、と言ってヘアメイクの女性が下がった。髪の毛一本もおろそかにしない。プロの仕事がそこにあった。

「さすがに一流モデルは違いますね」藤沢がささやいた。「忍耐力がある」

「そうね」

長谷部レイが歩くのは五、六歩の距離だ。だから、歩くといってもたかが知れていた。それでも、もう何十回も重いカゴを持ったまま歩き続けている。大変だろう。

「疲れた顔ひとつしないっていうのは、たいしたものですね」

「まったく」

長谷部レイはその意味で人間離れしていた。たいしたもんだ、と藤沢が繰り返した。

「そろそろ昼飯の時間じゃないすかね」

どこに行っていたのか、突然水越が現れた。何をしていたのよ、と聞くと、いえ特には、という答えが返ってきた。

「まあでも、撮影も順調そうですし、問題はないんじゃないすか」

この辺で昼飯を、と水越が言った。何言ってんのよ、とわたしはその胸を突いた。

「まだ終わってもいないのよ。ご飯の心配なんかしてる時じゃないでしょうに」

あれ、心外だなあ、と水越がぼやいた。

「誰も昼飯の話をしてないから、心配になったんですよ。朝六時に入ってもう十二時ですよ。そりゃあメシの話ぐらいしたっていいでしょう」

確かにそうかもしれない。わたしたちのことはいい。だが、現場で働いている電勇のスタッフや長谷部レイ本人のことを考えると、昼食のことも考えなければいけないだろう。

電勇の営業に相談してみることにした。結局こういうことは課長であるわたしがしなければならない。面倒なことだ。

食事の話をすると、もう手配済みです、という返事があった。弁当を発注しているという。

「今はタイミング待ちです。ぼくの見るところ、とりあえずディレクターは撮るだけ撮っちゃって、それから昼食ということにしたいようですよ」

電勇の営業が言った。それならいいんですけど、とわたしは席に戻った。

「何て言ってました？」

水越が聞いた。とりあえず行くところまで行ってから食事休憩を取るみたい、と答えた。マジすか、と水越が呻《うめ》いた。

「おれ、朝食ってないんすよ。腹減ったなあ」

あんたは気楽でいい、と思った。こっちはそれどころじゃない。食欲などなかった。とにかく、撮影が無事に終わることだけを祈っていた。今、弁当が出てきても、わたしは食べられないだろう。それぐらい緊張していた。

「スタッフは大丈夫なのかい」秋山役員が聞いた。「彼らは泊まり込みでやっているんだろう？　ちゃんとメシは食ってるのかな」

どうして男たちは食事の心配ばかりするのだろう。その前にやらなければならないことは山のようにあるはずだ。

「ちゃんとおれの分もあるんでしょうね」

水越が言った。わたしは水越の胸をもう一度突いた。

4

通路を歩くシーンの撮影が終わった。

最後に残っているのは、レジに行って〝ツバサ〟を買う場面だ。またカメラのセッティングが始まった。

「食事、どうされますか」

わたしは浅田マネージャーに確認を取りに行った。さあ、と首を振った。

「このまま続けるしかないんじゃないですか。食事をしたらメイクをやり直さなければならなくなる。時間の無駄です」

おっしゃる通りです、とわたしは引き下がった。電勇のスタッフたちもそのつもりのようだった。皆、黙々と働いている。食事の心配をしている様子はなかった。

ラストの場面のテストが始まった。レジにペットボトル二十本入りのカゴをどすんと乗せた長谷部レイがにっこり笑って、レボリューション、と言うのだ。

ここで初めて彼女は笑う。それまでの無表情が一転して笑顔になるのだ。うまくやってくれればいいが、と思った。

長谷部レイの印象をひと口で言えば、クールビューティということになるだろう。テレビのバラエティなどで見る時も、あまり彼女は笑わない。表情を崩す時はあるが、すぐに戻ってしまう。

そんな彼女に笑顔の演技などできるのだろうか。気になっているのはそこだった。

「あの子はうまく笑えるのかね」

是枝部長が言った。同じことを気にしているらしい。

「できると思いますが」

「思いますじゃ困るんだよね。ある意味、このコマーシャルは彼女の笑顔にかかっている。そこはわかっているんだろうね」

「本人はわかっていると思いますよ。少なくとも、事務所には伝えました」

それならいいんだけどさ、と是枝部長がちょっと下を向いた。

長谷部レイがカゴをレジ台に置く。店員が驚いたような表情になる。切り替わって顔のアップ。笑顔、そしてレボリューション。それが一連の流れだった。

まずディレクターが細かく指示を出している。無表情のまま長谷部レイがうなずいている。ディレクターが自分でやってみて見本を示す。店員の驚いた顔は別撮りだ。そのまま流れでにっこり笑って、レボリューションと言った。

長谷部レイが、わかりました、というように首を振った。わたしたちは固唾《かたず》を呑んでそれを見つめていた。

「よし、じゃあちょっと一回やってみましょう」

ディレクターが叫んだ。各員、もろもろＯＫですか、と声が飛ぶ。ライトがついた。

長谷部レイがレジ台の前に立つ。

「いよいよですね」

藤沢が言った。黙って見てなさい、とわたしは腕を組んだ。

長谷部レイがカゴを持ち上げる。レジ台の前に置いた。重そうだ。そのまま、にっこり笑う。はいストップ、とディレクターが言った。

「今の笑い方なんだけどね……」

そばに寄って何か言っている。長谷部レイが無表情に戻ってそれを聞いている。大丈夫なのかね、と是枝部長が言い出した。

「何か、今の笑顔ぎこちなくなかったか？」

確かにその通りだった。それまで無表情だったところから、いきなり笑顔になるのだ。誰がやってもぎこちなくなるだろう。それでも、うまくやってもらうことを願うしかなかった。

「だいたい、あの子はモデルなんだろう？　そんなに器用に笑ったりできるのかね。女優じゃないんだからさ」

「モデルでも笑う時は笑うと思いますよ」

藤沢が言った。そうかねえ、と是枝部長はどこまでも懐疑的だった。

「何かねえ、イメージの話だけど、あんまり笑う感じがしないんだよねえ」

「ファッション誌見てくださいよ。モデルはみんな笑ってますって」

「そうかねえ。わたしが古いのかねえ」

古いんですよ、とはさすがに藤沢も言わなかった。代わりに、そうかもしれないっすね、と水越が言った。是枝部長が傷ついたような表情になった。

「まあ、もう四十五だからね。そりゃ若い人の考えてることはわかりませんよ」

わからないと自覚しているのなら黙って見ていてほしいものだ。だがそんなことを言うわけにもいかない。見ていましょう、と言った。

「わたしたちが選んだモデルです。きっと彼女はうまくやってくれます」

テストもう一回、とディレクターが叫んだ。もう一度同じ動きが繰り返される。レジ台。長谷部レイのアップ。笑顔。そしてレボリューション。

「もうちょっと派手に笑ってもらった方がいいかな」

ディレクターが言った。長谷部レイが口角を上げる。目が笑っていない、とディレクターが指摘した。

そりゃそうだろう。おかしくもないのに目まで笑えるはずがない。少しだけ長谷部レイに同情した。

笑うとひと言で言うが、演技でそれをやるのは難しい。しかも、ただ単純に笑うのではない。〝ツバサ〟の美味しさを視聴者に伝えるように笑うのだ。簡単なことではなかった。

それからも延々とテストが続いた。ディレクターが焦《じ》れているのがわかった。彼が思っているような笑顔が出てこないのだ。

レボリューション、という発言ひとつ取っても、それは同じだった。ディレクターはさまざまな言い方でレボリューションと言うことを要求した。

低い声、高い声、沈んだ声、喜んでいる声、その他いろいろだ。どれがぴったり場面にはまるかを模索している。そんな感じだった。

「レボリューション、レボリューション」水越が口の中でつぶやいた。「結構、難しいもんですね」

「そうよ。難しいのよ」

「よく考えたら、日常で使う言葉じゃないですもんね」

そりゃそうだ。レボリューションなどと口にする機会はめったにない。わたしたちは革命家ではないのだ。

長谷部レイの声は独特だった。別に特殊なエフェクトをかけているわけではないのだけれど、どこか金属的な響きを帯びている。

彼女の形のいい唇が動いて、レボリューションと何度も繰り返した。とりあえず、とディレクターが言った。

「本番行ってみましょうか」

どうやら納得がいったらしい。カメラマンが席に着いた。照明が明るくなる。マイクが寄ってきた。

声は別録りでいくという話だったが、ディレクターはそのまま声を使うつもりになったらしい。わたしたちは黙って用意を待った。

準備がすべて整った。緊張。スタート、という声が響いた。

長谷部レイはレジ台の前に立っている。そのままカゴを持ち上げた。どすんとレジ台に置く。一秒ほどの沈黙。笑顔。

「レボリューション」

長谷部レイが言った。テストの時には見られなかった完璧な笑顔だった。誰もが黙った。

「はい、ＯＫ」

ディレクターが拍手した。わたしたちもそれにつられて手を叩いた。見事な演技だった。

「一発ＯＫでいいでしょう。今のは良かった。最高だ」

興奮したディレクターが長谷部レイの肩を何度も叩いた。確かに、今の笑顔は最高だった。何ともいえない複雑な表情の笑み。素晴らしい出来だった。

長谷部レイが戻ってきた。お疲れさまです、とわたしは声をかけた。

「お疲れさまです」

彼女も頭を下げた。もういつもの無表情に戻っていた。

「とても良かったと思います」

「ありがとうございます」

だが、まだこれで終わったわけではない。コマーシャル撮影に関しては終了したが、スチール撮りやインターネットＣＭ用の撮影が残っている。時間は足りるのだろうか。

「はい、昼食休憩に入ります。再開は午後一時から。各部よろしくお願いします」

ディレクターが叫んだ。ＡＤたちが復唱している。全員、緊張が抜けて、ほっとしたような雰囲気になった。

「さあ、我々も何か食べよう」秋山役員が言った。「弁当はどこだ？」

おれ、探してきます、と水越が走り去っていった。こういう時だけ水越は素早い。一応、終わったな、と秋山役員がわたしの方を向いた。

「今のは良かった。〝ツバサ〟は売れるよ」

「そうならいいんですが」

「良かったと思わないかい？」

「いえ、最高の演技でした」

「彼女を起用して正解だった」

「そうですね」

「あの調子で、午後も頑張ってもらわないとね」

「はい」

水越がどこからか弁当をいくつも持って現れた。取ってください、と言う。わたしは弁当に手を伸ばし、秋山役員や局長に渡していった。

「おれらの分はこっちに」水越がまた弁当を持ってきた。「川村課長、食べてください」

「うん」

弁当を受け取った。松花堂弁当。不意に、吐き気を感じた。

（どうしたの？）

自問自答した。どうしたというのだろう。撮影は順調に進んでいる。長谷部レイは予想以上の演技力を示してくれた。

時間もまだある。すべては予定通り、いやそれ以上だ。何の問題もない。

にもかかわらず、わたしは気分が悪かった。胃がむかつく。吐き気が抑《おさ》えられない。

（どうなってるの？）

今朝まで何もなかった。体調がおかしいと感じたことはない。

確かに、ここのところ忙しかった。無我夢中で働いていた。だけど、何もなかった。風邪《かぜ》もひいていない。悪いものを食べた覚えもない。

「ちょっと……ちょっとすいません」

「どうした？」

「どこへ行く？」

役員と部長からそれぞれ声がかかった。わたしはそれに答えられないまま、スタジオのトイレへと走った。

個室に入り、鍵を閉め、便座を開けるのと同時に嘔吐《おうと》した。黄色い胃液が口から出てきた。

（どうしちゃったんだろう）

何があったというのだろう。緊張から一気に解放されたためだろうか。

いや、この胸のむかつきはおかしい。ただ事ではない予感がした。

また便座に向かって吐いた。何も出てこない。胃の辺りが何か締め付けられるようで苦しい。気分が悪い。

（おかしい）

首をひねった。何があったというのだろう。今まで、こんな気分の悪さを体験したことはなかった。

いったい自分の体に何が起こっているのか。わたしにはわからなかった。

推薦について

1

撮影は無事終了した。

小さな問題はいくつも発生したものの、それは現場の力で乗り越えることができた。夕方四時、電勇クリエイティブチームはすべての仕事を終わらせていた。

六本木のテレビ局へ行くという長谷部レイを見送り、ひと息つくともう五時だった。スタジオはそれまでの喧噪《けんそう》が嘘だったかのように、撤収が始まっていた。

「お疲れさまです」

わたしは事後処理があったために現場に残っていた長谷部レイのマネージャー、浅田氏に声をかけた。お疲れさまです、とつぶやいた浅田マネージャーがわたしの方を見た。

「これからまだお仕事なんですか」

「そうなんですよ。コマーシャルの日ぐらいはね、別の仕事を入れたくないと思っているんですけど……なかなかそうもいかなくて」

「ちなみに、どんな番組ですか」

「テレビシャインの情報番組です」

浅田マネージャーが答えた。大変ですね、とわたしは言った。

「いや、もう慣れました。本人も慣れたでしょう。忙しくなる時っていうのはこんなもんです。昨日までは仕事が欲しい、どんな仕事でもやると言ってたのが、仕事があるのを当たり前と考え、手を抜くようになる。長谷部にはそんなことはさせませんがね」

「はい」

「これからですよ、これから。コマーシャルの話もテレビドラマの話も何本も来ています。これからは我々事務所サイドが選んでいかなきゃならない。本人のためになるような仕事を優先して考えなければなりません。面倒なことですが、仕方がない。それが我々の仕事です」

「今回の件は、長谷部さんのためになるような仕事だったんでしょうか」

「銘和乳業さんは古い会社です。歴史も伝統もある、いい会社です。そんな会社からのコマーシャル依頼を断るタレントがいたら、お目にかかりたいものです。ありがたい話ですよ」

「そうおっしゃっていただければ、わたしたちとしても嬉しく思います」

「ギャンブル系の会社のコマーシャルとかね、話はいっぱい来てるんです。だけど、そんなものに長谷部を出させるわけにはいきません。金はたっぷりくれますよ。そんなに、というような額をね。だけど、そんなものに乗っかってはならないよ。金では買えないイメージというものがあるんです」

「わかります」

「今回の件はありがたいものでした。感謝しています。〝ツバサ〟は長谷部のタレントイメージにもよく合う、いい商品です。こちらこそありがとうございました。また、何かできることがありましたらおっしゃってください。ぜひ、最優先で考えさせていただきます」

「よろしくお願いします」

それじゃまた、と言って浅田マネージャーが席を離れた。立ち尽くしていたわたしの肩を秋山役員が叩いた。

「お疲れ。いやあ、時間かかったねえ」

「そうですね。でも、粘《ねば》ったかいがありました。いい画が撮れたと思います」

「まったくだ。川村さん、長谷部レイが、レボリューション、と言った時の顔を見たかい？　おれはさあ、もういい歳だけど、背中がこう、鳥肌が立ったよ。いやびっくりしたね、たいしたもんだ」

「あの表情は良かったですね」

「女の人ってさ、あんなふうに笑うんだな。いやはや、末恐ろしいよ。これからどうなっちゃうんだろうな」

行くところまで行くんでしょう、とわたしは答えた。

「長谷部レイには独特のオーラがあります。魅力も。女性誌のモデルだとか、バラエティによく出ているタレントとか、そんな枠ではとらえ切れない活動をしていくんじゃないでしょうか」

「もっと人気が出ると？」

「そうです。彼女はスターになるんじゃないでしょうか」

単にコマーシャルタレントとか、テレビドラマに主演するとか、そんな話ではなく、もっと影響力のあるごくひと握りのスーパースターに長谷部レイはなるのだろう。

もうわたしたちと仕事をすることなど、ないかもしれない。そんな雰囲気が彼女にはあった。

「まあ、偉くなっても〝ツバサ〟のコマーシャルには出演してほしいものだがね……さて、〝ツバサ〟といえば、電勇のディレクターが川村さんを捜してたよ。雑誌広告用のスチール写真のラフが上がったんだ。それを見てほしいんだとさ」

「行きます」

わたしは歩きだした。ちょっと待って、と秋山役員が手を挙げた。

「その前に、大丈夫か？　川村さん、さっきも言ったけど、顔色が悪いよ」

「そうでしょうか」

「これはおれのミスでもあるんだけどさ、川村さんにいろんなことを任せ過ぎた。現場を引っ張る課長として、働かせ過ぎたかもしれない。後で部長にも言っておくつもりだけどね。もうちょっと抜くところは抜かないと、川村さんが倒れちゃうよ」

「わたしなら平気です」

「無理しなさんなって。最近、残業が続いてたんだろ？　これも含めて、いろんなことを抱えこませちゃっているから、働くなって言ったってそういうわけにはいかないのはよくわかってるつもりだけど、それにしてももと思うわけよ。部下を倒れるまで働かせるって、どんな役員なんだとね。管理能力を疑われても仕方ないだろう」

「ご心配はありがたいんですけど、大丈夫です。今は何もおっしゃらずに見ていてください。最後まで見届けたいんです」

近づいてきた水越が、川村課長、とわたしのことを呼んだ。

「電勇さんが、確認してほしいと言ってます」

「今行きます……役員、今日はどうもありがとうございました。わたしはまだ仕事がありますが、長谷部レイが帰った今、役員にいていただいてもこれ以上は何もないと思います。お疲れさまでした」

秋山役員が肩をすくめた。こっちです、と水越が言った。

2

「ただいま」

何だかんだで、わたしが家に帰り着いたのは、夜の十一時を回った頃だった。玄関には明かりがついていた。児島くんが出てくる。スウェット姿だった。

「お帰りなさい。遅かったね」

「いろいろあってさあ」

答えながらショートブーツを脱いだ。お疲れさま、と児島くんがわたしのバッグを持ってくれた。

「朝早くから出ていったかと思えば、こんなに遅くまで……銘和さんも鬼だね」

「仕方がないよ。それが仕事なんだもん」

洗面所へ行き、手を洗ってうがいをした。疲れた、と鏡を見る。

三十八歳といえばもういい歳だ。最近ではあまりそんなことも言われないけれど、昔風に考えればもう中年の域といってもいい。日曜日の朝六時から働いて、夜の十一時に帰ってくる年齢ではないだろう。

もう一度うがいをした。口の中が粘ついている。気分が悪い。スタジオのトイレで吐いてから、吐き気には襲われなかったものの、胃の辺りのむかつきは収まっていなかった。

「ご飯は食べたの？」

リビングから児島くんが声をかけてきた。食べたよ、と答えた。

本当は食べていない。夜ご飯もスタジオで弁当が出ていたのだが、箸《はし》をつける気になれなかった。

ただ、何も食べていないと言えば心配するだろう。余計なことを言うつもりはなかった。リビングに入っていくと、児島くんがお湯を沸かしていた。

「とりあえず、何か温かいものでも飲みなよ」

「うん」

「何にする？　コーヒー？　紅茶？　お茶？」

「そうねえ……じゃあお茶」

わかった、と言って児島くんが動き出した。こういう時、誰かと住んでいることは本当にありがたいな、と思う。

わたしも一人暮らしは長い。体調を崩すことは時々あった。時には、とんでもなく症状が重く出ることもあった。

一人でベッドに寝ていると、不安なものだ。このまま立ち上がれなくなったらどうしよう。もし死んでしまったら？　誰も気づかないうちに、この世からおさらばしてしまったら？

おそらく、わたしを発見するのは母親だろう。連絡が取れなくなった娘のことが心配になり、マンションを訪れ、そしてわたしの死体を見つけるのだ。

そんな時、母親に見られたくないものと言ったら何か。とりあえず、汚れた下着だけは整理しておかねば。

痛む頭を抱えながら、あるいは高熱にうなされながら、そんなことを考えたものだ。実際、それが嫌でベッドから起き出し、身の回りのものを片付けたこともある。

一人でいると、何もかもが不安になることがある。一人暮らしというものはすべてが自由で、気ままで、それはそれで過ごしやすいものだけれど、リスクもある。

深夜一人でベッドに寝ていると、このまますべてが終わってしまうかもしれないという気になってくる。言いようのない寂《さび》しさに襲われてしまうことがある。少なくともわたしはそうだった。

だが今は違う。児島くんがいてくれる。不安になったわたしの側《そば》についていてくれる。わたしがぼーっとしていても、小まめに世話を焼いてくれる人がいる。思えばありがたいことだった。

「お茶入ったよ」児島くんが湯呑みを持ってきた。「座って座って。疲れたでしょう。晶子さん、そんなに体が強いわけでもないのに、無理するところあるから」

「いただきます」わたしは椅子に座った。「お気遣いありがとうございます」

「今朝、何時に起きた？」

児島くんがわたしの隣に座った。児島くんには面白いところがあって、テーブル席の向かい合わせの席よりも、隣の席を選んで座る。距離感的に言えば、近いよ、とか思ってしまうこともあるのだけれど、こんな日にはとても嬉しいことだった。

「四時……ぐらいかな」

「まあ、そうだろうね。その頃、何だかごそごそし始めたもんね」児島くんが自分の湯呑みにお茶を注いだ。「四時起きで出て行って、十一時に帰ってくるなんて、労働基準法違反じゃないのかな。しかも、今日日曜だよ」

「たまにはそういう日もあるよ」

「たまにじゃないじゃない。ここのところずっと遅かったじゃない」

「あんたはあたしのお母さんかっつーの」

児島くんが笑った。でも目は真剣だった。

「明日も仕事あるんでしょ」

「あるわよ、もちろん」

「働き過ぎじゃないの。顔色も良くないよ」

「この歳で仕事がなかったらと思うと、それだけで怖いよ。働ける場所があるだけ、ありがたいと思わなくちゃ」

そりゃそうかもしんないけど、と児島くんが言った。別に皮肉じゃないよ、とわたしは慌《あわ》てて言った。

「児島くんに今仕事がないことを、当てこすってるんじゃないからね」

「そんなことわかってます。晶子さんがそんな皮肉を言わないってこともね。そんなことより、ぼくは晶子さんの体のことが心配なんだよ」

「ゴメンゴメン。だけど大丈夫だから」

「まあ、これ以上は強く言わないけどさ」

わたしと児島くんは黙ったままお茶をすすった。何か食べる？　と児島くんが聞いてきた。

「何かあるの？」

「パン買ってきた。明日の朝に食べようと思って」

立ち上がった児島くんが台所からコンビニの袋を持ってきた。中を開いてみると、いくつかの調理パン、サンドイッチの類が出て来た。

「ふうん……食べようかな」

パンを見ているうちに、何となく食欲が湧いてきた。そういえば、と思う。今朝早く、わたしは食パンを一枚食べた。それきり、昼も夜も何も食べていない。そりゃあんまりじゃないか。

確かに気分は悪い。胃もむかつく。だけど、何か食べないと、それこそ体にも絶対良くない。パンに手を伸ばした。

「夜、何食ったの？」

「……ゴメン、本当は食べてない」

マジで？　と児島くんが叫んだ。いろいろあってさ、とわたしは答えた。それどころじゃないでしょうに、と児島くんがテーブルの上のパンをすべて並べた。

「全部食べてよ」

「全部は無理よ」

わたしは一番手前にあったソーセージパンを取り上げた。温めようか、と児島くんが言う。いいよ、と首を振った。

「このまま食べる」

「ちょっと待って。じゃあ紅茶いれる」

児島くんが立ち上がり、お湯を沸かし始めた。本当に気が利く子だなあと思って、ありがとうと声をかけた。いえいえ、と背中で答えた。

「とにかく、何も食ってないってのはヤバイですって」

「自分でもわかってるんだけどねえ」

「何で何も食べてないのさ……紅茶できたよ」

「いろいろあったのよ」わたしは言った。「とにかく忙しかったから」

「だって今日、スタジオでコマーシャル撮りだったんでしょ」

「そう」

「タレント来るって話だったし、食事の時間ぐらいきっちりとあったんじゃないの？」

「撮影が押しちゃって、それどころじゃなかったのよ」

「全員メシ抜き？」

「そんなことないけど」

「でしょ。だったらどうして晶子さんだけ食べてないのさ」

「忙しくて、緊張し過ぎて、食欲がなかった」

「昼も夜も？」

「そうね……そうなるかな」

そりゃ絶対おかしい、と児島くんが言った。わたしは袋を開いて、中のソーセージパンを取り出した。ひと口齧《かじ》る。冷たかった。

「……どうして男の人は皆、食事のことをきっちりさせたがるんだろう」

「何？」

「水越っているでしょ。あの仕事のできない水越」

「そんなこと言ってないって」

「いいのよ。それは本当なんだから……その水越がね、食事のことだけはしっかりしてるの」

「食事は基本ですからね」

「水越だけじゃない。その場にいたトップの秋山役員も、あたしの顔見れば、メシはどうなってるってそればっかし。上から下まで、男は食事の心配。そんな悠長に食事なんか取ってる場合じゃないでしょうにって」

「だけど、水越さんや秋山役員の気持ちはわかるな。ぼくだって、現場で食事取らせてもらえなかったら、ブルーになると思いますもん。メシ食わなかったら働けませんよ」

「一食や二食抜いたぐらいで、そんな大袈裟な。人間、それぐらいで死なないって」

「死なないけど、やっぱりモチベーションっていうかさ」もっとパン食べてよ、と児島くんが言った。「メシ食ってこその人生でしょうに」

「人生まで持ち出す?」

わたしはソーセージを歯でつつきながら言った。もっとも、児島くんに関して言えば、食事と人生は表裏一体だ。食事ができないのなら仕事はできないという彼の意見は、彼を良く知るわたしから見ると、確かにうなずけるところだった。

児島くんは食にうるさい。体育会山岳部の出という彼は、食事について考えるところが深かった。

量を優先して考えるが、質についてもやかましかった。さすがにお兄さんが中華のシェフというだけのことはある。要するに、量だけたくさんあっても、おいしくないと納得しないのだ。

わたしはゆっくりと時間をかけてソーセージパンを食べていった。冷えていて、おいしくはなかったけれど、今は仕方がない。他に何もないのだから、とつぶやきながらパンを飲み込んでいった。

児島くんが心配そうにわたしのことを見ている。大丈夫だよ。今はちょっと疲れているだけ。心配しないで。

わたしは紅茶を飲みながら、パンを食べ切った。もう十二時を回っていた。

3

翌朝、出社するとすぐに秋山役員がわたしのデスクにやってきた。どうやらわたしのことを待っていたようだった。

「昨日はお疲れ……何時までかかった？」

秋山役員が言った。お疲れさまでした、とわたしは頭を下げた。

秋山役員、局長、部長は撮影が終わった夕方五時の時点で帰ってもらっていた。現場に居残られても、何もすることはないと判断したためだが、やはり役員としては後のことが気になったらしい。

「いろいろありまして、十時ぐらいに終わりました」

「十時か。遅かったな」

「はい」

「今日ぐらい半休取れば良かったのに」

「そうはいきません。〝ツバサ〟のことだけじゃなく、他にもいろいろありますから」

「まああまり根を詰め過ぎないように……すぐ会議なんだ。あまり時間がないから用件だけ話すよ。先週の週末、博要堂のお偉いさんと食事をしてね」

「そうなんですか」

「その時、話に出たんだけど、ちょっと前に青葉ピー・アール社をリストラされた若い男がいただろう」

「はい？」

「児島くんだっけな。彼、あれからどうしてる？　いろいろ大変だろ？」

この人は何が言いたいんだろうと思いつつ、就職活動をしているようです、とわたしは答えた。

「だけど、なかなかうまくいっていないと聞いてます。季節も季節ですし、よその会社はどこも中途採用に積極的じゃないらしくて」

「まあ、そうだろうな。今頃、どこの会社でも新入社員対応の方に追われているだろう。中途採用について考えるのは、もうちょっと経ってからだ。だがね、博要堂のその人は違う。新しい人材の登用について積極的だ」

「はあ」

「児島くんというのは、なかなか仕事ができると聞いている。川村さんだけじゃなく、他部署からもね。正直、青葉ピー・アールさんじゃ活躍のしようもなかっただろうという噂だ」

「仕事は一生懸命頑張るタイプですから……」

「前に川村さんから、彼のこと頼まれただろ」

そうだっけ。覚えていない。どさくさ紛《まぎ》れに秋山役員にも何かお願いをしたような気もするのだけれど、そんな他社の、しかも小さなPR会社の契約社員のことなど気にかけてくれるとは思わなかったから、その後確かめることはなかった。

単なる取引先の契約社員の話だ。役員という立場にある者が考えなくてもいいことだろう。

「いや、おれ、そういう頼まれ事は忘れない性格なんだ」

秋山役員が苦笑した。律義すぎると自分でも思うんだがね、と鼻の頭を掻く。

「ちょっと自分なりに、その児島くんという彼のことを調べてみた。非常に優秀だと誰もが言う。青葉さんじゃもったいないと言う。もっと大きな会社で働かせてあげたいと。優秀な人材であることはよくわかった」

「はい」

「そんな人材を放っておいちゃいけない。まあ放っておいても、遅かれ早かれ、どこか大きな会社が彼の存在に気づくだろうが、浪人生活なんて短いに越したことはない。仕事探しに疲れて、もっと大事なものを忘れてしまうようなことがないとは限らない。いいところを見つけて、押し込んでおく。それも仕事のうちだと考えている」

「はあ……」

「博要堂に紹介した」秋山役員がさらりと言った。「先方も興味あるようだった。秋山さんが薦《すす》めるなら、ぜひ一度会ってみたいという。紹介状を書くことになった。銘和乳業の役員の紹介状がどれだけ役に立つかはわからんが、ないよりはましだろう。児島くんというその彼が、コネ入社を嫌うような人でなければいいと思うがね。とにかく、推薦しておいた。相手の連絡先はここにある」

　秋山役員が一枚の名刺を取り出した。博要堂の社員の名前と、人事担当という肩書が記されていた。

「なるべく早く連絡してやってほしい。向こうも待っている。忙しい身だ。あまり時間もない。それでも会うと確約してくれた。悪い話じゃないと思う」

「いいも悪いも」わたしは言った。「こんないい話、どこを探してもないと思います。児島さんも喜ぶと思います」

「借りを作るのが嫌かもしれんが、まあ仕方がないだろう。人脈ばかりは長く生きてた者の方が強いからね。先輩に従うのも、この際ありなんじゃないかな」

「すいません、役員……そんなことまで気にしていただいて」

「たいしたことじゃない。気にする必要はないよ」

「ありがとうございます。児島さんも感謝すると思います」

「川村さん、彼と仲が良いんだって？」

　突然秋山役員が改まった調子で聞いてきた。何のことでしょうか、とわたしは言った。

「誰に聞いても川村課長の名前が出てきたよ。うちの会社で児島さんと親しいのは、そりゃ川村さんでしょうって」

「そんなことは……」

「児島さんに紹介の話を伝えるなら、川村課長に言うのが一番早いでしょうって。というわけで、よろしく頼む。おれは今から会議に出なきゃならん。児島くんという人について、できるのはここまでだ。後のことは頼んだぞ」

わたしは名刺を押しいただいた。秋山役員がにやりと笑った。

「ずいぶんと年下らしいじゃないか」

「年下……」

「十歳ぐらい離れてると聞いたぞ」

ああ、そういう意味ですか、とうなずいた。

「もうちょっと……離れています」

「放っておけないか」

「そんなことは……弟みたいなものです」

まあいい、と秋山役員が片目をつぶってみせた。

「うまくやれよ」

役員がわたしの肩を叩いて、その場を離れていった。わたしはデスクに座り直した。

あまりというか、まったくというか、公にはしていないことだが、わたしと秋山役員は交際していたことがある。秋山役員が離婚した直後だから、一年ほど前になるだろうか。

まだ秋山役員は役員になる前だったけれど、次期役員は確実と思われていた。実際、会社の中でも秋山役員は重役候補生として名前を挙げられてきていた。期待のエースだったことは間違いない。

そんな役員がなぜわたしとつきあうことを望んだのか、実はよくわかっていない。当時、わたしは児島くんと一時別れていて、フリーだった。

秋山役員も奥様と正式に離婚していたから、不倫ではない。向こうから近づいてきて、わたしたちはつきあうことになったのだ。

あのままつきあっていたら、と今でも考えることがある。もしかしたらわたしは秋山役員と結婚していたかもしれない。

秋山役員は仕事ができる。尊敬すべき上司だ。ルックスだっていい。バツ一というのはちょっと難だが、そんなものを打ち消すぐらいの魅力が備わってる人だった。

秋山役員と結婚していたら、それは誰もが羨む幸福な結婚だっただろう。親だって賛成してくれたに違いない。

支障は何もなかった。バランスも取れている。同じ会社の同じ部署に勤めていることがネックになるかもしれないが、それだってわたしが別の部署に異動してしまえば何の問題もない。

いや、もしかしたらわたしは仕事を辞めていたかもしれない。役員の妻というのは、そうあるべきかもしれなかった。

要するに、安泰な人生がわたしを待っていたものと思われた。経済的にも何の不安もない。

独身が長かったわたしと、バツ一である秋山役員は、きっとお互いを思いやる幸福な家庭を築くことができただろう。周りからも祝福されたに違いない。

わたしにはそれがよくわかっていた。にもかかわらず、今後やりにくくなるだろうことが予測されるのに、わたしは秋山役員を振り、児島くんにやり直したいと言った。

児島くんが受け入れてくれたから良かったものの、うまくいかない可能性だって十分にあったのだ。だがわたしは児島くんに戻った。なぜなのだろう。あの時の心理は自分でもよくわからない。

わたしは会社内でどんなに親しい人に対しても、児島くんと交際していることを言えずにいる。同棲しているなんて、口が裂けても言えない。

年下の彼氏を持つというのは、そういうことだ。周りに知らせるには世間体が悪い。

そう考えざるを得ないのが、わたしと児島くんの関係だった。

同時に、わたしと児島くんの親は児島くんの父親と兄を除いて、わたしたちの交際に全面的に反対している。たとえばその代表はわたしの父だ。

父は、無理があり過ぎると言った。そんな歳の離れた男女がうまくいくはずがない。今はいいかもしれないが、結婚ということになって長い人生を考えてみれば、うまくいかないことは明らかだとした。父はその説を曲げていない。

親が反対することはわかっていた。十四歳年下の男の子を連れてきて、交際を認めてほしいといきなり言われても、なかなか賛成しにくいだろう。それは仕方のないことだ。

経済的にも児島くんは問題がある。何しろ、彼は現在失職中の身なのだ。将来的な経済設定どころか、本当に今日明日のお金を用意するだけでも大変だった。

そして、彼がうまく就職できたとしても、二十四歳なのだ。もらえる給料はたかが知れている。

少なくとも、現在のわたしより遥かに少ない金額であることは間違いない。父の言うところのバランスの悪い二人ということになってしまう。

愛のない結婚は不幸だと思う。それは議論の余地のないところだ。

だが、愛だけしかない結婚というのも、また違うだろう。愛だけでは埋められない何かが結婚にはある。わたしは一度も結婚というものをしたことがないが、それだけは理解していた。

このまま児島くんとつきあっていてもいいのだろうか。わたしは不安になった。その釣り合いの取れなさときたら、言うまでもないだろう。そして年齢差は一生わたしたちにつきまとう。

銘和乳業の定年は一応六十歳ということになっている。社員に優しい会社だから、わたしもその年齢まで働くことになるだろう。

そして六十歳になり、定年ということになった時、人生のパートナーはというと、まだ四十六なのだ。働き盛りにもほどがある。

まあいい。今はそんなことはいい。そんな先のことを考えても仕方がない。目の前のことをやるだけだ。具体的には、今秋山役員からあった話を児島くんに伝えなければ。児島くんにとっては、渡りに船というべき話だろう。代理店業界でも電勇はともかくとして、業界第二位の博要堂に紹介してもらえるなんて、運の強い子だ。

後はうまくやってくれることを祈るだけだが、児島くんなら大丈夫だろう。素のままの姿で博要堂の担当者と会えば、向こうもその道のプロなのだから、児島くんの人柄はわかってくれるはずだ。

うまくいく。この話はきっとうまくまとまる。わたしはそう念じながら児島くんにメールを送った。まったく問題なくメールは送られた。

細かいことは帰って説明しよう。やれやれ。

4

わたしたち宣伝二課のメンバーが全員顔を揃えたのは十時のことだった。始業時間は九時半だが、水越が三十分遅刻してきたので、そういうことになったのだ。

「だって仕方ないじゃないすか」水越が出社早々言い訳をした。「ここんところずっと残業続きで忙しかったたし、おまけに昨日は朝早くから撮影立ち会いでしょ。何だかんだで夜十時まで現場にいたんだし、そりゃ多少遅刻するぐらい大目に見てもらわないと……」

「他は全員来てる。あたしも含めて」わたしは課長として言った。「誰も遅刻はしてない。あんたを除いてはね」

「すいません」

「大変だったのはわかる。疲れているのも認める。あたしだってそうだもの。みんなだって同じはず」

「そう言われちゃうと、返す言葉がないっつうか……」

「だけど、ここが踏ん張り時だと思う。ここで頑張らなくて、いつ頑張るのかっていう話よ。そういう時、あるでしょ？」

「まあ、ありますね」

「〝ツバサ〟の発売までは、もっと真剣にやってもらわないと」

「すいません」

　水越が頭を下げた。本当に反省しているように見えたので、解放してあげることにした。藤沢がやってきた。

「ちょっといいですか」

「何？」

「昨日の撮影なんですが、とにかく無事に終わりました。今、電勇のチームが素材を持って編集スタジオに籠《こ》もったところです。上がりは来週の月曜を予定しています。ここまで、すべてスケジュール通りです」

「問題は？」

「特には発生していません。さっき、電勇の方から連絡ありましたが、昨日の撮影は予定以上の出来栄えだったということです。長谷部レイの魅力爆発というところですね」

いいことだ。たまにはそんなことがなくては困る。

電勇といえばプロ中のプロだ。その連中が昨日の撮影について、うまくいったと太鼓判を押してくれているというのだから、問題はないのだろう。

すべてはうまくいっている。後はこの勢いを持続させていくことだが、それほど難しいものではないと思われた。

「もうちょっとだから」わたしは言った。「〝ツバサ〟のコマーシャルが完成すれば、ひと段落つく。区切りがつく。そうしたら、今止まっているいくつかの案件について、手をつけることができる。だけど今じゃない。もうちょっとの辛抱よ。頑張りましょう」

「仕事ですから」クールに藤沢が言った。「やり抜きますよ」

「頼んだわよ」

入れ替わりに希がやってきた。手に封筒を持っていた。

「それは何？」

「昨日の撮影の時、雑誌や新聞広告用のスチール撮りましたよね」

「撮ったわね。現場で大体は見たけど」

「改めて、候補を絞ったんですけど、それを焼いたものがこれです」希が一枚のＤＶＤ

を取り出した。「見ます？　いい出来ですよ」

「もちろん見る」藤沢流に言えば、それがわたしの仕事なのだ。「ここで見ることはできる？」

「課長のパソコン、使わせてください」希がわたしのパソコンを勝手に開いた。「課長の画面で写真を見ることができます」

トレイが開き、ＤＶＤを呑み込んでいった。パソコンの画面に何だかわけのわからない記号が並ぶ。

希がマウスを使って何度かクリックした。画面が切り替わり、インデックスという項目が並んだ。

「後は開いていくだけです」希がわたしを見た。「できますよね？」

まあ、できる。たぶん。わたしはマウスを動かし、一番上の写真にカーソルを置いた。クリック。写真が大きくなる。そこには長谷部レイの笑顔があった。

「笑ってる」

「初孫じゃないんだから、そんなことで喜ばないでください」希が冷たく言った。「一枚一枚、そんなに丁寧に見ていったら、時間がいくらあっても足りませんよ。写真は全部で二百枚ほどあります。セレクションはカメラマンと電勇のディレクターがやってます。わたしたちの意見がどこまで反映されるかはわかりませんが、お金を出しているスポンサーとして、これはというものがあれば、意見を言う権利はあるんじゃないでしょうか。あたしにはよくわかりませんけども」

わからないという割りには、希は自分の意見をはっきりと言う。若者らしくストレートに発言する。それが希のいいところでもあった。

「あなたは見たの？」

「だいたいは。いいと思います」

「いいというのは？」

「長谷部レイらしい写真になったという意味です。デザイナーも見てます。同意見でした」

アートディレクターは昨日現場にも来ていた。電勇が連れてきたフリーのデザイナーだったが、この手の仕事には慣れているということだったので、了承したのだ。

わたしは続けざまにマウスをクリックしていった。パソコンの画面一杯に長谷部レイが現れては消える。笑顔が多い。コマーシャルの撮影の時にはあまり笑っていなかったが、スチール撮影ということでまた別の指示が下ったのだろう。

彼女の笑顔は良かった。現役モデルだけあって、笑みが自然だった。笑うとこんなふうになるのだ、とわたしは驚いていた。手には〝ツバサ〟のボトルを持っている。

「事務所のOKは取れたの？」

「まだ聞いてません。でも、これなら問題ないでしょう」

ままあそうだ、とわたしも思った。別に特殊な撮り方をしているわけでもない。カメラは正面から長谷部レイのことを捕らえていた。

「でも、一応確認は必要よ。事務所の方にも同じものを焼いて送るように、電勇さんに言っておいて」

「わかりました」

「よろしく頼みます」

その時、わたしの携帯電話が鳴った。メール。ちょっと待って、と言ってからわたしは携帯電話を取り上げた。中を開く。届いたのは児島くんからのメールだった。

「ちょっといいかな」

「どうぞどうぞ」

希が笑って席を外した。わたしは立ち上がって窓際へ行き、メールの中身を読んだ。

そこにはこう書かれていた。

『おはようございます。

メール、見ました。

ありがたい話です。

ありがたすぎて、ちょっとびびっちゃいます。

正直、自信がありません。

晶子さんの方からうまく断っておいていただけないでしょうか。

よろしくお願いします』

何で？　わたしは携帯電話を握り締めながら、呆然《ぼうぜん》と立ち尽くしていた。児島くん、いったいどうしたの？

落ち着いて、と深呼吸を繰り返した。児島くん、しっかりしてよ。こんなビッグチャンスをむざむざ放っておくつもりなの？

そんなこと許されるはずもない。わたしたちの将来を考えているのなら、ここで男を見せてよ。

わたしはちょっと考えてからメールを作り始めた。冷静に、晶子。焦ったところで仕方がないのはわかりきっている。

本文を作ってから二回読んだ。文章に間違いがないことを確認してから、メールを児島くんに送った。

5

月曜日はいつも忙しい。

宣伝の仕事というのは、毎日動いている。土曜も日曜もない。その間も仕事は動き続けている。

だが、会社は休みだ。そして世間も休んでいる。だから土日にその対処はできない。溜《た》まった分は月曜日に処理しなければならなかった。月曜日が忙しくなるのは当然と言えた。

ましてや、新商品である〝ツバサ〟のコマーシャル撮りを控えていたわたしたち二課としては、いつもの倍以上忙しくてもおかしくはなかった。やることが多すぎる、とため息をついた。これだけの人数でやるには大きな仕事を抱え過ぎていたのは明らかだった。

(今度こそはっきりさせなきゃ)

わたしは部長や局長、そして役員に至るまで、常に人数の増員を訴え続けてきていた。マンパワーの不足を解消させなければ、できる仕事もできなくなる。

そして、今は何とか回っているこの課が、いずれは疲弊して潰れてしまうという予感をわたしは抱いていた。具体的には、体調不良などを理由に戦線離脱してしまう社員が出てくることだ。

いつそうなってもおかしくはなかった。そうなってからでは遅い。

早急に人数を必要とする。そのうちとか、秋までにとか、そんな悠長なことを言っている場合ではない。今すぐにでも人数を倍にしてもらわなければ、必ず病人が出るだろう。

わたしはそのレポートをまとめつつあった。今日中には作ってしまわないと。

だが、まとまった時間は取れなかった。仕事の合間を見ては、パソコンに文章を綴《つづ》っていくのだが、時間のかかる作業だった。こんなことをしているから、それでなくとも時間がないのにますます足りなくなるのだ。

そして更に、時間を食う作業がもうひとつ増えていた。児島くんのことだ。

秋山役員が児島くんに博要堂を紹介してくれた。いい話だ。これ以上ない、いい話といってもいいだろう。

昨日までのフリーターが明日から博要堂の社員になれるかもしれない。そんなテレビドラマのような話があるなんて。わたしは児島くんも喜ぶだろうことを疑わなかった。

だけど、児島くんから連絡があった。自信がないという。断ってほしいという。冗談じゃない。断られてたまるもんか。

メールで児島くんの説得を始めた。だが、児島くんからの返事ははかばかしくなかった。

ありがたい話だとわかっているけれど、という前振りつきでメールが戻ってきていた。あまりにも今と環境が違いすぎるので、自分にはとても務まらないだろう。それが児島くんの答えだった。

そんなことないとわたしは説得メールを送った。誰にだって初めてということはある。博要堂という会社が大きすぎるという児島くんの言わんとすることはわからなくないけど、そんなことを言っていたらきりがない。

広告代理店業界はもともと転職する人が多い。最初は小さな広告代理店から入り、だんだんとステップアップして最終的には電勇や博要堂を目指す。そういうコンセンサスがある業界だった。

博要堂だって、よそからの転職組がいるだろう。そういう会社だと聞いている。だから児島くんが途中入社すると言ったって、それは特別なことではない。よくあることなのだ。

児島くんも広告代理店業界で働く以上、最終的に電勇や博要堂に行きたいと思っていないわけがない。それではあまりに覇気がなさすぎる。

今は女性でもそうだが、男なら大きな仕事をやってみたいだろう。そして、大きな仕事は大きな会社でしかできない。

児島くんはそういう意味でとても夢のある男の子だったから、博要堂に対するあこがれもあるはずだ。なぜこの話を受けないのか。わたしにはわからなかった。

何度もメールの往復が続いた。児島くんは話を受けようとしない。ただ断ってほしいとだけ言い続けている。その様子はかたくなだった。

夕方、わたしはメールでの説得を諦めた。直接会って話すしかないだろう。

幸いなことに、児島くんとわたしはアポなしでも自宅で会うことができた。後は家に帰ってからだ。

そうなってくると早く帰りたかったが、事態はそれを許さなかった。〝ツバサ〟コマーシャルの確認だけでも、必要なことは山ほどあった。

わたしで了解して先へ進めていい件もあるが、もっと上の人の了解を取り付けなければならないこともあった。わたしはその往復作業に忙殺された。何の因果か、わたしは課長職に就いていたので、上との折衝は全部わたしがやらなければならないのだった。

是枝部長も秋山役員も、基本的には現場にすべてを任せてくれていたが、少なくとも報告の義務はある。世の中何でも報告、連絡、相談だ。

そんなこんなで家に帰ったのは夜十一時過ぎのことだった。それでも疲れてはいられない。わたしは児島くんを捕まえて、リビングの椅子に座らせた。

「何すか？　裁判？」

児島くんがおどけてみせた。そんなところよ、とわたしは答えた。

「さあ、はっきりさせましょう。もう夜も遅い。時間はないわ」

「博要堂のこと？」

「他に何があるのよ」

児島くんが頭を掻いた。まっすぐこっち見て、とわたしは言った。

「博要堂のどこがいけないの？」

「いけないなんて言ってないよ。立派すぎるぐらいに立派な会社だと思う」

「そうよ。業界第二位の大会社だわ。そこへうちの役員が推薦してくれると言ってる。もちろん、面接や試験を受けなきゃいけないだろうけど、役員の推薦状つきよ。何の文句があるの？」

「くどいな、晶子さんも。だから文句なんかないって言ってるでしょうに」

「普通なら、喜んでこの話を受けると思う」

「そう簡単にはいかないよ」

児島くんがまた頭を掻いた。簡単よ、とわたしは言った。

「この名刺の番号に電話をかければいいの。担当者が待ってる。あなたからの連絡をね。銘和乳業は大手のスポンサーだもの。そこの役員が推薦してるとあっては、無視できないでしょう。あなたの評判はいいわ。あたしだけが評価してるんじゃない。少なくとも銘和であなたと関わった社員は、皆あなたのことを誉めている。あたしの評価じゃ身びいきだと思われるかもしれないけど、皆がそう言っている。あなたにはやる気もあって、積極的で労を惜しまない、仕事をすることを喜びと感じていて、人とのつきあいもいい。ちゃんと客観的な意見も持っている。仕事に対する知識もその辺の若い子とは比べ物にならないぐらいある。それをみんなわかっている。そんな声が秋山役員に届いたのよ」

「ありがたい話です」

児島くんがぽつりと言った。わたしはその肩を叩いた。

「児島くんを認めているのはあたしだけじゃない。おそらくは、あなたが青葉ピー・アール社時代に担当していたよその会社の人たちもね。そういう声は伝わるわ。役員だって馬鹿じゃない。よく知らない会社の若い男の子が、いかに優秀であろうとも推薦状を乱発したりはしない。それだけのものがあると調べたからこそ、推薦してくれた」

「過大評価じゃないですか？」

「自信持ってよ。児島くんはそれだけの仕事をしてきた。それはあたしが一番よくわかっている。あなたはまだ風が吹けば飛んでいってしまうような若手のペーペーの社会人だけど、それなりのものは持ってるって。他の若い子とは違う。それだけは言える」

「晶子さんにそう言ってもらえると、本当に嬉しい」児島くんがにっこり笑った。「励みになる」

「別に励まそうと思って言ってるんじゃない。あたしは感じたことをそのまま言ってるだけ。今、あたしとあなたの関係は、ちょっと特殊なものになってるけど、そんなことがなくてもあたしは同じことを言う。誰かに聞かれたら、彼はすごく優秀な若手ですと自信を持って答えていたと思う。本当だよ」

「マジすか。嬉しいな、そう言ってもらえると」

「児島くん、あたし、あなたのことをちょっと尊敬してる。児島くんの仕事に対する姿勢って、高い評価を受けてもいい。もちろん、まだまだ経験不足なのは事実よ。社会人として、もっといろいろ努力しなければならないこともあるはず。だけど、根本のところがしっかりしている。仕事に対するモチベーションも高い。最近の若い子に欠けてる何かがある。あたしが忘れてしまったような熱い思いも持ってる。そんな児島くんを、あたし尊敬してる」

「はあ」

「そんなあたしが自信を持って薦める児島くんともあろうものが、何びびってんのよ。博要堂ぐらいの会社を推薦されたぐらいで、自信がないとか言ってちゃ駄目。そりゃ確かに大変だとは思う。青葉ピー・アールと桁《けた》が違うことも確かだしね。だけど、そんなことは世の中によくあること。逃げないで。立ち向かって」

「いやあ、そこまで言われたんじゃ、ちゃんと話さなきゃ駄目ですね」児島くんが座り直した。「晶子さん、実は今まで黙ってたことがあるんです」

「……何？」

「晶子さんがあまりに忙しそうだったんで、今まで言えなかったんですが……実は就職が決まりました」

「何ですって？」

いったいどういうことなのか。児島くんは失職していたのではなかったか。そして求職活動をしていた。そう聞いていたが、違っていたのだろうか。

「もっとも、決まったと言っても、今朝の話なんですけど」

「今朝？」

そうです、と児島くんがうなずいた。

「お世話になりますって約束しちゃったんです。だから、今はどんなにおいしい話があっても、それに乗るわけにはいかなくて」

待ってよ児島くん、博要堂だよ。博要堂を断るなんて、いったいどんな会社なの？

質問がいくつも浮かんでは消えた。児島くんはただにこにこ笑っていた。

体調不良について

1

児島くんが無邪気な顔で笑っている。いいけど、とわたしは低い声で言った。

「どこに就職したの？」

「サンリーダー広告社という会社です」

「正直に言うけど、聞いたことない」

「そうだよね。ぼくも知らなかったし」

児島くんがまた笑った。最近の若い子は、とわたしは眉間《みけん》に皺《しわ》を寄せた。就職というものをどう考えているのだろうか。

仕事というのは一生の問題だ。自分の人生がそれで決まってしまうといっても、過言ではない。

実態を知らない会社に入るというのは、どんなものなのだろうか。わたしには信じられなかった。

「いや、もちろん受けるに当たってはいろいろ調べたよ」児島くんが何かを察知したのか、真面目な顔になった。「サンリーダー広告社というのは五年前にできて、中堅どころの広告代理店の元社員が立ち上げた会社なんだ。社員は全部で二十五名、平均年齢は三十三歳とまだ若い会社なんだけど」

「若いわねえ」

三十三歳というと、今のわたしより若いことになる。わたしに言わせれば、世間知らずということだ。どこにいたか知らないが、若い連中が勢いだけで独立して創った会社なのではないか。

「どうなんだろうね。その辺のことはよくわからないんだけど」

児島くんが肩をすくめる。大丈夫なの、とわたしは不安を口にした。たぶん、と頼りない答えが返ってきた。

「サンリーダー広告社はインターネットの広告を主に取り扱っている。大手代理店では手が回らない、ニッチな分野に取り組んでいるわけ。とはいえ、晶子さんもよくわかってると思うけど、テレビ、新聞、雑誌などから出稿先をネットに変更している企業は増える一方でしょ。そういう時代なんだよね。だからサンリーダー広告社の業績は年々上がっている。五年前の設立時と比べて、売り上げは三倍以上に伸びているんだってさ」

わたしは三十八歳で、気質的にも古いタイプの人間だ。考え方がコンサバなのは自分でもよくわかっている。それを踏まえて言うのだが、わたしは最近のインターネットビジネスを、実体のないものとして怪しく思っていた。

確かに、多くの企業が広告費の割合をテレビ新聞雑誌などからインターネットにシフトチェンジしていることは知っている。早い話、わたしが勤めている銘和乳業がそうだ。何年か前まで、銘和はインターネット関連の広告を打たなかった。

広告を出すのは一にテレビ、二に新聞、それ以外はおつきあい程度と決まっていた。銘和乳業というのは、そういう会社だ。

だが、時代の流れというもので、数年前からインターネット関連に広告を打つようになった。その勢いは明らかで、年々出稿量は増えていく一方だった。そういうものなのだ、ということはよくわかっていた。

とはいえ、ぶっちゃけて言えば何か怪しくないか、というのが本音だった。ネット広告というのは、この十年ぐらいの間に生まれた分野だ。新しいものといっていい。そしてその広告効果について、明確なデータはなかった。

もちろん、広告代理店では数字を盛り込んだ資料を作っている。ネット広告というものがいかに効果的か、どれだけユーザーが認知しているか、といった情報はわたしたちの元にも入っていた。

だがそれを精査してみると、その実態はお寒いものと言えた。ネットに広告を出したから、明らかに商品の売り上げが上がったというデータはなかった。

まるっきり効果がないということではない。何パーセントかは売り上げも伸びただろう。しかし、劇的に上がったという事例はなかった。

インターネットの利用者は増えている。今では、会社の個人のデスクにパソコン端末があるのは常識だ。家庭でもそれは同じで、一家に一台だったパソコンは今や家族一人が一台のスマホやタブレットを所有する時代になっている。

数多くのサイトが凄い勢いでどんどん立ち上がり、それを目にする人は増加する一方だ。インターネット広告の未来は明るい、という意見はわたしにもわかる。

でも、まだ過渡期なのではないかと思っていた。ネット広告の効果は明らかになっていない。企業がそこに広告費をつぎ込むのは一種の先物買いであり、もっと言えば雰囲気に流されているだけなのではないかと考えていた。

児島くんはそのネット広告をメインに扱っている会社に入るという。大丈夫なのだろうか。弱小代理店など、あっと言う間に潰れてしまうのではないか。

「そんなこと言ったらきりがないって」児島くんが言った。「それ言い出したら、広告代理店の存在そのものが怪しくなるでしょうに。実体のないものに、みんなお金を出しているんだから」

それはその通りかもしれない。広告業界というのは、もともと怪しいものなのだ。明確な実体はない。誰もが目に見えない効果を期待して、広告費を出している。

そして実際、広告を打つことによって商品は売れる。その例は数え切れない。

広告を打てば必ず売れるとは言い切れないが、宣伝しなければ商品は売れない。それはよくわかっていた。

「それはそれとして」わたしは児島くんを見た。「会社はどこにあるの？」

「青山《あおやま》です。表参道の駅から歩いて十分ぐらいかなあ」

「給料は？」

「一応、ぼくの給料は二十五万円という話だけど。交通費も出るし、住宅手当もある。保険も完備している。普通の会社と変わらないって」

「ねえ、児島くん」わたしは児島くんの目を覗《のぞ》き込んだ。「そのサンリーダー広告社っていう会社のことはわかった。中途採用が決まったこともね。だけど、今博要堂というもっと大きな会社から誘いがかかった。ずばり言って博要堂は一流会社よ。業界第二位の大手広告会社で、世間の人は誰でも知っている。給料や待遇だって、サンリーダー広告社よりはいいに決まっている。めったにないビッグチャンスよ。サンリーダー広告社には悪いけど、児島くんの将来を考えたら、絶対博要堂に行った方がいい。あたしの言ってることわかるでしょ」

「わかりますわかります」

児島くんがうなずく。笑顔は変わらない。だったら、とわたしは言った。

「サンリーダー広告社を断ろうよ。博要堂に行った方がいい」

「晶子さんの言ってることはよくわかるよ。だけど、ぼくはサンリーダー広告社に行こうと思う」

「どうして？」

わたしは大声を上げた。児島くんは馬鹿なのだろうか。あらゆる意味で、ここは博要堂を選ぶべきだ。

給料、知名度、会社の規模、将来性、安定、すべての点で博要堂はサンリーダー広告社を上回っている。それがわからないのだろうか。

「いや、わかってるって」児島くんが言った。「博要堂に行った方が、いろんな意味で得だろうね。でもね、サンリーダー広告社はぼくという個人を見てくれた。中途採用試験の出来がよかったかどうかはわからない。正直、そんなによくはなかったと思う。それでもあの会社はぼくを欲しいと言ってくれた。ぼくのことを評価してくれた。一緒に働きたいと言ってくれた。小さな会社だけど、一緒に頑張らないかって。望まれて行くんだよ。こんな幸せなことないって」

「博要堂だって児島くんを欲しがっている」わたしは首を振った。「待遇だって考えてくれると思う。安定した大会社だし、将来性もある。それがわかっていながら、どうしてサンリーダー広告社を選ぶの？」

「お金や待遇は大事だよね」児島くんがうなずいた。「将来性も重要だと思う。だけど、それだけなのかな。もっと大事なことってあるんじゃないのかな」

「それは……」

「約束したんだよ。お世話になりますって」児島くんが微笑んだ。「小さな約束かもしれないけど、約束は約束だからさ。横からどんなにおいしい話が来たとしても、裏切るわけにはいかないよ」

「裏切るとか、そんな話じゃない」わたしは大きく手を振った。「話せば、そのサンリーダー広告社という会社もわかってくれる。児島くんの将来のためにどっちが得か考えてくれる。サンリーダー広告社がまともな会社なら、博要堂に行った方がいいと言ってくれるわ」

「そうだろうね。博要堂に行きなよと勧めてくれると思う。だからぼくは裏切れない。損得じゃないんだよ、晶子さん。自分に嘘をつかないことが大事なんだ」

晶子さんならわかってくれるでしょ、と児島くんがわたしの手を握った。温かい手だった。

児島くんが笑っている。見ているうちに、わたしもおかしくなって笑ってしまった。児島くんというのはそういう人なのだと改めて思った。馬鹿だよねと言われるかもしれない。損得もわからないのかと言われるかもしれない。だけど、児島くんにはそんなことより大事なものがあるのだ。

わたしたちは誰でもその時の計算で動く。すべてに対して、それは得になるのか、損をするのかという考え方をしてしまう。

悪いことではない。物事において、損得は重要な要素だ。誰もわざわざ不利益になるようなことはしない。損することをしたくないというのは、人間の自然な感覚だ。

でも、そればかりでいいのかと思う。自分の利益ばかり考えて生きていくのは、人間としてもっと大切な何かを捨ててしまうことになるのではないか。

児島くんがそこまで考えているのかどうかはわからない。はっきりいって、考えていないだろう。

ただ、彼の中にはルールがある。嘘をつかないとか、約束を守るとか、そういった人としての基本的なルールだ。

児島くんはそれを守ろうとする。不自由な生き方だろう。不器用と思われるかもしれない。人よりも損な生き方であることは間違いない。

だけど、開き直って言えば、だから児島くんなのだ。誰に対しても、何に対しても誠実に動く。それが児島くんという人だ。

そういうところを好きになった。人としての根っこがきちんとしている。それがわかったから、恋をした。気がつけば、わたしは大声で笑っていた。

そうだよね、児島くん。大きな会社だから、将来性があるから、安定しているから、給料がいいから、そんな理由でわたしたちは就職先を選ぶけど、本当はそんなことどうでもいい。

先のことなど誰にもわからない。だったら働いて気持ちのいいところを選びたい。嘘をついたり、約束を破ったりして、自分に得な何かを得たとしても、それは本当の得じゃない。

「児島くん、ごめんなさい。あたし、自分のこと考えてた。児島くんにいわゆるいい会社に入ってほしかった。あたしのために、そうしてほしかった。だけど、それって違うよね。仕事って、そんなふうに選んじゃ駄目だよね」

「わからないけど、そんな気がする。仕事は大事だからね。真剣に考えないと」

児島くんが言った。博要堂の件は断っておく、とわたしはうなずいた。

「こんないい話、もうないぞって言われると思う。何考えてんだって怒られちゃうかも」

「すいません」

児島くんがぺこりと頭を下げる。少年っぽい仕草だった。いいのいいの、とわたしは首を振った。

「話は終わり。そうと決まったら児島くんの就職祝いをしなくちゃね。今度の休み、二人で出掛けよう。何か食べたいものある？」

「ちょっと考えとく」

それにしても、と児島くんの腕に触れた。

「よかったね。嬉しいよ。マジで」

「晶子さん、いい機会だからはっきり言うけど、最近忙し過ぎない？　ちょっとひど過ぎると思う。そんなに体が強いわけでもないのに、働き過ぎだって」

「もう少しなの。もうちょっとでいろいろ片がつく。それまでちょっとだけ待ってて」

「心配なんだよ」児島くんが口をすぼめた。「晶子さんのことが」

わたしは児島くんの肩に手を置いた。大丈夫だよ、児島くん。気持ちは嬉しいけど、そんなに心配しないで。

不意に、児島くんがキスをしてきた。うん、とうなずいてわたしは児島くんのことを抱きしめた。

2

翌日、わたしは会社に行った。まだまだ仕事は終わらない。というか、増える一方だった。

昼休み、池袋《いけぶくろ》の駅へ向かった。東口によく行っている佐藤《さとう》内科というクリニックがあった。

小さなクリニックなのだけれど、銘和に入社した時から、何かにつけてそこに通っていた。掛かり付けのドクターと言っていい。

午前中は一時まで開いているのは知っていた。佐藤内科はどうやって経営を成り立たせているのだろうと思うぐらい、いつでも空《す》いている。待つことなく診てもらえるのも、わたしが佐藤内科に行く理由だった。

待合室に入ると、いつものようにそこには誰もいなかった。受付で診察券を出すと、おそらく佐藤先生の奥様だと思うのだけれど、年配の女の人が少々お待ちくださいとにっこり笑った。長椅子に座っていると、すぐ名前を呼ばれた。

「こんにちは。お久しぶりですな」

診察室に入ると、佐藤先生が椅子を勧めてくれた。先生は五十代の後半か、六十歳ぐらいだと思う。いつも機嫌《きげん》よく微笑んでいる。

クリニックは清潔だし、設備も整っている。それなのに何でこんなに患者が少ないのだろうと思いながら、椅子に座った。

「どうしました、川村さん」

「ちょっと体調がすぐれなくて……とりあえず熱はないんですが、食欲がありません」

ほお、と先生がわたしの顔をまっすぐ見た。忙しいようですな、というつぶやきが漏れる。

「仕事が少し……いろいろありまして」

「そうですなあ。疲労かなあ」血圧測りましょうか、と先生が言った。「他に何かありますか？　吐いたりとか、気分が悪いとか」

「この前、ちょっと吐きました。たいしたことはないんですけど、お腹の辺りが何だかもたれる感じがして、すぐに疲れます」

先生がわたしの腕に血圧計の圧迫帯を巻き付けた。空気を送り込んで、しばらく待つうちに、結果が出た。上は百十、下は七十、とうなずいた。

「いい数字ですなあ。問題はありません。一応、熱も測ってみましょうか」

耳に体温計を当てられた。すぐにデジタル音が鳴る。三十七度一分、と先生が読み上げた。

「少し高いかなあ」

ぼんやりした声だった。緊張感はない。心配するほどのことはない、という意味だった。

「眠れてますか？」

カルテに何か書き込みながら言った。まあまあです、と答えた。昨日は何時に寝ましたか、と先生が質問した。

「夜中の二時ぐらいでしょうか」

昨夜、わたしは児島くんの就職が決まったということで、二人でワインを一本空けていた。前祝いということもある。とりあえず児島くんが行きたい会社に入るということで、わたしもほっとしていた。

そのためか、結構急ピッチで飲んだ。寝たのは二時ぐらいのことだ。

それから朝六時に起きて出社する準備を始めた。睡眠時間は四時間ほどだ。睡眠不足なのは否《いな》めない。

「まあ、もうちょっと寝た方がいいでしょうなあ」

口を開いて、と先生が言った。言われた通りにすると、先生が口の中を覗き込んだ。

ふうむ、とか、はあ、というような声がして、結構です、と言われた。

「風邪《かぜ》でしょうか」

「どうなんでしょう」

先生が首を捻《ひね》った。医者の口から、どうなんでしょうと言われても困る。それが知りたくてわたしはここに来ているのだ。

「じゃあ、心臓の音を聞きましょうか」

前を開いていただけますか、と丁寧に言われた。ブラウスのボタンを外し、胸を先生に向けた。聴診器を耳につけた先生が、先端をわたしの体に当てる。

はあ、とか、ほう、という声がした。いつものことなので慣れていたから気にはならなかったが、初めて来る患者などは戸惑うかもしれない。

「背中、よろしいですか？」

椅子を回転させた。先生が背中に聴診器を当てる。しばらくすると、よろしいですよ、という声が聞こえた。元の体勢に戻った。

「異常はありませんなあ」先生が聴診器を外した。「これといって何もないです」

「そうですか」

「川村さんは独身でしたっけ」

唐突に先生が質問した。そうです、と答えた。それがどうしたというのだろう。

「そうですかあ」

何度か首を振った。ちょっと黙り込む。ややあって、川村さんは掛かり付けの産婦人科はありますか、と言った。

「産婦人科？」

「はい。産婦人科です」

いいえ、とわたしは答えた。決して体が強い方ではないが、かといって病弱ということもない。

歯医者と腰痛治療のカイロプラクティックには定期的に通院しているが、その他に掛かり付けの医者はなかった。佐藤内科に来るのはワンシーズン一度ぐらいだ。

「では紹介しましょう」先生が言った。「すぐ近くです。佐竹《さたけ》さんという女の先生です。うちと同じく個人のクリニックですが、わりと有名です」

「先生、意味がよくわかりません。なぜ産婦人科に？」

「行かれた方がよろしいと思います。今言えるのはそれだけです」

先生がわたしを見て、にっこりと笑った。まさか、そういうことなのか。

わたしは先生の目を見つめ返した。先生の笑みが更に深くなった。

3

ハンバーガー屋で軽い昼食を取り、買い物をしてから会社に戻った。水越がわたしの席に座っていた。

「どうしたの」

どいて、とわたしは言った。水越が立ち上がる。椅子に座ったわたしの目の前に、一枚のＤＶＤを差し出した。

「どこ行ってたんですか」

「あたしだってご飯ぐらい行くわよ」

「捜してたんすよ。電勇から〝ツバサ〟の資料が届いたんで」

これです、とDVDをデスクに置いた。後で見るわ、とわたしは言った。今はそれどころではなかった。

「どうしたんすか、ぼんやりして」

「ぼんやりなんかしてないわよ」

「そうですかねえ。そう見えますけどね。心ここにあらずって感じで」

水越にしてはなかなか鋭い洞察力と言えた。確かに、わたしは今、混乱している。どうしていいのかわからなかった。

「まあいいんですけど。とにかく渡しましたからね。見といてくださいよ」

水越が自分のデスクに戻っていった。わたしはパソコンを開いた。留守にしていた一時間の間に何か連絡はなかったかとメールをチェックする。何もない。デスクまわりを見た。伝言メモの類は何もなかった。

辺りを見回した。うちの課の連中が全員顔を揃えている。いつもだったら報告とか連絡とか相談とかがあるはずだったが、席を立ってこちらに来る者はいなかった。

わたしはため息をついた。どうやらその時が来たらしい。

五分待った。何事も起きない。電話も鳴らない。立ち上がった。

「ちょっと……トイレに」

誰に聞かれたわけでもないのに言い訳をして歩きだした。廊下に出たが、誰もいなかった。トイレに行き、個室に入った。またため息が出た。

(さて)

バッグを開いた。食事の後、薬局へ寄って買ってきたものが入っていた。パッケージには、妊娠検査薬、と記されている。

「可能性ですが、おめでたかもしれません」

佐藤先生の声が蘇《よみがえ》ってきた。先生はにこにこ笑いながらそう言った。

「おめでた?」

「かもしれないということです。とりあえず、確かめた方がいい。産婦人科に行って診てもらった方がいいでしょう」

「まさか、そんな……本当ですか?」

わかりません、とあっさり言った。何なのよ、先生。確実なことは専門家の診断を仰ぐべきです、と先生が肩をすくめた。

「最後の生理はいつですか?」

わたしは首を捻った。たまにだが生理の周期が狂うことがある。これは若い頃からだが、どうすることもできない。うまくつきあっていくしかなかった。今日に至るまで、わたしにとって生理とはそういうものだった。

最後に生理が来たのはいつだっただろう。改めてそう言われると、よく覚えていない。二カ月近くなかったような気がした。それほど特別な話ではない。

そしてこの二カ月、わたしは忙し過ぎた。仕事は山のようにあり、処理していくだけでもやっとだった。忙しさに紛れて、生理のことなど頭になかった。

便座に座りながら、過去を振り返った。言われてみれば、思い当たることがないでもない。わたしと児島くんは同棲していて、それなりに関係もあった。

もちろん、わたしたちにはいろいろ問題がある。二人ともそれはよくわかっていたから、避妊には気を遣っていた。

とはいえ、世の中に完璧ということはない。もしかしたらということはあった。

(とにかく、確かめないと)

妊娠検査薬を見た。生まれて初めてこんなものを買った。今まで必要になったことはなかった。

繰り返すようだが、初めて買った。妊娠検査薬は薬局の隅に置いてある。どこにあるのか最初はわからなかった。探して探して、ようやく手に入れたのだ。

わたしは二種類の妊娠検査薬を買っていた。ひとつで十分なはずだったが、念を入れて確認しなければならないという思いがあった。

パッケージを開いた。ローチ製薬のドゥーテスターという商品と、オムコンのクリアドブルーという商品だ。

どちらも箱に、九十九パーセント以上の正確さと記されている。使ったことはなかったが、尿をかけて検査するものだという知識はあった。

（さてと）

ドゥーテスターを取り出す。妊娠検査用のスティックは、体温計にちょっと似ていた。キャップを開けると、採尿部、という文字があった。ここに尿をかけるということだろう。

不思議なもので、スティックを見ているうちに尿意を感じた。もう迷っている時間はない。座り直して、スティックを足の間に当てた。

尿が出た。パッケージには二秒かければいいと書いてある。正確に二秒待ち、スティックを取り出した。先端が湿っていた。

一分待てば判定が出る。わたしはスティックを見つめた。時間の感覚はなくなっていた。

スティックの中央部分に、判定確認、と記された部分があった。いきなり、二本のラインが浮かんだ。二本。どういう意味なのか。

パッケージを確認した。二本ラインは陽性ということだった。陽性。それはつまり、妊娠反応があったことを意味していた。

「マジで？」

言葉が口をついて出た。結構大きな声だった。慌てて口を閉じた。

もう一度スティックを見直す。そこにははっきりと二本のラインがあった。

妊娠検査薬は九十九パーセントの正確さを謳《うた》っている。だがしかし、九十九パーセントはあくまで九十九パーセントでしかない。絶対に確実とはいえないのだ。

わたしはもうひとつの商品、クリアドブルーを開いてみた。同じような体温計に似た器具が出て来た。

説明書によると、クリアドブルーの場合、検査するところをサンプラーと呼ぶらしい。ドゥーテスターと同じく、尿をかけて調べることもわかった。

（やってみよう）

わたしは同じ動きを繰り返した。クリアドブルーに尿をかけ、一分待つ。

結果は同じだった。判定窓に青いラインが出たのだ。陽性ということになる。それは妊娠反応があったことを知らせるための印だった。

クリアドブルーも正確さは九十九パーセント以上と書いてあった。わたしは違う会社の違う妊娠検査薬を二本使い、それぞれに反応を見た。

判定は一緒だった。どちらも陽性で、妊娠しているという結果が出ていた。

二つの商品は同じように正確さを九十九パーセント以上と表記している。九十九パーセントの結果がふたつ並んだということは、百パーセント以上妊娠が確実であることになるのではないか。

その時わたしの胸に浮かんだのは、当惑という感情だった。嬉しいかと言われれば、そういうことではなかった。

かといって困ったかというとそうでもない。何とも言いようのない気持ちで、当惑としか表現出来なかった。

判定は出た。とはいえ、とつぶやいた。まだ絶対というわけではない。人間の作った商品だ。間違いということもある。

(後は病院だ)

佐藤先生に勧められた通り、産婦人科の病院に行かなければならない。確認しなければば。そこで明確な結果が出る。

それまでこの件は保留だ。わたしは二本の妊娠検査薬をバッグにしまい、ゆっくりと立ち上がった。

4

善は急げという。わたしの身に起こったことが善なのかどうかはよくわからなかったが、なるべく早いうちに結論を出すべきだろう。先延ばしにしていいことなど、何もない。

それはわかっていたのだが、いざとなるとなかなか踏み切れなかった。わたしは過去に妊娠したことがない。経験のないことについて臆病になるのは、誰でもそうだろう。

幸か不幸か忙しかった。やらなければならない仕事は溜まっており、それを処理する方が先だという逃げ道があった。

というわけで、仕事をすることにした。ある程度片がついたら、産婦人科に行こう。そうだ、そうしよう。

いつものように働き、目の前の仕事に取り組んだ。不思議なことに、体の不調は収まっていた。

今までは不明だった体調不良の理由が、ぼんやりとではあるがわかったということもあるのだろう。精神的に落ち着いたためか、気分の悪さはなくなっていた。

その日わたしは夜十時半に会社を出て、十一時に帰宅した。ここのところ常にそうであったように、児島くんが心配そうな顔をして出迎えてくれた。

撮影が終わったのにまだ忙しいの、と児島くんは聞いてきた。事後処理がある、と答えた。事実そうだった。むしろ撮影が終わった今の方が忙しかった。

お風呂に入って寝ると疲れた中年夫のような台詞を言い、入浴の準備を始めた。児島くんはもうお風呂に入ったという。わたしは服を脱ぎ、シャワーを浴びた。

体を洗っていると、どうしてもお腹が目についた。触《さわ》ってみる。今のところ、何も変わってはいない。

わたしもいい歳なので、お腹回りに余分な肉がついているのは認めざるを得ないが、それは年相応の現象だった。極端に太っているわけでも瘦せているわけでもない。平均的な三十八歳の女性の腹部に見えた。

この中に、と思った。使い古された表現ではあるけれど、新しい命が宿っているのかもしれない。

なで回してみたが、何の反応もない。動いたりするようなことはなかった。ついこの間までのわたしのお腹と何ら変わらないように見える。

それでも、この中には別の生命体が存在している可能性がある。女の体は神秘だ、と実感した。

とにかく、調べてみなければならない。逃げていても一緒だ。いつかは真実を知る必要がある。

忙しさにかこつけて、今日一日自分をごまかしてきたが、それも限界だろう。明日は病院に行こう。そう決心した。

何だかんだで風呂場に三十分ほどいただろうか。気がつけば、わたしは床に座り込んで、お腹をずっと触っていた。

別に何があるというわけでもない。お腹はお腹だ。すべすべした感触が手に残るが、それはいつもと同じだった。最後にもう一度シャワーを浴びて、風呂場を出た。

寝室に行くと、児島くんはもう寝ていた。もともとこのマンションはわたしがわたしのために買ったもので、家財道具の類も一人で使うことを想定して揃えていた。

ベッドはクイーンサイズで、一人で寝るには十分だったが、二人だとやや狭い。児島くんが転がり込んで来た時、問題になったのは寝る場所をどうするかだった。

このマンションは2LDKで、部屋数があるわけではない。児島くんのために寝室を作ることはできなかった。

当初はリビングのソファで寝ると児島くんは言っていたし、事実そうしていたのだが、彼の大きな体は小さなソファにはあまりに窮屈だった。狭いけれどソファよりは広いから、とわたしは一緒に寝ることを提案し、児島くんも同意した。

あれからどれぐらい経っただろう。わたしたちは狭いベッドに仲良く二人で寝ていた。

児島くんは眠っている。起こさないようにそっとベッドに入った。

うう、とか何とか言いながら、児島くんが壁の方に体を寄せる。できたスペースに入り込み、わたしは寝る体勢を取った。天井を見上げる。いつもと何ら変わらなかった。

「児島くん」

そっと呼びかけてみた。話があるの。とてもとても大事な話で、どうしても聞いてほしいの。

こんなに重大な問題はない。わたしにとって、あなたにとって、人生で一番シリアスなことを話し合わなければならない。聞いてる？　児島くん。

児島くんが深い息を吐いた。完全に眠っている。何も知らないというのは幸せなことだ。

わたしは児島くんの横顔を見つめた。ちょっと浅黒い肌。子供のようにつやつやしていた。手のひらで触れてみる。温かかった。

そのままじっとしていた。児島くんは動かない。規則的な寝息をたてている。寝顔は安らかだった。不意に泣きたくなった。

とりあえず、今は止めておこう。こんなに平和な顔をして眠っている児島くんを起こして、現実を突き付けるのはかわいそう過ぎる。

一日を争う話ではない。はっきりとした結論が出てから話せばいいことだ。

でも、と思った。話したら何と言うだろう。どう反応するだろう。

児島くんは二十四歳だ。ついこの間まで大学生だった。友達はまだ遊びたい盛りで、青春を楽しんでいるだろう。

ガールフレンドや恋人がいる者も少なくないだろうが、彼らの頭の中にはまだ結婚とかそういうイメージはないはずだ。もちろん子供など考えてもいないだろう。

晩婚化が進んでいるという。男も女も、平均結婚年齢は三十歳という時代が来ている。いい悪いの話をしているのではない。現実はそうなっているということだ。

それでなくても、二十四歳というのは男女の関係をはっきりさせるには若すぎるだろう。ましてや、今わたしの身に起こっている出来事はもっと重大な問題だった。

二十四歳の男が、赤ちゃんの父親になるかもしれない。しかも、その母親は三十八歳なのだ。

成り行きとはいえ、一緒に暮らすようになってからしばらくが経つ。それは不思議なもので、お互いがお互いの存在を当たり前のものとして考えるようになっていた。一緒に暮らし始めてから、年齢差などについて深く考えることはなくなっていた。二人で一緒にいる限り、いろんなことが問題ないと思うようになっていた。

だが今回は話が違う。わたしたちは結婚をしていない。子供の親になることについて、リアルに考えたことはなかった。

繰り返すようだが児島くんはまだ二十四歳だ。明らかに若すぎるのは確かだった。

もし妊娠が間違いないものであるとわかれば、児島くんにそれを伝えなければならない。どうするか二人で決めなければならないだろう。彼はその時何と言うだろうか。

希望的観測なのかもしれないけれど、児島くんは喜んでくれるかもしれない。彼はわたしのことを好きだという立場を明確にしているし、その姿勢は最初から揺るぎがなかった。児島くんは将来的にはわたしと結婚することも視野に入れていたし、そのつもりだと常々わたしに明言している。

そしてつい先日、児島くんは就職が決まった。二十四歳のフリーターが結婚とか言っても、そこに現実味はないが、定職を持つ身となった。結婚するしないはともかくとして、二人の将来についてひとつのハードルをクリアしたということになるだろう。

それはそれでいい。だが子供となると話は違う。二十四歳の男の子がきちんとした父親になれるのかどうか。その覚悟があるのか。わたしにはわからない。

もっと言えば、自分自身のことがわからなかった。母親になる気構えがあるのかと言われると、正直言って何とも答えようがない。

計画的に妊娠したのならともかく、今回の場合わたしにとって妊娠は突然の出来事だった。予想外といえばそういうことだ。

今までわたしは子供についてあまり考えていなかった。三十五を過ぎた頃から、おそらく結婚はしないのだろうし、子供を産むこともないのだろうと漠然と考えていた。

その頃わたしには交際する相手がいなかったし、周囲を見てもその年齢から突然相手を見つけることはできないということに気がついていた。このまま一人で人生を終えるのだ、といささか悲観的に考えていた。リアルというのはそういうことだ。

ところが、ちょっとした偶然から、わたしは十四歳年下の男の子とつきあうことになった。もちろんいろいろ考えなければならないことはあったが、はっきりいって嬉しかった。

つきあう男がいるというのは、何歳になっても幸せなことなのだ。とはいえ、具体的に将来について考えることはなかなか難しかったし、考えても仕方がない部分もあった。つきあい始めた当初から児島くんはわたしとの結婚について何度も触れていたのだけれど、リアルにイメージすることができなかった。結婚ですか、そうですか。はあ。そんな感じだ。

結婚をすることになれば、その先には出産という問題も出てくる。考えてみれば当たり前のことだったが、そこまで想像は追いつかなかった。

とにかく目の前のさまざまな問題をクリアすることで精一杯だった。子供なんて考えていられない、というのが正直なところだ。

それが、いきなり妊娠の可能性を指摘された。自分で確かめてみると、それは事実のようだった。話が急すぎる。突然子供ができたとか言われても、わたしにその構えはない。

こんな二人が子供の親になれるのだろうか。問題があり過ぎないか。二人の年齢、仕事のこと、お金のこと、お互いの親のこと、その他もろもろだ。

まあいい。今は寝よう。これ以上考えても悪いスパイラルにはまるだけだ。とりあえず眠りたい。何も考えず、うまく眠りたい。

ベッドサイドの明かりを消した。部屋が真っ暗になる。体を横にして目をつぶった。だが眠りは訪れなかった。わたしはじっと時間が過ぎるのをただ待った。

5

翌日、会社に電話を入れて、出社が遅くなると届け出た。歯医者に行くというのが用意した言い訳だった。是枝部長は何も疑うことなく、ごゆっくりどうぞ、と愛想のいい声で言った。

医者に行くというのは嘘ではないが、本当に行くのは産婦人科だ。わたしはほとんど産婦人科の医者にかかった経験がない。

しかも、今日は人生で最も重要な問題を診てもらうことになるはずだ。緊張しながら、佐藤先生に紹介された佐竹クリニックに向かった。

着いたのは朝九時半で、まだ早いと思っていたのだが、待合室には既に三人の妊婦がいた。それぞれ程度の差こそあれ、お腹が大きくなっている。

わたしは受付へと進み、すみません、と言った。すぐに若いナースが現れた。ピンク色のナース服を着た、とてもきれいな子だった。おはようございます、とわたしに笑いかけた。

「初診ですか？」

ナースが言った。はい、おっしゃる通りです。初めてです。どうしていいのかわかりません。助けてください。

「保険証をお持ちですか」

ポーチから保険証を取り出して渡した。何か確認したナースが、わたしに一枚の紙を差し出した。

「こちらの予診票に必要な事項を書いてお待ちください」

予診票を押しいただいて、待合室のソファに座った。名前、住所、連絡先、勤務先の電話番号、その他もろもろを書き入れ始める。ペンは受付にあった。書いていると、軽く咳《せき》をする音が聞こえた。

顔を上げると、わたしより少し年齢が下と思われる女がこちらを見ていた。待っていた妊婦の一人だ。お腹の大きさや雰囲気から言って、妊娠数カ月というところだろう。

「どうも」

女が言った。微笑んでいる。美人かどうかは難しいところだが、明るい笑顔だった。

「……こんにちは」

　わたしは挨拶を返した。初めてなんですか、と女が言った。受付でのわたしとナースの会話を聞いていたらしい。はい、とうなずいた。

「ここの先生はいいですよ」女が診察室の方に目をやった。「とても丁寧だし、親切だし。ちょっとおばあちゃんだけど、優しい先生」

「そうですか」

　女医だということは佐藤先生から聞いて知っていた。女が身を乗り出した。

「四人目なんです」

「はあ」

「もうね、いいかげんにしてほしいんだけど、これぱっかりは授かりものだからしょうがないって」

　にこにこ笑った。フレンドリーな人だなと思った。今会ったばかりなのに、個人情報を教えてくれる。妊婦とはそういうものなのだろうか。

「この子は男の子なの」女がお腹をさすった。「上から女の子、男の子、女の子で、四人目は男の子。バランスが取れてるからいいかって」

「まだ他のお子さんは、小さいわけですよね」

　わたしは声を低くした。待合室にはクラシックが流れている。他の妊婦は何か雑誌を読んでいた。

「上が小学校五年生」女がうなずいた。「もう家は大変。動物園状態。そこに四人目だから、先が思いやられるっていうか」

あはは、と笑った。嫌みのない笑みだった。

「ずっとこのクリニックなんですか?」

「出産は総合病院でするんだけど、それまではここの先生に診てもらってる。大きな病院だと時間ばかりかかって疲れるし、やることは変わらないんだから、こっちの方がいいかなって」

そういうものなのか。しかし、何しろ彼女は子供を三人も産んでいる経験者だ。言っていることは確かなのだろう。

「妊娠?」

女が聞いてきた。なかなか切り込んでくるタイプの人だ。わからないんです、とわたしは正直に答えた。

「かもしれないし、そうではないのかもしれない。それを確かめに来たんです」

「出産は初めて?」

女が見つめる。どういうわけか、すっかりお見通しのようだった。初めてなんです、とわたしは言った。

「不安でしょ。わかるわかる。あたしも最初はそうだった」

「はあ」

「でも大丈夫。女ならみんな経験することだから。産まれる時は産まれるし、その時を待っていればいい」

　女性が皆経験することかどうかは何とも言えない。結婚しない女は増えているし、子供を望まないカップルも多い。望んでいるけれど難しい人がいるとも聞いている。

　わたし自身、出産はしないのだろうと考えていた。だから、そのままうなずくことはできなかったのだけれど、何しろ彼女は自信満々だし、過去の実績もあるので、その言葉には説得力があった。

「子供、欲しいの？」

「はあ。まあ……」

「旦那も望んでる？」

「……そうですねえ」

　女はわたしが結婚していると信じて疑わないようだった。常識的にはそうだろう。わたしぐらいの年齢で妊娠ということになれば、結婚をしていない方がおかしい。

「曲山《まがりやま》さん」

受付から声がした。あたしの番だ、と女が立ち上がった。

「おめでただといいね。頑張って」

バイバイ、と手を振って診察室に入っていく。わたしはひとつため息をついて、予診票にペンで必要事項を書き入れ始めた。

6

結局一時間ほど待った。順番が来たのは十時半過ぎのことだった。

診察室に入ると、女の先生が座っていた。おそらく六十は越えているだろう。佐竹先生はかなりのベテランのようだった。

「川村晶子さん、三十八歳」先生が予診票を見ながら言った。「勤務先は銘和乳業、と。忙しいですか？」

少しハスキーな声だった。そうですね、とわたしはうなずいた。先生が優しく笑いかけた。

「尿検査の結果は陽性です。まず間違いないと思いますけど、それだけじゃ不安ですよね」

尿は待合室で待っている間に採尿していた。ナースに渡していたが、検査をしてくれたのだろう。改めて医者に言われると、ちょっと動揺した。

「エコーで調べましょう。そこに横になって」

先生の脇にベッドがあった。わたしは靴を脱いでそこに座った。体を横たえる。先生がわたしのブラウスをめくった。

「痛くはありません。ちょっと冷たいかな」わたしのお腹に機械を当てた。「さて、どうかしら」

落ち着いた声だった。確実に先生は慣れていた。任せておけば安心だ、と思った。大きく息を吐いた。

数分、沈黙が続いた。無言のまま、先生が機械をわたしの体に当てている。モニターで様子を見ていたが、いいでしょうと言って機械を体から離した。

「川村さん、妊娠ですね」先生が宣告した。「二カ月目に入ってます」

無意識のうちに、わたしは体を起こしていた。見てください、と先生がモニターを指さす。

「ここに映っています。まだとても小さいけれど、確実に見えますね。おめでたです」

「間違いないんでしょうか」

「間違いありません」先生が断言した。「椅子に座って」

わたしはベッドから降りて椅子に座った。妊娠は初めてなんですね、と先生が聞いた。

はい、と答えた。

「三十八歳かあ……まあ高年齢出産ということになるわけですけど、あなたは健康そうだし、大丈夫ですよ。心配しないで」

それよりも、と先生がまばたきした。何でしょう、とわたしは体を前に倒した。

「川村さん、あなた結婚していないとここには書いてますけど……」

はあ、とうなずいた。その通りです、先生。わたしは結婚していません。

「そうなんですね。ということは、パートナーがいると?」

パートナーという言葉を先生は使った。発音が少し鼻にかかっていた。

「……います」

「その方は、あなたがこういう状態にあると知っていますか?」

「いえ、まだ……知りません」

「出産について、パートナーはどう思っているのかしら」

「話し合ったこともありません。彼は……驚くと思います」

「あのね、川村さん」先生がわたしの膝に手を置いた。「産むつもりはある?」

「はあ……いえ、あの……何しろ突然のことなので……」

「もちろん、医師としても、女としても、わたしは川村さんに出産をお勧めします。三十八歳というのは安全な出産のためにはぎりぎりの年齢と言っていいでしょう。数年もすれば出産のリスクは高くなります。ですが、今ならそれほど不安に思う必要はありません。逆に、あまり考えたくないのですけど、出産しないという選択の方が母体に与えるダメージは深いと思います」

「それって……堕《お》ろすとかそういうことですか」

そうです、と先生がうなずいた。声は冷静だった。

「いろんな意味で、妊娠した以上出産するべきだとわたしは思います。ただ、もちろん人にはそれぞれ事情がある。産むことはできないという判断もあるでしょう。それは医師が立ち入る問題ではありません。あなたとあなたのパートナーが決めることです」

「はい」

「将来的に結婚するおつもりですか?」

「……わかりません」

「では、一度帰ってパートナーと相談してください。くどいようですが、個人的には出産するべきだと思っています。ですが、もしそれができないということであれば、なるべく早く処置した方がいい。あまり時間はありません」

「処置というのは……堕胎ということでしょうか」

「わたしはその言葉が好きではありませんので、あまり使いませんが、そう考えていいでしょう」先生が首を振った。「一週間後、また来てください。結論はその時聞きます」

はい、とうなずいて立ち上がった。お大事に、と先生が言った。ありがとうございますと頭を下げて、診察室の外に出た。待合室には誰もいなかった。

さて、どうしよう。時計を見た。十一時。何をするべきか。

児島くんと話さなければならない。これは二人の問題だ。どうするべきか決めなければならない。

とはいえ、メールで伝えることではなかった。顔を合わせて話すべきだろう。児島くんは今日何をしているのだっけ。

(とにかく、一度会社に行こう)

他に行くべき場所を思いつかなかった。わたしはクリニックを出た。何も考えられないまま歩きだす。手がお腹をさすっていた。

家族について

1

妊娠が確定した。医者のお墨《すみ》付きの妊婦だ。診断書は出ていないが、書いてくださいと言えば佐竹先生は喜んで書くだろう。わたしは妊婦なのだ。

池袋の街を歩いて会社に戻りながら、来た時とは何かが違っているのを感じていた。具体的には、反対側から歩いてくる人に注意を払うようになった。何しろわたしは妊婦なのだ。気をつけていただきたい。

ぶつかったりしてはならない。わたしのお腹の中には小さな命が宿っている。もしものことがあったらあなたは責任を取れますか？　取れないでしょう？

万が一のことがないように、極力気を使ってください。ほら、そこ、走ったりしない。携帯で話しながらうろうろしない。近寄るな。触るな。自転車は歩道を走るな。

つい何時間か前まで、そんなことは考えていなかった。行き過ぎる人達をちゃんと見たりすることもなかった。

普通に生活していれば、そんなものだろう。一歩病院を出ただけで、こんなに立場や考え方が変わるとは思っていなかった。

知らなかったことだが、街は危険で溢れていた。メールを打ちながら歩いている者は少なくない。彼らは前など見ていない。人とぶつかったら謝ればいい。それぐらいのつもりでいるのは間違いなかった。

なぜそう言い切れるのかといえば、わたしも昨日までそうだったからだ。メールしながら歩いちゃいけない？　開き直って言えば、そう考えていた。

前を向かずに歩いている人は意外に多い。そういう人達は基本的に急ぎ足だ。あの勢いでぶつかってこられたらどうなるか。考えすぎと言われるかもしれないが、何しろわたしは妊娠初心者なので、見る物すべてが恐怖の対象だった。

ゆっくりと人込みを避けながら歩いた。会社まではいつもの倍近く時間がかかった。妊婦あるあるかもしれない。

「あ、川村さん、お疲れ」

フロアに入ると是枝部長とばったり出くわした。どうだった、歯医者、と部長が顔を歪《ゆが》めた。

「虫歯？　痛い？　ガリガリやられた？　嫌だよね、あの音」勝手に喋り始めた。「川村さんは歯医者大丈夫な人？　おれ駄目なのよ。本当に苦手。正直怖いの。奥歯がさあ、半年ぐらい前から冷たいもの飲んだりすると染みて、絶対虫歯だってわかってるんだけど、歯医者行ってないのよ。勇気がなくてさ」

頑張ってください、と励ましの言葉を言って自分のデスクに座った。是枝部長の虫歯の話を聞く心境ではなかった。

虫歯なんてちっぽけなことだ。わたしが今抱えているのは、もっと重大な問題なのだ。

「おはようございます」希が書類を抱えてやってきた。「歯医者行かれてたんですか？」

ちょっとね、とわたしはうなずいた。それはそれは、と希がつぶやいた。

「すいませんが、ひとつ報告があるんです。大したことじゃないんですけど……」

「大したことじゃないなら後でいい？」わたしは右頬を押さえた。「今はお答えできません」

そうですか、と希があっさり引き下がった。歯の痛みは万人共通ということなのだろう。理解が早いのはありがたいことだった。

わたしと希のやり取りが聞こえたのか、他の課員は近づいてこなかった。その隙にパソコンで内線表を呼び出し、番号を調べた。

わたしは今、複雑な立場にいる。自分で判断することができない問題は数知れない。相談できる人物に心当たりがあった。内線ボタンを押すと、すぐに相手が出た。

「はい大塚《おおつか》」

ハスキーな女の声がした。年齢のせいもあるが、そんな声になったのはアルコールが原因だとわたしは知っていた。

「すいません、突然……川村です」

「あら晶子。どうしたの、元気？」

大塚女史は広報課の時の先輩だった。年齢はわたしよりも十歳以上上だ。確か五十歳かそれぐらいではなかったか。広報にいた時は可愛がってもらったものだ。

わたしは広報課時代課長代理という役職を与えられていて、大塚女史は課長だった。

銘和乳業という会社において、給料その他待遇は同じ扱いだった。

大塚女史はかなり若いうちから課長職に就いていたが、自分からそのポジションに留まるという申告をして、キャリアは課長止まりということになった。

なぜ課長職で出世を放棄したかといえば、責任を負う立場になりたくないという本人の希望からだった。わがままといえばわがままな話だが、銘和にはそういう社員が少なからずいた。会社にもそれを認める制度があった。

大塚女史が課長になってからどれぐらい経つのか、わたしは知らない。大塚女史は広報課で課長の椅子に座り続け、出世を拒み、その代わりにお局様として揺るぎない地位を築いた。

彼女は社内で起きたこと、起きつつあること、人事、トラブル、その他何でも知っていた。いつの頃からか、すべての情報は彼女に集約されるようになっていた。そのポジションは独特なもので、他部署にこんな人はいない。

噂では会社も大塚女史のことを特別扱いし、情報を流したり人事の相談をしているという。嘘か本当かは知らないが、彼女はそういう人間だった。相談すべき相手として、大塚女史が頭に浮かんだのは当然のことといえるだろう。

「とりあえず元気です……急で申し訳ないんですけど、お時間あります？　つまらないことなんですが、伺《うかが》いたい話がありまして」

「今来れば」大塚女史が言った。「久しぶりにあんたの顔も見たいし」

大塚女史は人の話を聞くためなら、いくらでも時間を作る。断ることはない。そうやって彼女は情報を収集し、管理し、コントロールしているのだ。

今すぐ行きます、と電話を切った。去年から広報課は人数を増やし、宣伝部とは別のフロアになっている。

ちょっと出ます、とひと言断ってから宣伝部を出た。歯は大変ですよね、という目でみんなが見送ってくれた。

2

パソコンの前にどっかり座っていた大塚女史が、わたしの顔を見るなり、会議室に行こうと言った。その辺に座らせて聞く話ではないと察したようだった。そういう勘の良さが彼女を社内ナンバーワンのお局様にしていた。

大塚女史には部長やその他の上司もいるのだが、止める人はいなかった。邪魔をしてはならないというコンセンサスがあるのだろう。堂々と大塚女史は席を立ち、わたしを会議室に連れていった。

銘和乳業は会社の規模や人数と比べて、会議室の数が少ない。社屋は何十年も前に建てられたものなので、今となっては不便なところが数多くあった。

会議室の少なさは社内でも問題になるほどで、取り合いが続いていたが大塚女史には関係ないようだった。会議室は空いていた。

「座んなさいよ。話は聞いてます。大活躍じゃない」

「そんなことは……」

大塚女史が椅子に座った。テーブルを挟んで向かい側に腰を下ろす。大塚女史がにこにこ笑った。

「謙遜《けんそん》することはない。晶子はよくやってる。秋山も馬鹿じゃないね。人を見る目はあるようだ。あんたを課長にする辺り、大したもんだよ」

大塚女史ならではのことだったが、秋山役員も呼び捨てだった。期待の出世頭を呼び捨てにできるのは、社内広しと言えども他にはいないだろう。

「晶子がちゃんと仕事をしているのは、本当にいいことだよ。銘和は古いところがあるから女性社員の扱いが下手《へた》だけれど、これからはそんなことはいってられなくなる。女だってできるってところを見せてやんないと、お偉いさんにはわからないんだ」

大塚女史は単なる噂好きのお局様ではない。表にこそ立たないが、女性社員の待遇向上や権利獲得のため、各方面に向けて動いている。

この数年、女性が多くの部署で管理職となっているが、それは十年以上続いた大塚女史を含めた何人かの女性社員の努力の成果だった。伊達《だて》で昇進を断ったわけではないのだ。

「まあいいでしょう。広報の頃はねえ、ちょっと頼りないかなと思うところもあったけど、ポジションが人を成長させることもあるからね。晶子のためにはいい人事だったよ」

それで何？　と大塚女史が直接切り込んできた。わたしはひとつ咳払いをした。

「あのですね……社内の友達の話なんですが、社員が妊娠した場合、会社に対しては何をどうすればいいんでしょうか」

「届け出る必要がありますよ、もちろん」大塚女史は総務の人間より総務的なことをよく知っていた。「会社的に言えば、なるべく早く届け出てもらうことが望ましい。いろんな手続きがある。出産祝いだってしなくちゃならない。扶養手当を支給することにもなる。税金の問題だって出てくる。子供が産まれるっていうのは、社員だけの問題じゃない。大きく言えば会社の問題だし、社会的な問題でもある。早めに対処するべきでしょう」

「具体的にはいつぐらいなんでしょうか」

「それぞれ事情もあるだろうから、すぐにというわけにはいかないだろうけど、安定期に入ったぐらいには届け出てほしいところだよね。五カ月目ぐらいかね」

わたしには問題があった。立場的に言えばわたしは銘和乳業という会社に勤務し、社員として働いている。会社には会社の通例というかやり方があり、社員としてはそれに従わなければならない。給料をもらっている以上、当たり前のことだ。

だが、わたしはイレギュラーな存在だった。わたしは結婚していない。未婚のまま妊娠した。

例がないわけではないと思うが、レアケースではあるだろう。会社がどう判断するか、わたしにはわからなかった。

仕事は続けたいが、認められるかどうか。出産休暇や育児休暇は与えられるのか。各種手当はどうなるのか。休んだとして、職場復帰はできるのか。

わたしは今の宣伝の仕事を、今の課長というポジションで続けたいという希望を持っていたが、それはかなえられるのか。多くのことがわからなかった。

事態が進んでいけば、想定外の問題も出てくるだろう。それに答えられるのは大塚女史しかいない。

「……仕事から外されたりすることもあるんでしょうか？」

「なくはないよね。銘和は社員には優しい会社ですよ。他社と比較してもそう思う。妊娠した女性社員を、忙しい部署でこき使うわけにはいかないでしょう。それまでしていた仕事から外して、経理とか総務とか、時間でちゃんと終わる部署に移すぐらいのことは考えますよ。母親にとって優先されるのは仕事より産まれてくる子供じゃないかとあたしも思う。会社に任せるべきだよ」

「でも、本人が希望していない異動ということになるかもしれないですよね。つまり、今の仕事を続けたいと思っていたとしたら、会社の措置はありがた迷惑っていうか……」

「難しいところだね。話し合うしかないでしょう。周囲の理解も必要になる。個人の思いだけで決めていいことじゃないんじゃないかね」

大塚女史がわたしを見た。はっきり言って、もうすべてばれているだろう。

妊娠というのがわたしの問題で、わたしが悩んでいるということを、大塚女史はわかっている。わたしが結婚していないことも、大塚コンピューターは把握しているはずだ。

ただ、大塚女史には節度というものがある。誰かれ構わず手に入れた情報を喋りちらすような人ではない。そうでなければお局様として長年君臨することはできなかっただろう。

「……できちゃったみたいなんです」

わたしは告白した。大塚女史がうなずいた。

「晶子は結婚してないよね」

「してません」

「考えなきゃならない」大塚女史が腕を組んだ。「今後もそういう女性社員は増えていく。会社にはまだノウハウがない。どう対処するか決まりもない。でもね、妊娠は妊娠だ。既婚も未婚もない。産まれてくる子供には関係ない話です。未婚だからといって扱いに差がついたりするのはおかしいでしょう」

大塚女史が目をつぶった。深い考察が始まったようだ。根底には女性社員を守るという考えがある。

大塚女史は理想家でもあった。わたしは静かに答えを待った。

3

大塚女史は明確な回答をしなかったが、考えにぶれはなかった。仕事より子供が大事ということだ。

その通りだと思う。子供は国の宝だという。少子化問題は国家的危機に直結している。日本という国に必要なのは子供なのだ。未来は子供たちに懸かっている。

そうとなれば仕事なんかやってられない。それどころじゃないっつーの。あたしゃ大変なんだってば。

もちろん、そんなわたしの思いとは別に仕事は降ってくる。山積みといってもいい。課員全員が懸命になって働いても、終わりは見えなかった。

わたしは課長という立場だったが、実際には現場仕事もしなくてはならない。自分で抱えている案件もある。その上で部下たちの面倒も見なければならないし、彼らの仕事を管理する役割も担っている。

忙しさからいえば、課長というのは一番なのかもしれない。過労死する課長職が多いのは社会的現象だったが、無理はない話だろう。

午後中、ずっと働いた。そんなことをしている場合ではないという思いもあったが、OLだから働かなければならない。

ただ、その間わたしは常に、歯が痛い、とアピールし続けた。それとなくとかではない。とても痛いのだと強調した。

部下にも上司にも訴えた。歯の痛みは誰にも覚えがあるらしく、誰もが理解してくれた。

ここのところずっと多忙な状態が続いているのはみんなわかっている。今日ぐらい早く帰ったらどうですか。そういう雰囲気が流れた。すいませんねえ。

というわけで、わたしはあっさり早じまいした。五時半になったところで課員にすべてを任せると宣言して会社を出た。

いつか、早い段階のどこかで、自分が妊娠していることを話さなければならなくなるだろう。いつまでも歯が痛いと言い続けているわけにはいかない。仕事について、周囲の理解と協力を求める必要があった。

受け入れてもらえるかどうかはまた別の話だ。認められればいいし、駄目ならまたその時考えればいい。

最悪、会社を辞めればいいだけのことだ。母親になるというのは、そういうことのようだった。

わたしにはもっと腹をくくらなければならないことがあった。その話をするために、無茶を通して帰ってきたのだ。

拍子抜けしたのは、児島くんがいなかったことだ。どこへ行ったのやら。

とりあえず、とわたしは買ってきた弁当を食べることにした。わたし一人の体ではないという自覚があった。赤ちゃんの分まで栄養を摂《と》らなければならない。

気分の悪さは嘘のように消えて、食欲はばりばりにあった。今のわたしは食欲大魔神だ。食べることしか頭になかった。

会社の帰りに池袋のデパートに寄り、健康食品の店で弁当を買っていた。栄養バランスが取れていて、無農薬で育てた野菜を使っているという。

今日はとりあえず弁当ということになったが、明日からは自分で食材を買ってきて、赤ちゃんのためになる食事を作らなければならない。考えなければならないことが一気に増えていた。

わたしは弁当を食べながら、ミネラルウォーターを飲んだ。コーヒーなんてとんでもない。緑茶だって危ないだろう。そういう意識が生まれていた。

児島くんが帰ってきたのは二時間後、夜の九時のことだった。家に明かりがついている、と不思議そうな顔をした児島くんを出迎え、リビングに戻った。児島くんは夕食を済ませてきたということだった。

「駅前の王将でチャーハン食べてきました」

「あらそうですか。どこか行ってたの？」

児島くんが鼻の頭を掻いた。

「ちょっと……不動産屋に」

「不動産屋？」

「おかげさまで就職が本決まりになりました」児島くんが椅子に体を斜めにして座った。

「初出勤も決まりました。今月の二十五日からです」

「ずいぶん半端な日ね」

「まあねえ、中途採用なもんだから」児島くんが言った。「いつからっていうのが会社側にも特になくて、総務部長が来月の一日からということでって言って、それで決まりかけてたんだけど、経理か何かから、できれば二十五日にならないかって。給料の支払いの関係みたい」

「へえ」

わたしは転職をしたことがない。だからよくわからなかったが、そういうこともあるのだろう。

児島くんの入った広告代理店は、ベンチャー企業に毛が生えた程度のものらしいことは話を聞いてわかっていた。そういう会社にはそれなりのやり方があるのだろう。

それはそれでいいのだが、不動産屋とどういう関係があるのか、わたしにはわからなかった。

「前の会社をリストラされまして……早い話が首になって、いわゆるプー太郎という身分になってしまったわけですけど、とにかく出費を減らさなきゃって思ったわけですよ」児島くんが立ち上がって、冷蔵庫からコーラのペットボトルを取り出した。「衣食住っていうけど、衣服は何とかなる。新しく買わなければいいだけの話だから、それは簡単だ。逆に食費は削れないいって思った。ぼく自身わかりすぎるぐらいわかっていることだけど、食事はどうにもならない。他のどんな欲望より食欲という男です」

「おっしゃる通りね」

「そうすると結局、暮らしていた部屋の家賃がもったいないという結論に達した。どこかに住めば家賃を払わなきゃならないし、それにともなって光熱費が発生する。支出の中でも割合は飛び抜けて大きい。これさえなければ何とかなるって思った。格好悪いけど、晶子さんに頼ろうと考えた。居候《いそうろう》させていただけないでしょうか。もちろん最低限の生活費は出すつもりだったけど、そうやって出費を削らなければならなかったわけです」

「しょうがないよねえ」わたしはうなずいた。「東京の家賃って高いもんね。何とかならないのかって感じ。もったいないって気持ちはよくわかる」

「というわけで転がり込んだわけですけど、何だかんだいましたよねえ。どれぐらい？二カ月？」

いつ児島くんと一緒に暮らすことになったか、とっさに思い出せなかった。児島くんは邪魔にならない男の子で、気配を感じさせないところがあった。もう何年も前からここにいるような気もするし、昨日からですと言われればそうかもしれなかった。

ぶっちゃけ、児島くんとの同棲生活は悪くなかった。わたしは一人暮らしが長かったので、自分のペース、自分のやり方というものがはっきりとあり、他人に気を使ったりするのは嫌だなという気持ちはあったのだけれど、一緒に暮らしてみるとそんなに面倒だと思うことはなかった。

起きていたければ起きているし、眠くなれば寝る。食べたい時に食べたい物を食べる。急に見たくなった映画をレンタルして見る。

やりたいように毎日を送ってきたが、児島くんがいて邪魔だなと思うことはなかった。最近はわたしが忙しすぎてそれどころではないということもあったのだろうが、一緒に暮らす相手として彼はベストな人間と言えた。

「それで、どうしたの。何で不動産屋が出てくるわけ？」

「緊急避難的な意味合いがあったから、まあ許される範囲かなと思っていたんだけど、申し訳ないという気持ちももちろんあったわけ。彼女の家に転がり込んで、のんびり暮らしている男ってどうよとも思った。幸い、仕事も決まった。収入もある程度見込める。ずっとお世話になっているわけにはいかない。そういうことで、ありがとうございました。もう少しだけ厄介になりますけど、ちょっとの間です。ぼくはここを出ます」

新しいアパートが見つかったんだ、と言った。ふうん、とうなずいた。

いました」

「神宮前《じんぐうまえ》。少し高いけど、物件としてはいいし、会社も近いからいいかって。決めちゃいました」

「どこなの？」


ふうん、とわたしはもう一度うなずいた。若い子はあっさりしていると思った。

わたしたちはそんなに長い間ではなかったけれど、とにかく一緒に暮らした。簡単に言うけれど、実は結構重い話だ。

ひとつ屋根の下で生活するというのは、恋人同士でいるのとは意味合いが違ってくる。お互いに自分がどういう人間なのかを、はっきりと知らしめるということだ。

わたしは児島くんと外でデートをしている時、汚い話で申し訳ないけれど、小でしかトイレには行かない。どんなに差し迫った便意があっても我慢するし、してきた。それが女のたしなみだと信じている。

それ以上細かい話はしないけれど、一事が万事そういうことだった。一緒にいればすべてをさらけ出すことになるし、そうしなければ生きていけない。それでもいいのだ、という覚悟のようなものがなければ、一緒に暮らすことはできなかった。

児島くんがここに住まわせてください、と申し出てきた時、一瞬のうちにそういうことは考えていた。それでもいいと判断して、一緒に住むことを決めた。わたしとしては重い決断だった。

　児島くんにそういう気持ちはなかったのだろうか。深く考えずに、家賃を削りたいというただそれだけのために同棲を申し込んだのか。それが今時の若い子のやり方なのだろうか。

　とはいえ、今はそんなことを言っても仕方がない。児島くんは自分の部屋を見つけ、これからはそこで暮らすという。そうですか。それはそれは。

「思う通りにしてちょうだい。止めるつもりはない」

「だからって、ぼくたちの関係が変わるわけじゃないし」児島くんが屈託なく笑った。

「それはそれで今まで通りってことで」

　わたしは答えられなかった。今まで通りにはいかないかもしれない。

　わたしがこれから話すことによって、そして児島くんの反応によって、わたしたちの関係は変わるかもしれなかった。

「どうしたの、晶子さん」児島くんがわたしをじっと見つめた。「何か元気なくない？　もしかしてぼくがいなくなるのが寂しいとか？」

　児島くんが小さく笑って、すぐ表情を消した。何かあると察したようだ。

　わたしは無言でテーブルの上を片付け、日本茶をいれた。児島くんの前に湯呑みを置く。彼は黙って座っていた。

「話があるの」

わたしは言った。何でしょうか、と児島くんが消え入りそうな声を上げた。

4

自分の湯呑みにお茶を注いだ。カフェインが入っていないかと気になったが、今からする話にミネラルウォーターはふさわしくない。やはり日本茶でなければと思った。

「とにかく、黙って話を聞いてほしいの」わたしはひと口お茶をすすった。「そんなに長い話じゃない。ただ聞いてほしいの。言いたいこともあると思うけど、それは話が終わってからにして。いいですか?」

なぜか最後は丁寧語になった。わたしは少しあがっているようだった。

児島くんが両手を握って膝《ひざ》の上に置いた。よほど大事な話だとわかったのか、表情は真剣だった。

「どうぞ。お話しください」

それだけ言って身構える。しばらく沈黙が続いた後、わたしは口を開いた。

「妊娠したの」

結論から言った。約束通り、児島くんは何も言わなかった。黙って座っている。

「妊娠検査薬を買って、試してみた。妊娠反応があったけど、それで決まりというわけじゃないから、病院へ行ってお医者さんに診てもらった。間違いなく妊娠していると言われた。余計なことを言われたくないから先に言うけど、児島くんの子よ。神様に誓ってあなたの子です。今までそんなこと話したことないけど、妊娠したのは生まれて初めて。今、二カ月。突然で驚いたかもしれないけど、これが現実なの」

児島くんを見つめた。身じろぎひとつしない。ただ黙ってわたしの話に耳を傾けている。表情は変わらなかった。唾《つば》を飲み込む音がした。

「あたしは初めての妊娠で、高年齢妊娠ということになる」わたしは話を続けた。「女にとってそれがどういう意味を持つものなのか、児島くんにはわからないかもしれないけど、手放しで妊娠を喜べるものでないということだけは知っていてほしい。あたしは今三十八で、出産の時には三十九になっている。リスクがないわけじゃない。普通ならそんなに心配ないと医者は言ってたけど、ほんの僅かかもしれないけど、危険もある。あたしにとって妊娠というのはそういうことなの」

児島くんの顔に不安の色が浮かんだ。だけど、とわたしは言った。

「だけど産みたい。問題は山のようにあるけど、産みたいと思っている。再来年、あたしは四十になる。その歳で子供を産む女も少なくないけど、危険性が高まるのは間違いない。三十代で出産できるのは、たぶんこれが最後のチャンスだと思う。あたしは……」

「すごいじゃん、晶子さん」児島くんがいきなり大声を上げた。「いや、おれマジでびびった。絶対別れ話だと思った。晶子さん、すげえおっかない顔してるし、最近あんまり話とかしてなかったし、他に男ができたんだって思った。何だよ、焦らせないでよ。まったく、シャレになりませんって」

「話を最後まで聞いてちょうだい」わたしは言った。「最初に言ったように、話が終わったら言いたいことを言ってもらっても構わないけど、今はあたしの話を……」

「いやあ、そうすか。子供できましたか」児島くんはわたしの話などまったく聞いていなかった。「そりゃまあ、男と女ですからね。いろいろあれば妊娠するのは自然な流れでしょう。それほど驚きはしません。やりましたねえ、よかったよかった。いつ産まれるんすか？　来年？」

「その口を閉じなさい。話を聞いて。そんなに簡単な問題じゃない。妊娠っていうのは……」

「簡単じゃないかもしれないけど、難しいものでもないでしょう」児島くんがさらりと言った。「妊娠したってことは出産するってことです。晶子さんは産みたいって言った。じゃあ決まりじゃないすか。産みましょう。おれが産むわけじゃないすけど」

児島くんがどこからか携帯電話を引っ張り出してきた。ボタンを押している。どこにかけるの、とわたしは聞いた。不動産屋です、という答えが返ってきた。

「部屋、キャンセルしないと。先ほどの発言は撤回します。ぼくはここを出ません」

待ちなさい、とわたしは電話を取り上げた。

「話し合う必要があるわ。あたしたちには問題がある。今まではとりあえずスルーしてきたけど、もうそういうわけにはいかない。きちんと向き合って、解決していかなければならない」

「問題って何すか？」

児島くんが戸惑ったような表情を浮かべた。例えば年齢のことよ、とわたしは言った。

「あなたは二十四で、あたしは三十八だわ。あたしの方が十四も年上で、それは変えられない。先のことを考えたら、決して無視できない問題よ」

「問題ですか？　もうとっくにその話は終わったと思ってました」

「終わってないわよ」

「何が不満ですか？　男の方が年下だとまずいことってあります？　晶子さん、気になります？　正直、ぼくはまったく気にしてないんですけど」

「気にならないって言ったら嘘になるわ。あたしはいつも考えてる。あたしが五十になった時、あなたは三十六だわ。五十って言ったら、昔で言えば初老よ。もうおばちゃんだわ。あなたは社会人として一番いい時で、仕事も面白くなっているでしょう。だけど、家にはおばちゃんと子供が待っている。そんな暮らしを想像してみたことはある？」

「たぶんですけど、晶子さんは可愛いおばちゃんになると思いますよ」児島くんが真顔で言った。「晶子さんと子供が待っているなら、ぼくは走って帰りますよ。いいじゃないですか、それで」

「真面目に考えてよ」

「これ以上ないほど、くそ真面目に考えてますよ」児島くんが本当にくそ真面目な表情になっていた。「ぼくは晶子さんが六十歳でも十四歳でも好きになったでしょう。おそらくの話ですが、晶子さんが羊かなんかだとしても、つきあってほしいと思ったでしょうね。爬虫類《はちゅう》だったらさすがにわかんないすけど」

「馬鹿なこと言ってるんじゃないわよ」

児島くんが一転して笑顔になった。体全体で笑っている。馬鹿じゃないの、とわたしはもう一度言った。それでも児島くんは笑っていた。

「問題は他にもある」わたしは言った。「あたしたちは結婚していない。産まれてくる子供は未婚の母を持つことになる。シングルマザーといえば聞こえはいいけど、実際には子供にとってハンディキャップになるのは間違いない。保育園を選ぶのだって、母親が未婚だとわかれば……」

「どこが問題なのか、ぼくにはさっぱりわからない」児島くんが不満げにつぶやいた。「結婚すればいいだけの話じゃないですか」

「それは……」

「ぼくはもうずいぶん前から態度をはっきりさせてます。結婚を前提につきあってほしいと何度も言ってるし、そのつもりでいる。晶子さんだって聞いてないとは言わないでしょう。それはプロポーズなのかと言われると、もしかしたらちょっと違うかもしれないけど、意味することは伝わっているはずだ。少なくともぼくの方に問題はない。あるとすれば晶子さん、あなたの方だ」

法廷に立つ弁護士のように児島くんが声を張った。わたしは何も言えなくなった。もしそうしてほしいんなら、と児島くんが言った。

「ディズニーランドに一緒に行って、シンデレラ城の前でガラスの靴を差し出して、結婚してくださいマイプリンセスと言いますよ。だけど晶子さんはそんなの好きじゃないでしょ？　もっと普通に、日常の延長の中で、結婚という形に落ち着くのが望ましいと思っている。恥ずかしいのはごめんだっていう感覚がある。そりゃそうです。女子高生じゃないんだから、ドラマチックに結婚したいとは思わないでしょ。ぼくだってそうだ。わざわざ顔が真っ赤になるような恥ずかしいシチュエーションを作りたくはない。だからぼくはおとなしく、控えめに結婚について語っている。結論は同じだ」

「あなたはひとつ間違っている」わたしはあえて冷静に言った。「三十八の中年女でも、結婚に夢や憧《あこが》れはある。恥ずかしいのはその通りだけど、ロマンチックな言葉を言ってほしいと思っている。女にとって結婚はやっぱり重要で、もしかしたら人生で一番大きな事件かもしれない。あなたはそれがわかってる？」

児島くんが黙った。わたしはその顔を見つめた。しばらく沈黙が続いた後、児島くんがゆっくりと口を開いた。

「それじゃ、こういう話をしましょう。ぼくは小さな広告代理店に拾われた、ろくに仕事もできない契約社員でした。バイト感覚で働いていた。働き始めてしばらく経ったある日、会社の部長に呼ばれて、悪いんだけどさあ、と言われた。話を聞くと、ある社員がミスを犯して、間違った印刷物ができてしまったという。直すためには印刷会社に行って、手作業で値段を書いたシールを貼《は》ることになるかもしれない。当の社員はコネ入社の人で、そんな仕事はしたくないと言って帰ってしまった。代わりにまず、先方さんへ一緒に謝りに行ってくれないかということでした」

児島くんが何の話をしているかはわかった。それはずっと昔の話だったけれど、何のためにそんな話をしているのかはわからなかった。わたしは続きを待った。

「もし、本当にシール貼りをやることになれば、残業代に深夜手当がつくと言われて、やりますと答えました。金が欲しかったんです。ぼくは金のためにその仕事を引き受けた。それだけのことです。ぼくは指示された印刷会社に行き、用意されていた小さな作業部屋に入った。作業をするのは、ぼく一人じゃなかった。その日の昼にも会った、発注元の会社の社員も来ていた。その人は女性で、ちょっと怒っていた。ぼくに文句を言ったわけじゃありませんが、頰が少し膨《ふく》れているのと、唇が不満そうに尖っていたからすぐにわかりました」児島くんが淡々とした調子で話を続けた。「女の人がぼくより年上なのは明らかでした。白いブラウス、紺色のスカートを着ていた。脇に黒いバッグとジャケットがあった。不満や義務感や疲労が重なって、彼女は暗い表情をしていた」

児島くんがゆっくりと首を振った。わたしは黙って聞いていた。

「やる事は簡単でした。印刷物の空白部分に値段の書いてあるシールを貼るだけのことです。彼女はその仕事を丁寧にやっていた。彼女は美人だったか？　スタイルはよかったか？　魅力があったか？　いやいや、それどころじゃありませんでした。彼女はいらいらとしていて、不機嫌で、近づかないでという空気を発していた。声をかけることさえできなかった。そんな彼女と一緒に作業するのはとても怖かった。びびっていました。だけど、並んでその単純作業をしているうちに、ぼくはわかった」

「何がわかったの？」

わたしは聞いた。わかったんです、と児島くんが低い声で言った。

「うちの社員がミスを犯し、その責任を取らずに逃げ、ぼくがその代わりに仕事をやることになった。ぼくがその広告代理店に入ったのは、望んだことじゃなかった。内定していた別の会社が倒産し、行くところがなくなったために、とりあえず食いつなぐために入ったんです。でも、すべては偶然なんかじゃなかった。会社が潰れ、契約社員として働かなければならなくなったことも、社員のミスの穴埋めで徹夜仕事に行かされたのも、すべてはその女性と出会うためだった。彼女を見た瞬間から、ぼくは恋をしていました。晶子さんが気づいていたかどうかはわかりませんが、ぼくは最初からあなたのことが好きでした。大きく言えば、生まれてきたのもこの人と会うためだったとわかった。ぼくにとって、あなたはそういう女性だったんです」

　児島くんが話を終えた。静かにわたしを見ている。ちくしょう、とわたしはつぶやいた。

「何ですって？」

「あなたって人は」わたしはつぶやき続けた。「本当に腹が立つ。いらいらして、不機嫌で、おっかなくて、声もかけられなくて、どんな女なのかもわからないのに、恋をしたって言うの？」

「イエス」

「自分の判断が間違っているとは思わなかったの？」

「まったく」

「あなたは契約社員で、大学を出たばかりの子供みたいな男で、社会人としてのスキルも何もなくて、それでもあたしがあなたを好きになると思った？」

「疑いませんでした」

　ちくしょう、とわたしはもう一度つぶやいた。どうしてこんな男を好きになったんだろう。

「あたしをお嫁さんにしてくれる？」

　わたしは言った。最初からそのつもりでした、と児島くんが答えた。じゃあいい、とわたしはうなずいた。

「そんなに言うなら、結婚してあげる」

児島くんが立ち上がって両腕を広げた。わたしはその胸に飛び込んでいった。

5

翌日、出社した。いつもより少し早く行き、課員を待ち構えた。全員が集まったところで、会議をやりますと宣言した。みんなが怪訝《けげん》そうな顔になった。

「もう今週はやったじゃないすか」

代表する形で水越が言った。その通りで、月曜日の朝に毎週恒例の朝会をやっていた。会社の連絡事項などは伝えてある。

「話があるの」

わたしは言った。まあ別に、と希がとりなすように周りを見た。

「課長がそうおっしゃるなら、会議でも何でもやりますけど」

「会議室は押さえてあります」フロアの端を指さした。「長い話じゃない。すぐに終わります」

はあ、とか何とかみんなが返事をして、だらだらと会議室へ向かった。わたしは最後に入り、ドアを閉めた。何が始まるのか、というような顔でみんなが待っていた。

「会議と言ったけど、オフィシャルなものではありません。会社的な伝達事項はないわ」わたしは話し始めた。「もっと個人的な話をするために集まってもらいました」

「個人的なこと？」

藤沢が言った。わたしはにっこり笑った。

「わたし、妊娠しました」

反応はなかった。火星人が攻めてきました、と言った方がよかっただろうか、と思った。

「今、二カ月目です。安定期まで、もう少し時間が必要です。わたしは三十八で、初めての妊娠です。ぶっちゃけますが、赤ちゃんとわたしが危険な目にあうようなことはしたくない。わたしは銘和の社員で、課長という立場にありますが、今のわたしにとってそれは二の次三の次です。仕事よりも赤ちゃんを優先したいと考えています」

「あの……会社を辞めるとか、そういうことですか？　あるいは休職するとか……」

希が遠慮がちに手を挙げた。なるべくならそうしたくない、とわたしは答えた。

「勝手なことを言ってるのは百も承知ですが、わたしは無事に子供を産みたい。それが最優先されることではあるけれど、仕事も続けていきたい。辞めるつもりはない」

「仕事はどうなります?」藤沢が鋭い口調で言った。「川村課長はプレイングマネージャーだとぼくは思っています。課長職というのはそういうものでしょう。ぼくたちの仕事を管理しながら、自分の仕事もする。ですが、妊娠したということは……」

「今まで通りにはいかなくなるでしょう」わたしはうなずいた。「早い話、深夜残業とかは避けたい。力仕事もできなくなる。わがままなことを言うようだけど、わかってほしい。みんなに助けてほしい」

全員が黙った。どう答えていいのかわからないのだろう。沈黙を破ったのは水越だった。

「あのっすね……よくわかんないんですけど、いい話だと思うんですよ」水越が首を左右に振った。「子供ができたっていうのはいいことだと思うんです。おめでたい話だと。仕事どころじゃないっていうのはその通りでしょう。課長と平社員って違いはあるけど、おれたちは仲間だ。仲間が助けてほしいと言っている。助けようじゃないですか」

間違ってますかね、と水越が自信なさそうに言った。水越は優秀な社員ではない。広報課時代から彼を知っているわたしはそうジャッジしていた。

ただ、水越が悪い人間ではないことも本当はわかっていた。同じ会社、同じ部署で働く者は仲間だと言い切れる男だ。

水越は出世しないだろう。そういうタイプではない。だがいいサラリーマン人生を送ることができる。それは間違いなかった。

「迷惑をかけることになると思う。わたしのフォローもしてもらわなければならなくなるし、振られる仕事も増えるでしょう」わたしは姿勢を正した。「腹が立つこともあるかもしれない。上司失格と言われればその通りです。不平不満は聞くし、どうしても我慢できないというなら、異動とかも上と相談します。どうにもならないと判断されるようなら、辞めることも考える。でも、可能ならいろんなことを両立させたい。そのためにはみんなの理解と協力がいる。助けてほしいの」

わたしは言った。みんなにはそれぞれ思うところがあったのかもしれないが、とりあえず納得はしてくれたようだった。あのですね、とおもむろに水越が手を挙げた。

「関係ないんすけど、課長って結婚してないですよね？　どういうことなんですか？　妊娠したってことは男がいたってことすか？　父親は誰なんですか？　つきあって長いんですか？」

遠慮なく質問してきた。水越にはデリカシーというものがない。いかがなものかと思う。

詳しいことは後日発表するつもりだ、とだけわたしは答えた。水越はちょっとにやついていた。真面目に考えていただきたい、と思った。

6

その週の日曜日、町田《まちだ》の児島家に行くことが決まった。

結婚と妊娠に関して、わたしと児島くんの意見は一致していた。そういうことになった以上、覚悟を決めて取り組んでいくしかない。

そのためには、周囲の理解を得なければならなかった。とりあえず目の前にあるのは、親のことだ。お互いの両親に、納得してもらわなければならないだろう。

だが、道は険《けわ》しい。親たちがわたしたちの関係に賛成していないのは、ずっと前からの懸案事項だった。何となく、親には触らないということで無風状態を保っていたが、もうそんなことを言っている場合ではない。

具体的に手をつけなければならなくなっていた。その手始めとして、児島くんの実家を訪れることになったのだ。

日曜日の午後、わたしと児島くんはＪＲ町田駅に降り立った。昼食は済ませていた。

みんな相当に暇らしい、と歩きながら児島くんが言った。

「どういう意味？」

「家族フルメンバーでぼくたちを待っているということです」児島くんが物憂げに言った。「親父から昨日の夜中に電話がありました。覚悟して来いと」

児島くんのお父さんはわたしたちのことについて、関係者の中ではお兄さんと共に、賛意を表明していたが、少数派であることは確かで、しかも児島家内の発言力は低いという。味方としては当てにならない、というのが児島くんの意見だった。

「まあ、救いといえば兄貴が来てくれることかな」

「お兄さん、来てくれるの？」

「らしい。よくわかんないけど」

児島くんのお兄さんとは会っていた。お兄さんの態度は明確で、わたしたちの交際についてはっきりと賛成している。

児島くんのお父さんの賛成は、はっきりいって気分的なもので、よろしいんじゃないすか的レベルのことだ。頼りないというか、当てにはできない。

お兄さんは違った。わたしという人間を見て、弟にふさわしい女性だと考えてくれている。

お兄さんはしっかりした性格で、論理的な話もできる。反対意見に対して論破できる能力を備えていた。

お兄さんが助けてくれれば、と思った。もしかしたら突破口が見つかるかもしれない。

しばらく歩いているうちに児島家に着いた。インターホンを鳴らすと、ドアが開いた。立っていた二十歳ぐらいの女の子には見覚えがあった。

「妹」児島くんが早口で言った。「女子大生」

妹さんがわたしを見た。面白がっているようでもあり、小姑《こじゅうと》的な雰囲気もあった。

こんにちは、とは言わずに、奥に向かって達兄ちゃんだよと叫び、そのまま振り返ることなく家の中に戻っていった。

スリッパを、と児島くんが言った。玄関に二足のスリッパがあった。一応、用意してくれたらしい。

居間に行くと、児島家の人達がオールスターで座っていた。お父さん、おばあさん、お母さん、お兄さん、お姉さん、妹。

テーブルとソファに分かれていた。もう少し頑張れば、ビッグダディとしてテレビ局が取材に来るかもしれなかった。

いらっしゃい、とお父さんが立ち上がってにっこり笑った。他に動きはない。みんなわたしたちをじっと見つめている。

テーブルに席が二つ空いていた。そこに座れということなのだろう。児島くんとわたしは椅子に座った。お母さんがお茶を出してくれたが、その後は沈黙が続いた。

「達郎、あんた……家はどうなってるの？」

口火を切ったのはお姉さんだった。彼女が光聖堂という化粧品会社に勤めていることは知っていた。光聖堂といえば超有名企業だ。そこで働くキャリアウーマンというのはよほど手ごわい相手だと思っていたが、その通りだった。

「家って？」

児島くんがぼそりと言った。あんたのアパートにこの前行ったのよ、とお姉さんが唇を尖らせた。

「何しに？」

「近くまで行く用事があったの。いいじゃない、姉弟なんだから。たまには顔ぐらい見に行くわよ」

「それで？」

「ベル鳴らしたら、知らない男の子が出て来た」お姉さんが眉《まゆ》をひそめた。「児島達郎はいますかって聞いたら、先輩すかって、にたにた笑われた。あんた、しばらく前にその子に部屋を譲《ゆず》って、どこかへ行ったっていうじゃない。どういうことなの。どこに住んでるの。仕事は？　何なのあんたは」

ディベート大会があったら優勝間違いなしの舌の回転の速さだった。いやまあそれは、とか何とか児島くんが言ったが、お姉さんは追及の手を緩《ゆる》めなかった。

「あんた、どうせその人と一緒に住んでいるんでしょ」しかも勘《かん》も鋭い。「どうなのよ、それって。あんたヒモ？　いつからそんな情けない男に成り下がったのよ」

「達兄ちゃん、不潔」妹がぼそりと言った。「キモイ」

「そうなの、達郎？」お母さんが心配そうな顔になった。「ご迷惑かけてるってこと？　家賃とかどうしてるの？　まあ、あなたはいいかもしれないけど、ええと、川村さん？　川村さんはやっぱり女性だし、変な評判が立ったら申し訳ないし……」

お母さんはお母さんらしく、対世間という論理を持ち出していた。いろいろな理屈があるなあと感心した。

「まあいいじゃないか、それはそれで」お兄さんがとりなすように言った。「二人は若い。いろいろあるさ。別に一緒に暮らしたって……」

「若くはないでしょう」お姉さんがはっきり言った。「川村さん、おいくつでしたっけ？　三十八でしたよね。普通に考えて、三十八の女を若いとは言わないわ」

「オバサンよ」

妹がぼそりと言った。

「あのね、あたしは心配なんだよ」急におばあさんが口を開いた。「達郎はいい子だよ。孫たちの中でも一番優しい。他のみんなには悪いけど、それは本当だからね。とても心のきれいな、まっすぐな子だ。思うんだけど、あんた騙されちゃいないかい？　年上の女の手練手管に引っ掛かって、身動きが取れなくなっている。そういうことなんじゃないのかね」

「バアちゃん、そりゃ失礼だよ」お兄さんが手を振った。「川村さんは達郎を騙してなんかいない。そのつもりもない。そういう人じゃない。二人は本当に愛し合っているんだ。何も妙なことは考えてないよ」

「あら、そうですかね」おばあさんが舌打ちした。「ふうん。まあね、年寄りにはわからないことかもしれないね。でもね、年寄りには経験というものがある。それを馬鹿にしちゃいけないよ。あたしはいろいろなものを見てきた。愛し合ってる二人でも、別れたりすることはあるんだよ。あんたはわかっていないけど、そういうものなんだ。あんたたちもいずれは歳を取る。その時になって、ああ、ばあちゃんはこのことを言っていたのかと気づくだろう。でもその時にはもう遅い。手遅れなんだよ」

ふふん、とおばあさんが笑って口を閉じた。何て嫌みなババアなのだろう。

「おれは二人と食事をした」お兄さんが声を張った。「話もした。川村さんの話も聞いた。確かに問題がないわけじゃないが、大したことじゃない。二人は真剣にお互いのことを思い、愛し合っている」

立ち上がったお兄さんが周囲を見渡した。はっきりとした意志表明であり、その姿は男らしかった。カッコイイ。お兄さん、素敵。

「生きていればいろいろあるだろうが、二人なら乗り越えていける。おれは……」

「お兄ちゃん、雅代《まさよ》さんのことはどうなったの」

お姉さんが言った。いきなりお兄さんが目を白黒させ始めた。雅代さんというのがお兄さんの彼女的な人であり、おそらくは別れてしまったのだろうということがわかった。

「いい人だったのに、雅代さん。ああいう人はもう出てこないよ。お兄ちゃんみたいにふらふらした男には、ああいう人がいなきゃ駄目なのよ。わかってる？　そこんとこ」

いやまあ、とか何とか言いながらお兄さんが座り込んだ。ちょっとどうしたのよ、お兄さん。しっかりしてよ。

だがお兄さんは口を開こうとはしなかった。虚《うつ》ろな目で前を見ている。貴重な味方を失ったことがわかった。

「お前は何を反対している。達郎はもう大人だ。何をしようと本人の自由だろう。そうだよな？」

お父さんが代わりに立ち上がって言った。言っていることはそれらしかったが、声がかすれていた。

「大人じゃないわよ」お姉さんが鼻から荒い息を吐いた。「大人っていうのはね、ちゃんとした会社に入って、立派な社会人になって、独立して暮らしている人のことを言うの。達郎を見てごらんなさいよ。わけわかんない会社で、身分は契約社員よ。お金だってあるんだかないんだかわかんない。家にお金を入れてるの？　入れてないでしょ？どうせその女の金でパチンコとか打って暮らしてるのよ。そんな子が年上の女に引っ掛かってるのを、黙って見ているわけにはいかないわ。達郎は弟で、あたしが育てたようなものよ。あたしにはこの子を正しい方向に導く義務と責任がある」

「あなた、毎日パチンコなんかしてるの？」お母さんが不安そうな表情になった。「ちゃんと勝ってるの？」

ちょっとずれた発言だった。そんなことない、と児島くんが言った。

「パチンコなんかしてない。働いてるんだ。余計なお世話だよ」

だがその言葉を聞いている者は誰もいなかった。全員がプー太郎のイメージで児島くんを見ているのは明らかだった。

「まあね、今あんたが言った通りだよ」おばあさんが口を開いた。「達郎はいい子だけど、ちょっとぼんやりしているところがある。そこが可愛いんだけど、もうちょっと世間というものを知る必要がある。女のことより、もっと考えるべきことがたくさんあるんじゃないのかね」

何となくわかったのだけれど、児島家においてはおばあさんの意見が尊重されるようだった。お父さんがやや頼りないということもあるのかもしれないが、おばあさんの意見が家族の総意として見なされるということになっているらしい。

そのおばあさんが今、はっきりとわたしたちの関係を否定した。全体の流れもそういうことになるのは明らかだった。

何とかしようと思ったが、男たちは皆ぼーっとしているだけだった。男は当てにならないと痛感した。

「達郎さんとわたしは、今一緒に暮らしています」かくなる上は、わたしが自分で何とかしなければならない。「達郎さんは前の会社を首になりましたが、新しい仕事が決まりました。もちろんわたしも働いています。二人で働けば、経済的な不安はそれほどありません。わたしが達郎さんにふさわしい女かどうかはわかりませんが、わたしたちはお互いのことを……」

「愛だけでは生活できないことぐらい、川村さんも知ってるでしょ」お姉さんが言った。

「そういう歳よね？」

「おっしゃってることは……わかりますけど……」

「今はいいでしょうよ。盛り上がっている時は何でもありだわ。だけど、いつまでも続くものじゃない。いつかは醒《さ》める日が来る。その時に後悔したって遅い。あたしはそれを心配している」

「姉さん、何かあったんだね？」

児島くんが言った。何の気無しに言った発言だったが、突然お姉さんがヒステリーを起こした。

「何もないわよ！　馬鹿じゃないの！　だから男っていうのは……」

何かあったらしい。だが触れてはいけないことのようだった。とにかく、とおばあさんが話を引き取った。

「すぐに結論を出す必要はないでしょう。時間をかけて考えればいい。江戸時代じゃないんだから、あんたたちを無理やり別れさせようとか思ってはいませんよ。しばらく経てば達郎もわかる日が来ます。それまで待ちましょう」

おばあさんが何となく話をまとめにかかった。みんなもうなずいている。お父さんやお兄さんまで、それもそうだなあという顔になっていた。どうにもならないのだろうか。

「晶子さんは妊娠してる。ぼくの子供だ」

何を考えたのか、児島くんが突然宣言した。劣勢を挽回《ばんかい》しようとしたのか、破れかぶれになったのか、それはわからない。だが明らかにその発言はタイミングを外していた。

「あんた、何考えてんの？」お姉さんが叫んだ。「あんた一人の暮らしだってどうなるかわかんないのに、子供なんて無理に決まってるじゃない！」

「達兄ちゃん、不潔」妹がぼそりと言った。「サイテー」

「子供って、達ちゃん」お母さんがおろおろした。「あんたがまだ子供じゃないの」

「孫ってことか？」お父さんが中途半端な笑みを浮かべた。「……おれもそんな歳になったか」

「一緒に暮らそうがどうしようがあんたの勝手だけど」お姉さんが真剣な表情になった。「子供はまずいよ。あんた、その若さで父親になれるの？ 覚悟はあるの？ 父親になるってことは、あんたが想像してるような生易《なまやさ》しいもんじゃない。責任だってある。あんたにそれを背負えるの？」

「そのつもりはある」児島くんがうなずいた。「若いかもしれない。だけど、ぼくには晶子さんがいる。二人なら大丈夫だ」

「お金もかかる」お姉さんがつぶやいた。「あんたはしたいことがあっても、何もできなくなる。あたしは会社でそんな男を山ほど見てきた。いつかはそんな日も来るかもしれないけど、あんたにはまだ早い。考え直すべきよ」

「そうね、お姉ちゃんの言う通りよ」お母さんが言った。「達ちゃん、ちょっとそれはお母さんも反対だわ。どうなんでしょう、お父さん」

　女たちの意見はよくわかった。彼女たちにとって児島くんはとても大切で、重要な存在なのだろう。わざわざ苦労するのがわかっているのに、そんな道を歩かせたくないということだった。

　児島くんが他人のものになってしまうのが、感情的に納得できないということもあったのだろう。感情の問題でもあるだけに、論理で説得することはできなかった。わたしも女だ。言いたいことはわかる。

「そうだねえ……おばあちゃんはどう思う?」

　お父さんが話を振った。あんたには自分の意見はないのか、とツッコミたかったが、そんなことをしても仕方がないだろう。お父さんはそういう人なのだ。

おばあさんがひとつ息を吐いた。もちろんおばあさんの意見も同じだろう。彼女は児島くんという孫を可愛がっていた。児島くんには普通に幸せになってほしいと誰よりも願っているはずだ。そんな人が何を言うかはわかっていた。

「産みなさい」

おばあさんがわたしを見た。今、何とおっしゃいましたか？　おばあさんがゆっくりと話し出した。

「……誰にも言ったことはなかったけれど」おばあさんがゆっくりと話し出した。「わたしの母親は昭和のはじめにわたしを産んだ。父親は海軍の整備兵だった。二人は誰にも内緒でつきあい始め、やがて母親は妊娠した。わたしを身ごもったんだ」おばあさんがお父さんに目をやった。「妊娠したことはすぐ周りもわかった。大反対されたそうだ。二人はまだ若く、結婚もしていなかった。未婚の母なんて言葉はない時代です。許されないことだった。堕《お》ろすことを強制された。だけど、母は頑《がん》として譲らなかった。子供を産むと言って聞かなかった。それでわたしは産まれた。私が十歳くらいの時、父親は戦争にとられ、そこで死んだ。母は女手ひとつでわたしを育てた。今のわたしがいるのは母が産むと決めてその通りにしたからだし、あんたたちが産まれたのも母のおかげです」

お父さんも、お母さんも、兄弟姉妹たちも静かに黙っていた。おばあさんが話を続けた。

「子供ができたのなら産みなさい。反対することはできない。もしあの時母が出産を諦めていたら、わたしはここにいないし、あんたたちも存在しなかった。いろいろ言いたいことはあるけど、わたしはあんたたちが好きだ。あんたたちと一緒にいられて、幸せだと思っている。あんたたちと出会えて良かった」

「ばあちゃん」

お姉さんがつぶやいた。ふふん、とおばあさんが笑った。

「出産っていうのは今だけの話じゃない。未来につながっている。年寄りは嘘はつかない。本当の話だ。わからないかもしれないけど、いつかはわかる。子供ができたのなら産みなさい。それがあんたたちの未来を作ることになるんだよ」

疲れたから寝ますよ、と言っておばあさんは立ち上がった。誰も声はかけなかった。

おばあさんが居間を出て行き、辺りが静かになった。

「お前たちも言いたいことがあるだろう」

お父さんが立ち上がった。声ははっきりしていた。

「だが、この家の家長はおれだ。駄目な父親だが、今日はおれに従ってもらう。達郎、思った通りにしろ。父さんはお前を支持する。お前を信じる。お前はお前の選んだ人と生きていけ」

文句はないな、とお父さんがそれぞれの家族の顔を見た。お父さん、とわたしはつぶやいた。あなた、やればできるじゃない。

「……とにかく、お茶でもいれましょう」お母さんが立ち上がった。「ぬるくなっちゃったわね。ごめんなさいね」

お姉さんが肩を落とした。妹が心配そうに見ている。お兄さんがお姉さんの頬に手を当てた。なるほど、家族というものは悪くない。

児島くんがわたしを見つめた。頬に微笑が広がっていた。第一段階クリア、とそこに書いてあった。

お茶入りましたよ、とお母さんが言った。お手伝いします、お母さん、とわたしは言った。嫁としての自覚が芽生えていた。

ウエディングについて

1

児島家の意見が変わった。

反対派がほとんどだったのだが、一転してわたしと児島くんの関係を認める賛成派が圧倒的多数を占めることになった。最後まで反対意見を唱えていたお姉さんも、味方が誰もいなくなったとわかり、沈黙を余儀なくされていた。

児島家の人々は変わり身も早かった。妹さんはわたしのことをお姉様と呼ぶようになり、泊まっていったら、とお母さんが言い出した。こういう家だから児島くんのような男の子が生まれたのだろう。

何の準備もしていなかったし、いきなり泊まるというのもいかがなものかと思い、それは固辞したのだが、夕食を一緒に食べましょうと言われるとさすがに断れなかった。

お父さんとお兄さんが近所の肉屋へ走り、すき焼きということになった。そういうところだけはスタンダードな一家だった。わたしたちは鍋を囲み、みんなですき焼きを食べながら、いろんな話をした。

夜十時を回ったところで、帰らせてくださいと児島くんが言った。その訴えがなかったら、児島家の人々はわたしを離さなかっただろう。

帰る用意をしていたら、食べきれなかった肉や野菜、冷蔵庫の中にあった果物や頂き物だという和菓子などをどっさり持たされた。数時間前までは考えられなかった厚遇だった。嬉しかったが、少々疲れた。

翌日の月曜日、出社したわたしはもろもろの会議などを済ませたところで、是枝部長を捕まえた。わたしも会社員になって長い。報告には順番というものがあるのを知っていた。

わたしの直属の上司は是枝部長で、他にはいない。まずは是枝部長に話さなければならなかった。

空いていた会議室に部長を引っ張っていき、実は妊娠しました、とストレートに言った。

部長の反応は微妙だった。ああ、そう、と言ったきり後は無言だ。おめでとうでもなく、大変だねでもなく、じっとわたしの様子を窺《うかが》っていた。

部長はわたしが結婚していないことを知っている。未婚の女性社員が妊娠したというのは、どう対処するべき問題なのか、とっさには判断がつかないようだった。

ご迷惑をおかけすることになると思います、とわたしは頭を下げた。迷惑とかそんなことは思ってないよ、と是枝部長が手を振った。

「いや、まあ、とにかく……良かったじゃない」

しばらく間を置いてから部長が言った。ありがとうございます、と答えた。それで、とわたしを見た。

「川村さん……辞めるの？」

ちょっと怯《おび》えたような声だった。それを相談したかったんです、とわたしは言った。

「はっきり言いますと、そのつもりはありません。というか、今の仕事を続けたいんです。もちろん、宣伝の仕事が不規則で忙しいのはわかっています。無理はしたくありませんし、部長もそれは望んでいないでしょう。今までのようには、できなくなるかもしれません。ですが、このまましばらく様子を見ていただきたいんです」

「うん、わかった」

部長があっさりうなずいた。予想外といえば予想外の答えだった。

是枝部長は正しいサラリーマンで、自分の意見をほとんど持たない。小さなことでも、すべての関係者の意見を聞いてから態度を決定する。そういう人だ。

悪い人ではない。自分の意見を持たない是枝部長は、現場の意見をよく聞くし、基本的には任せてくれる。何でもハンコは押してくれるし、やりやすい上司だ。ただ、決断力に欠けるのは否めないところだった。

今回、わたしは普通の妊婦ではない。未婚の女性社員が妊娠し、課長職を続けていきたいと希望しているわけで、それは部長の手に余る問題だろうと考えていた。

各部署に相談してから決めようと言われると思っていたのだが、簡単に了解してくれた。どういうことなのだろう。

「まあ、ダメ部長ですよ」是枝部長が自分を指さした。「年齢でこのポジションにいるけど、人より優れているわけじゃない。偶然というか、タイミングでこういうことになった。言ってみれば、たまたま部長ですな」

そんなことはありません、とわたしは言った。感情がこもってないよ、と部長が苦笑した。

「でもね、普通の人間だから見えることもある。頑張ってる人はわかりますよ。ぼんやり見てたって、わかるものはわかる。川村さんが一生懸命なのはわかってますって。サラリーマンってさ、それが大事だと思う。一生懸命働いてる人が報われなかったら嘘だよね。いいじゃない、続けなさいよ。妊娠したって仕事はできる。足りないところはフォローしますよ。川村さんは未婚で、いろいろ問題も出てくるかもしれないけど、それはみんなで考えようよ。何とかなるって」

「ありがとう……ございます」

わたしは頭を下げた。全然、と部長が笑った。

「本当のことを言うとさ、川村さんに辞められると困るのよ。宣伝部はさ、どんどん予算が削られてる。それはどこの会社も同じで、時代の流れだからしょうがない。足りないところは部員の力で補っていかなきゃならないわけだけど、そのためには現場をまとめるリーダーが必要になる。銘和で今、一番足りないのはそういう人材だよね。川村さんは宣伝部の課長の中でも、統率力っていうか、そういう能力は一番ある。辞めてもらうわけにはいかない。ていうか、辞めさせないよ」

部長がわたしの肩を叩いた。意外と侮《あなど》れない人だと思った。

「総務には話した？」

部長が聞いた。まだです、と答えた。そっちも話しておいた方がいいよね、と言った。

「もしあれだったら、一緒に行くよ。二人で話そう。少子化時代だ。会社だってわかってくれるって」その前に役員に報告しよう、と立ち上がった。「秋山さんは了解してくれるよ。あの人はそういう人だ」

行こう行こう、と部長が会議室の扉に向かった。わたしはその後をついていった。

2

是枝部長の読み通り、秋山役員は妊娠の報告に、いいことじゃないかと言ってくれた。しばらく今の仕事を続けたいというわたしの希望も二つ返事で受け入れた。妊娠っていうのは病気じゃないんだから、と役員は言った。

「おめでたいことで、恥ずかしい話でも何でもない。妊娠しても仕事はできる。そんな女性はたくさんいる。もちろん、体に負担がかかるような仕事はしちゃいけないし、そんなことはさせない。やれることをやって、後は上なり下なりに任せればいい。迷惑だなんて誰にも言わせないよ。頑張ってみようよ」

総務の役員には話しておく、と言った。現場にはわたしから話を通します、と是枝部長がうなずいた。会社関係について、いろいろ危惧しているところはあったのだが、意外とスムーズに話は進んでいきそうだった。

部下たちに話はした。上司にも伝えた。とりあえず反対する人間はいない。

総務や経理など話を通さなければならない部署はあるが、それほど面倒なことにはならないだろう、と是枝部長が言った。聞いていた秋山役員が、このタイミングで言うべきかどうかわからないんだけど、と口を開いた。

「秋に新商品の発表会があるのは聞いているかい？」

何となく、とわたしは答えた。まだ商品名も決定していないが、銘和が全社的に力を注いだ新商品が誕生しようとしているのは知っていた。

「発売は来年だ」秋山役員が少し声のトーンを落とした。「うちとしても初めて扱うことになるんだけど、ダイエット用のサプリメントだ。知ってたかい？」

ダイエット商品らしい、という噂は聞いていたが、サプリメントというのは初耳だった。決定ですか、と質問すると、本決まりだ、と秋山役員が力強くうなずいた。

「先週末、社長の決裁が下りた。今後、社は総力を挙げて新商品に取り組む。これはおれの勝手なアイデアだけど、宣伝は川村さんに任せようと考えていたんだ」

ダイエット商品の噂というのは、何年も前から流れていたものだ。誰もはっきりしたことは知っていなかったのだが、どうやら新技術が開発されたらしいこと、トクホの認可も申請していること、特許まで取ろうとしているらしいことなど、そんな話がどこからともなく伝わってきていた。

他社も注目しているという話も聞いた。会社が開発に莫大《ばくだい》な予算を使い、発売に当たっては銘和始まって以来のプロジェクトになる予定だとも聞いている。

その宣伝をわたしたちに任せるつもりだと秋山役員は言う。大丈夫だろうか。ちょっと不安になった。

「やるからには全力で当たりたいと思いますが、わたしもこういうことになったわけですし、どこまでやれるか自分でもわかりません。全社的なプロジェクトになるんですよね。他の課に任せた方が……」

「ダイエットだからね」秋山役員が鼻を鳴らした。「女性目線が重要だろ？　他の課長たちは全員男だ。ダイエットと言われてもピンとこないだろう」

少し考えます、とわたしは言った。時間はない、と秋山役員が首を振った。

「頼んだよ」

はあ、とうなずいて席に戻った。正直、このタイミングで言われてもなあ、と思った。わたしにはもっと考えなければならないことがあるのだ。それが片付いてからにしていただきたい。

とはいえ、仕事は仕事だ。命令とあれば、やらざるを得ないだろう。

更に正直に言えば、やってみたいと思っていた。ダイエット用のサプリメントというのは、明らかに女性を対象とした商品で、宣伝も女性をターゲットとすることになる。わたしがやるべき仕事ではないか。

だが体調のこともある。激務が予想されたが、妊婦に勤まる仕事だろうか。

眉間に皺《しわ》を寄せながら考えていたら、携帯が鳴った。実家、と表示があった。出てみると母だった。晶子なの？　と母が言った。

「あたしの電話にかけてるんだから、晶子なの？　って言われても」

「そりゃそうよね」母が小さく笑った。「まあそれはいいんだけど、今大丈夫？」

いいよ、と答えて席を離れた。フロアの隅に行って、電話を持ち直す。

「何よ」

「あのね……ゆうべの件なんだけど、父さんに伝えたの。それで、はっきり言いますけど、嫌だって。会いたくないって」

わたしは黙った。昨夜、児島家の意見が賛成に統一されたことを受けて、わたしは母に電話をしていた。状況が変わった、という実感があった。

流れはこちらに向き出したのだ。この機を逸してはならない。

あれほど反対していた児島家が、急転直下わたしたちの関係を許したのだ。よく知らないが、ベルリンの壁が壊された時と同じ感覚ではないだろうか。

この勢いでわたしの親にも会おう。会って、直接話をつけよう。そう考えて、実家に電話をした。会ってほしいと伝え、いつでも行くと言った。

ゆうべの件とはそれだった。電話を受けた母は父に話をしたという。だが父は拒否した。会うことを拒絶したのだ。

「会わなきゃ話にならない」わたしは口を開いた。「話し合いがしたいの。賛成してほしいとか、許してほしいとか言ってるんじゃない。それは置いておいて、今の状況とか詳しいことを聞いてもらいたいのよ。反対だというのなら、それを聞いた上で反対してほしいの。そうすればこっちも意見を言える。建設的な話し合いができる」

「あんたは変わったねえ」母がため息をついた。「そんな、お役所の人みたいなことを言う子じゃなかった。ＯＬが長いとそうなるのかしら」

「直接交渉がしたいのよ」わたしは言った。「話し合いの場を設けて、お互いテーブルにつきましょう。前向きな話を……」

わかったわかった、と母が繰り返した。

「あんたの言いたいことはわかりました。だけど、父さんは嫌だっていう。あんたはともかく、児島さん？　その人の顔はもう見たくないって」

「感情的な発言ね」わたしは舌打ちをした。「もっと冷静になってもらわないと」

「そうねえ……父さん、そんなに頑固な人じゃないんだけど、これぱっかしはねえ……」

「もう一度、話がしたいと伝えてちょうだい。時間や場所はすべて任せる。父さんの都合のいい時に行くわ。こっちだって譲歩してる。父さんも少しは考えてほしい」

もう一度話してみましょう、と言って母が電話を切った。わたしはそのまま弟の善信《よしのぶ》の番号を押した。三回呼び出し音が鳴ったところで、善信が出た。

「忙しいんだ」いきなり声がした。「かけ直す」

いいから聞きなさい、とわたしは命じた。

「父さんと話がしたい。母さんに頼んでいるけど、埒《らち》があかない。あんたは父さんを説得して、話ができるようにセッティングしなさい。ノーとは言わせない」

「ノー」善信が言った。「一度やって、だめだったでしょ」

「あんたは高校の時、本間玲子《ほんまれいこ》という同級生の女の子と交換日記をしていた」わたしは無表情で言った。「一年つきあって別れた。あんたは三日泣いた。交換日記を捨てて、すべて忘れようとしたけど、あたしは見逃さなかった。ゴミ箱から拾い上げて、大事に保管してある。ノーと言うなら、それをあんたの奥さんに送りつける。これは最後通告で、取引はできない。返事がノーだというのなら……」

「イエス」

善信が食い気味に言った。よろしく、と言って電話を切った。

父は善信のことを昔から信頼している。前に会った時に意見の対立はあったが、それはそれだ。母が言うより、少しは話に耳を傾けるだろう。

川村課長、と声がした。藤沢が受話器を高く掲げていた。

「電勇から電話です。至急だと言ってます」

すぐ出ます、と答えて携帯をしまった。仕事をしなければならない。わたしは席に戻った。

3

一週間が経っていた。

その間に、いくつか進展があった。わたしの妊娠に関して、会社的な問題が出てきていたが、秋山役員と是枝部長が全部引き受けてくれた。

問題というのは各種手当だったり待遇だったり保険だったり育児休暇だったり、その他にもたくさんあったのだが、二人はいろいろと動き回り、解決のために手を打っていった。おかげでいろいろ事情を聞かれたりすることもなく、わずらわしいことは一切なかった。ありがたいことだ。

善信からは何度か電話があった。父は相変わらず話し合いを拒否しているが、説得を続けている。とにかく会うべきだと強く言った。

それは受け入れざるを得ないとさすがに父も考え始めているようだ。後はいつ会うかとか、そういう細かいセッティングが残っているが、それは自分がやる。時間はかからないだろうということだった。

これが終わったら、と善信は電話の最後にほとんど聞き取れない声で言った。交換日記は返してもらえるんだよね？

考えておきましょう、と答えて電話を切った。よほどとんでもないことが書かれているらしい。今度じっくり読んでみることにしよう。

そんなふうにして時間が過ぎていった。そして一週間が経過した今日、わたしたち宣伝二課のメンバーは、会社で時が来るのを待っていた。今日の夜九時に、〝ツバサ〟のコマーシャルがテレビで流されるのだが、それを全員で見ようということになっていた。

実は〝ツバサ〟の発売はもう少し先で、六月末の予定だ。コマーシャルというものは、商品が発売された直後に放送される。当たり前の話だ。商品が市場にないのに、宣伝だけが先行しても意味がないだろう。

だが〝ツバサ〟のコマーシャルは業界内でちょっとした話題になっていた。〝ツバサ〟というより、長谷部レイだ。彼女がメチャクチャ可愛く撮れている、という評判が関係者の口から漏れ、それが業界を越えてネットの世界にも流出していた。

そのコマーシャルを見たい、という一般からの声が銘和に殺到した。お客様センターの担当者がギブアップするほどに、声は圧倒的に大きかった。

会社は〝ツバサ〟コマーシャル問題を検討せざるを得なくなり、偉い人たちの判断で、コマーシャルを先行公開することが決定した。異例なことだったが、やむを得ないところだろう。それほど騒ぎは大きくなっていたのだ。

幸いというべきか、銘和はいくつかのテレビ番組をスポンサードしており、放送枠はあった。多少の調整は必要だったが、最終的に月曜九時からのバラエティ番組で放送することが決まった。

一回だけで、正式に流すのは商品発売後という条件はあったが、とにかくコマーシャルが世に出る。わたしたちとしても見ないわけにはいかなかった。

もちろん、コマーシャル自体は何度も見ている。銘和がお金を出して作ったものなのだから、その完成形を確認するのは当然だ。制作を担当したのはわたしたち宣伝二課で、見るのは義務でもあった。

ただ、わたしたちが見たというのは、パソコンのモニター上でのことだ。わたしたちは課員全員合わせると、のべ百回以上見たと思うのだが、それはあくまで仕事であり、確認作業だった。

コマーシャルというのは、ちょっと普通の商品とは違う。単にデータとして見るのと、実際にテレビ番組で流されているのを見るのは、はっきりと違った。

実際に放送されているのを見て、初めて完成したと実感できる。見ているものはまったく同じなのだが、そこは明確に差があった。雰囲気なのか何なのかはわたしにもよくわからないのだが、そういうものであることは確かだった。

はっきり言うと、わたしは〝ツバサ〟のコマーシャルは見飽きていた。全体によくできていることは認めるし、長谷部レイが異様にチャーミングなのもその通りだ。評価が高いのは理解できる。

だが、何十回も同じものを見ていれば、それは飽きるだろう。三十秒のコマーシャルは完パケで、何度見ても変化が生じることはないのだ。

それは課員のみんなも同じで、〝ツバサ〟については食傷気味だった。あの水越でさえ、長谷部レイはもういいっす、と言っていたぐらいだ。

にもかかわらず、わたしたちは宣伝部に備えつけられているテレビを前に、コマーシャルが流れるのをじっと待っていた。テレビで流れて、初めて完成したと言えることを、みんなわかっていた。

コマーシャルが放送されるのは九時半だという連絡が来ていた。時間がわかっているのだから、五分前にでも集まればそれでよかったのだが、わたしたちは椅子に座ってテレビを取り囲み、九時半になるのを待っていた。みんなそれぞれわくわくした表情を隠そうとはしていなかった。

誰が持ち込んだのか、ポテトチップスとチョコレートがあった。好きな飲み物を飲みながら、みんなで話した。主にコマーシャルを撮影した時の話だ。

長谷部レイが現場に現れた時の感動と興奮を、水越が口から泡を飛ばしながら話している。もういいっす、と言っていたわりには、情熱的な様子だった。

「そろそろよ」

わたしは言った。番組はクイズとトークバラエティを組み合わせた内容で、司会を務めているのは最近結婚したことが話題になっている有名なお笑いコンビの片割れだった。

慣れた口調で出演者のコメントをまとめていた司会者が、それではこの辺でコマーシャル、と言った。周りにいた全員が体を前のめりにしたのがわかった。

派手な音楽と共に、〝ツバサ〟のコマーシャルが流れ始めた。内容についてはもう十分に知っていたので、それほど集中して見たわけではない。

何となく始まり、何となく終わった。三十秒はあっと言う間だった。

「……確かに、長谷部レイはいいですね」藤沢が言った。「ただ、会議とかでも出ていた話ですが、長谷部レイが前に出過ぎていて、〝ツバサ〟がどうも目立ってないというか」

その指摘は会社からもあった。気づいていたのはわたしたちだけではない。とはいえ、全体的に完成度が高いこと、長谷部レイのイメージがそのまま〝ツバサ〟に重なるだろうということで、会社的な了解は取れていた。

「まあ、いいんじゃないの」水越がのんきな声で言った。「可愛きゃ何でもありだって」

「とりあえず、話題にはなりますよ」希がフォローした。「長谷部レイがクローズアップされれば、〝ツバサ〟も注目されます。それは間違いないんじゃないでしょうか」

その通りだった。別にわたしたちは長谷部レイを売り出したいわけではない。〝ツバサ〟を売りたいのだ。

タレントと商品のイメージは、コマーシャル上一体となっている。長谷部レイを見れば〝ツバサ〟を連想する人は少なくないだろう。コマーシャルとしては成功ということになるはずだ。

それからしばらく、わたしたちはコマーシャルの感想を言い合った。みんなの意見は基本的に変わらない。本格的な露出が始まれば、コマーシャルについて世間が注目する。〝ツバサ〟は世の中に浸透していくだろう。

商品としては、他社の類似商品と比べて割安だし、健康増進効果も認められている。売れるのではなかろうか、というのが結論だった。売れてほしい、と痛切に思った。

このところ銘和には目立ったヒット商品がない。基盤ともいうべき乳製品の売り上げは落ちていないから、経営がどうのという問題にはなっていないが、社員たちの士気はやはり下がっていた。

売れる商品がひとつあれば、状況は違ってくるということをわたしは経験的に知っていた。出すものすべてが当たるわけはないし、そんなことは誰も期待していない。ひとつでいいのだ。

ひとつの商品がヒットすれば、社内の空気はよくなり、社員たちは活気づく。元気な会社で働きたい、というのがわたしの思いだった。

暗いムードが漂《ただよ》っている会社に出社するのは嫌なものだ。みんな後ろ向きの話しかしないし、新しいことにチャレンジしようという姿勢がなくなる。悪循環が起き、ますますヒットは生まれなくなる。

今、〝ツバサ〟には期待を抱かせる何かがあった。何とかなっていただきたい、と願った。

誰かがテレビを消した。急に音がしなくなり、フロアが静かになる。他部署の人間はもういない。残っているのはわたしたちだけで、そろそろ帰るべき時間だった。

明日もある、とわたしは言った。解散しましょう。

それじゃお先に、と水越が真っ先に立ち上がり、フロアを出ていった。何となくぱらぱらと他の者が後に続く。

わたしも帰り支度を始めた。最後にパソコンを開いて、メールなどが来ていないか確認したが、何もなかった。

バッグを抱えて出口に向かった。明日も仕事があると思うと少しブルーになったが、会社員である以上仕方のないことだ。明かりを消そうと手を伸ばした。

「すいません……少しいいでしょうか」

わたしは声の方に目をやった。希が立っていた。

どうしたのと聞くと、少し話せませんか、と微笑んだ。何だろうと思いながら、いいけどと言って、自分の席に戻った。

4

「どうしたの？」

わたしは席に座っていたが、希は肩からバッグを下げたまま立っていた。座ったらどう、と言うと、うなずいた希がバッグを自分の席に置き、椅子を引っ張ってきた。

「何かあった？」

ちょっと不安を感じながら聞いた。宣伝部は他部署と比べて、トラブルの起きる確率がやや高い。仕事の特性上仕方のないことだったが、月曜からそんな話を聞くのは嫌だった。

特には、と希が言った。ならいいんだけど、とわたしはうなずいた。

「〝ツバサ〟は売れますよ」

希が確信ありげに小さく笑った。そうだといいよね、と答えた。

本当に売れるといいと思うし、売れる要素は備えている商品だと思っていたが、だから売れるかというとそうでもないのが現実だった。

過去にも、銘和からは数多くの商品が発売されてきた。数千、もしかしたら万単位かも知れない。その中には、会社が絶対の自信を持って世に送り出したものも少なくない。ヒット間違いなしというお墨付きがついていたものだっていっぱいある。

ではそのすべてが売れたかというと、まったくそんなことはない。というか、ほとんどがそれなりにしか売れなかった。

ある時期からわたしは運命論者的な考えを持ち、売れるものは放っておいても売れるし、売れないものは何をやっても売れないのではないかとひそかに思うようになっていた。少なくとも、努力したから、頑張ったから絶対に売れる、というような考えは持たないようになった。もちろん、ヒットのために全力を尽くすが、結果は神のみぞ知る。そういうことだ。

〝ツバサ〟が売れてほしいと思っている。本当だ。だが、願ったからといって結果がついてくるものではないこともわかっていた。

ここまできたら、後は祈るぐらいしかできないのだ。とはいえ、そんなことを希に言うことはできない。士気を下げることになるだろう。売れるといいよね、としか答えようがなかった。

「みんな一生懸命でしたけど、課長がやっぱり一番でした」

希が言った。上から目線なのはどういうわけか。あんたみたいに若い子に評価されたくないと思ったが、大人気ないので口には出さなかった。

「宣伝に来てから、二年になります」

希がフロアを見回した。そう、とわたしはうなずいた。

「結構面白い部署ですよね。毎日いろいろ起きるし、飽きないっていうか」

「そういう仕事ではあるかも」

「だけど、ずっとやるのは嫌だなって」希がさらりと言った。「仕事が面白いと、生活が仕事中心になっちゃうじゃないですか。あたし、そういうのはちょっと……。今は彼氏とかいないんですけど、プライベートを充実させたいと思ってました。恋とかして、結婚して、家庭を作って、みたいな」

「そうね。あたしもそう思う」

「川村課長みたいになりたくない、と思ってました」

悪気のない顔で、とんでもないことを言った。失礼な発言だったが、腹は立たなかった。希が話を続けた。

「仕事を頑張って、誰よりも働いて、だけど何もない。そういうのは嫌じゃないですか。会社に評価されたりとか、出世して給料が上がったりとか、そういうことはあるかもしれないですけど、偉くなったからって何があるわけでもないですよね？　社長になりたいっていうのなら、それもありかもしれないですけど、ちょっとリアルじゃないっていうか」

わたしは三十八歳で課長だ。出世という観点から見ると、少し遅くそのポジションについた。

同期の男性社員の中には部長もいる。社長になれるとは思わなかったし、なりたくもなかった。

「正当な評価は欲しいよ。働いてるんだもん、やっぱり誉められたい。だけど……」

それだけではなかった。給料を上げていただきたい。部長ぐらいまではなってみたい。経費というものをばんばん使ってみたい。そういうことはもちろん人並みにあったが、仕事をするモチベーションはそういうことなのかと言われたら、はっきり違うと言い切れる。

結局、みんなで何かがしたかったのだ。ひとつの仕事を遂行するために、みんなで力を合わせて頑張る。わたしにとって仕事というのは、学生時代の文化祭の延長線上にあるものなのかもしれなかった。

もちろん、学生の遊びとは違う。それで給料をもらっている。だけど、みんなでひとつの何かをやり遂げるという意味では同じだった。

そういうことが好きらしい。他人が何を考え、なぜ働くのかは知らない。関係のないことだ。ただ、わたしはみんなで頑張ることに魅力を覚える人間だった。

部下にその考えを押し付けようとは思わない。強制するつもりもない。それはわたし個人の考え方で、他人と共有できることとは思っていなかった。

だから希にも言わなかった。川村課長のようになりたくない、というのは希の生き方で、そう考えるのは自由だろう。

見習ってほしいとも思わない。自分のやり方で生きていってほしい。わたしのスタンスはそういうことだった。

「だけど、課長もちゃんとやることやってるんだなあって」希がわたしのお腹に目をやった。「彼氏がいて、そっちも充実してて、子供も作って。楽しいだろうなあって思いました。楽しいですよね？」

もう少し言葉を選んでほしいという思いはあったが、あえて言わなかった。希は今、一人の女性として、同じく一人の女性であるわたしと話している。上司と部下ということではない。それがわかったので、注意はしなかった。

「ぼちぼち楽しいかなあ」わたしは苦笑しながら言った。「だけど、それぱっかりじゃない。嫌なこともいっぱいある。順調に見えるかもしれないけど、どこかで大きなトラブルにぶち当たる日がくるとも思っている。ずっといい感じで進むなんてことはあり得ない。プライベートだっていろいろある。言えないこともね。羨ましがられる身分じゃない」

「でも、いいなあって思いました。川村課長はカッコイイです」

希がにこにこ笑った。嫌みのない笑顔だった。釣られてわたしも笑っていた。

「失礼ですけど、川村課長の年齢で妊娠っていうのは……その、大変だと思います」うちの姉がやっぱり高年齢出産で、と希が言った。「いろいろ厄介なことが起きると思うんです。肉体的にも、精神的にも。姉も言ってましたけど、リスクがないわけじゃないそうですね。不安もあるでしょうけど、それは誰にもどうにもできないことですし……」

希が心配そうな顔になった。三十八歳というのは高年齢出産ではあるが、必要以上に不安になることはないと聞いていた。

決して楽観視はできないが、何とかなるだろうとわたしは高をくっていた。そんな顔しなくてもいいよ、と希の肩を軽く叩いた。

「まあ、大丈夫じゃない？」

「だから……ちょっと頑張りますって言いたかったんです」希が真面目な顔で言った。

「課長は頑張っちゃう人だと思いますけど、無理しないでほしいんです。何でもあたしたちに振ってください。任せてくださいとは言えないけど、努力はします。できる限りフォローします。力仕事でも夜中に現場に行くのも、あたしたちがやります。課長はやれることをやって、後は元気な赤ちゃんを産んでください。休むのかもしれないけど、復帰したらまたばりばり働けばいいじゃないですか。応援します。課長みたいになるのもいいかなあって、ちょっと思ってます」

わたしも長く生きているが、あまり尊敬されたことはない。わたしのようになりたいとまで言われたのは初めてで、どう答えていいのかわからなかった。

そんな立派な人間じゃないと言いたかったが、希が真剣なのがわかったので止めておいた。それもいいだろう。そう思ったというのなら、やってみればいい。それなりに楽しいことも本当だ。

わたしにとっての児島くんのような男性が希の前に現れることを願って、祈ろうとしていたら、携帯が鳴った。ちょっとゴメンと言って出てみると善信だった。

「遅くに悪いね」挨拶抜きで善信が言った。「今、どこ?」

「会社よ」

「まだ仕事中か。それじゃ手短に報告しますけど、親父《おやじ》が会うって」

「マジで?」

「マジだ。今度の日曜、午後一時に小平に来いとさ。飯は用意しないから食ってこいって言ってる。以上だ」

「わかった」

「母さんと話した」善信の声が少し高くなった。「意見を変えたってさ。児島とのことに賛成するって。一年考えて、ようやく納得したそうだ。姉さんが幸せならばそれでいいって」

そう、とわたしは短く答えた。母の態度が軟化しているのは、この数カ月時々電話で話したりしていて、何となく伝わってきていた。

はっきりと賛成するとは言わなかったが、あなたが良ければそれもいいでしょう、というニュアンスのことを言うようになっていた。どんな男でもいないよりは増しだと考えたのかもしれないが、わたしにとってはありがたいお言葉だった。

ただ、川村家の在り方として、父の意見が家族の意見だという事実は変わらない。母がわたしの側についたとしても、結局は父を説き伏せなければならないのだ。

「おれも行くよ。もう一度、姉さんの援護に廻《まわ》りますよ。児島はいい奴だ。あいつならいいだろう。年の差なんか気にすることはない。頑張ってくれ」

ありがとう、とわたしは言った。善信が人生で初めて弟らしいことを言ったと思った。

「それで……交換日記の件なんだけど」善信の声が聞き取れないほど低くなった。「……本当に、返してほしいんですけど」

「父さんの答えによる」わたしはリアルに返した。「あんたが頑張って父さんを説得してくれたら、その対価として日記は返す。だけど、失敗したら奥さんに送る。それだけじゃない。日記の内容をネットで公開する。世界中の人が読むでしょう。そんなことをされたくなかったら、せいぜい頑張りなさい」

「全力を尽くす」

善信が誓った。わたしは電話を切った。

「さあ、帰ろう」希を見た。「サラリーマンは今日だけじゃない。これからもずっと続く。しかも今日は月曜日で、一週間は始まったばかりよ。早く帰って、休まなきゃ」

はい、と希が立ち上がった。わたしたちは並んでフロアを出た。

5

日曜日の十二時過ぎ、わたしと児島くんは小平でネブラスカフライドチキンを食べていた。

善信とはそこで待ち合わせていた。一緒に行こうと言ったのは善信で、その方がいいかもと思って同意した。

昼飯もネブラでいいじゃん、と善信が言ったので、そういうことになった。本当は手や顔が脂《あぶら》で汚れるので、ちょっとどうかなとは思ったのだが、強く反対するほどのことではなかった。

「善信さん、遅いね」児島くんが二本目のチキンを齧《かじ》った。「もう十二時二十分だ」

まあ、そんなもんでしょう、とわたしは言った。善信は時間にルーズな子で、小さい時から遅刻の常習犯だった。

何度注意したかわからないが、結局直ることはなかった。社会人としてまともにやっていけているのかどうかと、改めて不安になった。

わたしは食欲がなく、一本のチキンとSサイズのポテトを持て余していた。今日の話し合いはヘビーなものになるだろうという予想があった。考えただけで胃が痛い。

チキンを諦め、ポテトだけをコーラで流し込んでいたら、駅の方から善信が店に入ってくるのが見えた。カウンターで何かオーダーしてから、わたしたちの方へやってきた。

遅れた？　と言ったが、あまりに明るい声だったので怒る気にもなれず、放っておいた。

「児島くん、久しぶり」善信が児島くんの隣りに座った。「いつ以来?」

「三月に焼き肉ごちそうになって、それ以来ですね」

そんなになるか、と善信が鼻の下をこすった。児島くんと善信が時々会っているのは聞いていた。

数カ月に一度の割合で、善信が児島くんを誘うのだという。男二人で、ガッツリ系のものを食べに行くらしい。

児島くんと善信は五、六歳歳《とし》が離れている。善信はクールなところがあり、後輩を連れて飲んだりすることはない人間で、それが児島くんを自分から誘い出すというのはちょっと意外だった。

児島くんのことを善信が気に入っているのは確かで、だから誘うのか、それとも将来的に家族になることを踏まえてそんなことをしているのかはわからなかった。どちらでもいいことだ。

カウンターで女の子が何か叫んだ。善信が近づき、バスケットを受け取って戻ってきた。チキンが二本とポテトとコーラがあった。まあねえ、と言いながらチキンを食べ始める。

「おれも努力したのよ。親父は何だか知らないけど、まともに話を聞く気はないようで、電話で説得しても埒があかない。何だかんだで二回行きましたよ。直接交渉して、ようやく会うと言わせた。そこのところは評価してほしいよね」

すいません、と児島くんが頭を下げた。どうなの、とわたしは言った。

「お父さん、そんなに難しそう？」

ヤバイね、と善信が骨だけになったチキンを振り回した。

「態度は一貫している。許す気はないとはっきり言った。児島のことを話そうとするともう駄目だ。凄《すさ》まじく不機嫌な顔になって、どこかへ行っちまう。全身で拒絶している。前はもう少し話を聞く姿勢があったけど、ちょっとどうにもならないね。もう一度会うと言わせただけでも、我ながらたいしたもんだと思う」

「説得できる？」

できない、と善信がポテトをくわえた。時間にはいいかげんだが、食べるのは早い子で、その辺が児島くんと気が合うところなのだろう。

「何とかしてよ」

「そう言われてもねえ」善信があっと言う間にポテトを平らげた。「やってみるけど、期待はしないでほしい。親父はちょっと異常だ。老化現象なのかもしれない」

「そろそろ行った方がいいんじゃないでしょうか」児島くんが時計を見た。「十二時四十分です」

焦んなよ、と言いながら善信が二本目のチキンにかぶりついた。後にして、とわたしは命じた。

「持って帰って家で食べなさい。行くわよ」

そりゃ無理だ、とか何とか言いながら善信が口からチキンを離した。名残《なご》り惜しそうにバスケットに置き、コーラを一気に飲んで立ち上がった。

「それじゃ、行きますか」

わたしたちは出口へ向かった。ありがとうございました、という女の子の声が響いた。

6

家に着いたのは一時五分前だった。チャイムを鳴らすと、母が出てきた。

「来たわよ」

うん、とうなずいた母が家の中を指さした。

「待ってる」

リビング、と付け足した。わたしたちはそれぞれ靴を脱いで、中へ入った。児島くんは明らかに脅《おび》えていた。

「やあ、父さん」善信がアメリカ人のように明るい調子で言った。「天気がいいね。気持ちいいぐらいに晴れてるよ」

父がテーブルのいつもの席に座っていた。わずかに視線を上げて、わたしたちを確認している。児島くんが視界に入ったのか、不快そうに目を背けた。

「座ろうぜ」

善信が仕切る形で、わたしたちは空いていた席に座った。正直、ちょっと感謝していた。善信がいなかったら、どんなふうに話を進めていいのか、わたしにはわからなかっただろう。

「母さん、お茶」善信が言った。「油っこいもの食ったから、熱いのがいいんですけど」

母が台所に立ち、お湯を沸かし始めた。父がテーブルに置いてあった新聞を広げた。

勘弁してよ、と善信が新聞を取り上げた。

「そんなもの後で読みなさいって。どうなの、父さん。体調は？」

「別に」父が低い声で答えた。「悪いところはない」

「この前、膝が痛いとか何とか言ってたじゃない。それはどうなのよ」

「治った。つまらんことを言うな」

父が善信の手から新聞を取り返し、記事を読み始めた。母がテーブルにお茶を置いたが、目もくれずに読み進めている。

善信がわたしをちらりと見た。どうしろっていうのよ、と顔に書いてあった。

「お父さん、児島さんです」わたしは口を開いた。「前にも会ってもらったけど、今日はもうちょっといろいろ話せればいいなって」

「児島です」

児島くんが頭を下げた。父が新聞を読みながら片手でリモコンを取り上げて、テレビをつけた。何だかよくわからない旅番組が映し出された。

父がボリュームを上げた。かなりの音量だった。そりゃちょっと失礼なんじゃないの、と善信がつぶやいたが、完全に無視した。

善信がさまざまな方法で声をかけ続けたが、振り向くことはなかった。わたしも話しかけたが、ひと言も答えない。驚くべきことに、一時間以上父は姿勢ひとつ変えることなく、座り続けていた。

「駄々っ子じゃないんだ」善信が疲れた声で言った。「せめて話をしよう。姉さんがどうとか児島がどうとかはいい。父親だろう。二人姉弟が揃って顔を出しているんだ。何か言ったっていいんじゃないか?」

父は反応しなかった。黙ってテレビを見ている。

正確に言えば、見てはいないのだろう。テレビの方向を向いているというだけだ。善信とわたしは目をつぶった。どうにもならない。

「お父さん」

ずっと黙っていた児島くんが、初めて口を開いた。父の肩が一瞬動いた。

「ぼくがこんなことを言うのも何ですが、せめて晶子さんや善信さんと話してはもらえませんか。親子なんです。お父さんが不愉快な気持ちになっているのはわかりますが……」

「お前はわたしの子供じゃない」父が一時間ぶりに言葉を発した。「お父さんなどと呼ばれる筋合いはない。気分が悪くなる。二度と言うな」

すいません、と児島くんが頭を下げた。父が湯呑みに口をつけた。

「晶子が話し合いを望んでいるという。母さんも勧める。だが、そのつもりはない。今日はそれを伝えたかった」

「父さん」

「話し合いの余地はない。善信はその男をいい奴だという。そうなんだろう。いい奴なんだろう。それを認めないとか言ってるわけじゃない。経済的なことや社会的なことを言っているのでもない。金や仕事や地位は重要だが、絶対ではないことぐらいわかってる。善信の言う通りの男なら、いずれどうにかなるだろう。そんな話はどうでもいい。意見は変わらん。その男との交際は認めない」

「どうしてだ?」善信が言った。「理由を説明してくれ。納得できれば、おれも父さんの側に立つ。児島のことを諦めるように姉さんを説得してもいい。だけど、納得できればだ。そうじゃないなら……」

「意見は変わらない」父が言った。「許すことはできない」

「善信の言う通りです」不意に母が口を開いた。「それではわかりません。説明してください」

わたしは母を見た。母が父に正面からそんなことを言うのを、初めて聞いた。

善信が報告したように、母がわたしたちのことを認めるつもりでいることはわかっていた。最終的な意見なのだろう。精神的に応援してくれているのも知っていた。

だが、それとこれとは違う。他の家のことは知らないが、川村家では父の意見が絶対で、母はそれに従うものと決まっていた。

何でもかんでも従うということではない。むしろ美意識の問題といった方がいいだろう。夫を立てて、それをサポートするのが正しい妻の在り方だと母は考えていた。

実は、わたしもそう思っている。古いと言われようと何だろうと、そういう家庭を作りたいと考えていた。

わたしの知る限り、母が父に真っ向から反対したことはない。父の意見を重視し、尊重していた。今どきの若い子のように、自分が自分がと我を張ることなく、一歩下がって従うという態度を崩したことはない。そんな母がなぜと思ったが、母の表情は普通だった。

「あなたには説明をする義務があります。この子たちは愛し合っています。わたしにはわかります。お互いを思い、大切にしている。それを認めないというのなら、しかるべき理由が必要です。父親だろうが何だろうが、人としての筋を通してください」

うるさい、と父が言った。その声が少しかすれていた。

「若いからというのは、理由になりません」母が父の目を覗き込んだ。「意味なく歳だけ重ねて生きている人も多い。釣り合いが取れないというのは、そういう人たちもいるということで、この子たちがそうとは限りません。親はただ信じてやるしかないんです」

父が立ち上がった。テーブルに膝がぶつかり湯呑みが倒れたが、直そうとはしなかった。お茶がこぼれて、辺りを濡《ぬ》らした。

「もういい。話すことはない。終わりだ。帰ってくれ」

言い捨てた父がリビングから出ていこうとした時、母が椅子を蹴り倒さんばかりの勢いで立ち上がった。六十八歳の老人とは思えない動きだった。そのまま父の正面に回り込み、立ち塞《ふさ》がった。

「そこをどきなさい」

父が吼《ほ》えた。次の瞬間、母の右手が鞭《むち》のようにしなった。右の手のひらが父の頬に食い込み、凄まじい音が鳴った。

「何をする」父が頬を押さえた。「……殴ることはないじゃないか」

「殴らなきゃわからないから殴ったんです」母が澄ました顔で言った。「しつけだと思いなさい」

母さん、と善信が呼んだが、母はまっすぐ父を指さした。

「あなたには理由なんかない。ただ反対している。若いからとか、バランスが取れないとか、ちょっと聞くとそれっぽいことを言っていますけど、本当はそんなことどうでもいい。あなたは、娘が他の男のものになるということを認めたくないだけなんです」

「そんなことは……」

「どんなに条件の整っている人を晶子が連れてきたとしても、あなたはどこかに粗《あら》を見つけて反対したでしょう。お見合いを勧めた時だって、晶子がどうせ断るのを見越してのことだとわたしにはわかっています。あなたは晶子を大切な存在だと考えていた。何にも代え難いものだと思っていた。照れ臭い言い方をすれば、愛していました。何十年一緒にいると思ってるんですか。そんなことぐらいすぐわかります」

「親だぞ。当たり前のことだ。娘を愛して何が悪い」

「悪いなんて言ってません。娘を大事に思い、愛し、誰にも渡したくないと思うのは自然な感情です。だけどね、お父さん。どこかで諦めなければなりませんよ」

「……何を言ってる」

　父がつぶやいた。母が首を振った。

「愛していることはわたしが認めます。誰よりも晶子を愛しているのはお父さんです。児島さんは自分の方が愛していると言うかもしれませんが、そんなことはありません。お父さんの方が遥かに上です。でもね、だからこそ許してあげないと。晶子はあなたの娘です。だけどあなたの所有物じゃありません。誰かを信じて、託さなければならないんです」

「……お前だって、反対していたじゃないか」弱々しい声で父が言った。「あんな訳のわからない若い男は駄目だと、お前も言ってた。お父さんの言う通りですと言ってたじゃないか」

「児島さんが若いのは事実です」母が淡々と言った。「社会に出たばかりの人で、経験が足りないのは本人だって認めるでしょう。仕事もよくわからないし、給料だっていいとは思えない。そんな男と結婚すれば苦労するのは目に見えてました。反対するのは当たり前です。あたしは母親ですよ。母親にとって現実というのは、そういうことです」

「だったら……」

「だけど、考え直しました」母がわたしと児島くんを見て、にっこり笑った。「苦労してもいいじゃありませんか。あたしだってお父さんと一緒になった頃は苦労しました。いろんなことがあった。だけど、今振り返ると悪いことじゃなかった。むしろ楽しかった。苦労したり、失敗したり、後悔したり、そういうことがあるから面白いんです。いいことばかりの人生なんて、つまらないと思いませんか?」

父の唇からささやきが漏れた。裏切り者、と言っているのがわかるまでしばらくかかった。今どき時代劇でも、なかなか出てこない台詞だろう。

「もういいじゃありませんか」母が父の肩に手を置いた。「許してあげなさい。あなたもわかっているはずです。それが晶子のためになるって」

父の背中が震《ふる》え出した。静かに、ではない。激しく肩が上下していた。

異音がした。父の口から発していることに気づいたのは、かなり経ってからのことだ。父が振り向いた。泣いていた。号泣といってもいい。両眼から大粒の涙が後から後からあふれ出していた。

わたしは自分が考え違いをしていたことにようやく気づいた。確かに、川村家では父の意見が重要視される。

父の決めたことは絶対で、母もわたしも善信もそれに従う。そういうものだと思っていた。

だが、そのルールを定めたのは誰かを考えると、実は母だった。母がどこでそんな知恵をつけたのか知らないが、父を立てることで家族をまとめた方が万事うまくいくとわかっていた。

父の決定が正しければその通りにするし、違うと判断すればうまく話して意見を変えさせた。正面から異を唱えるのではなく、父を尊重する態度は崩さず、何十年も父をコントロールし続けた。

騙したというわけではない。母にもそんなつもりはなかっただろう。その方がいろんなことがうまくいく、という現実的な判断ではなかったか。事実、川村家はうまく回っていたのだ。

家の中心は母だった。それは父もわかっていたのではないか。

お互いに理解しながら、父親と母親という立場を演じ続けた。それは何十年も続き、しまいには演じているという自覚もなくなっていたかもしれない。

わたしはそんな両親のことをわかっていなかった。見かけ通り、父の意見が最優先されると思っていた。わたしと児島くんのことに関しても、母の意見は重視しなかった。父が賛成すれば母も従うだろうと考えていた。

だから、父を説得すべく動いた。父さえ理解してくれれば母も納得する。そのはずだった。

だが、そうではなかった。わたしは順番を間違えていた。まず母を説得するべきだったのだ。

最初からそうしていれば、どういう手段を用いたかはわからないが、母が父を何とかしてくれただろう。時間はかかったかもしれないが、結局父は母に従ったはずだ。

最終的に、母はわたしたちの関係に賛成しようと決めた。それがいつのことだったのかはわからないが、そんなに前ではなかったのではないか。

母の言った通りで、父は男親の感情でわたしたちを許さなかった。それを説得するだけの時間がないまま、今日を迎えていた。

父は母も反対していると信じていたから、安心して持論を主張した。言葉で説き伏せる余裕がなかった母は、平手打ちという手段で父を説得しようとした。それであんなことをしたのだ。

結局、わたしには何もわかっていなかった。両親のことも、家族のことも、本当には理解していなかったのだ。

ただ、わかっていたこともある。わたしは父と母と弟のことが好きだという事実だ。そして、三人もわたしのことを間違いなく大事に思っている。それさえわかっていれば、十分なのかもしれなかった。

そして、これからわたしにも父や母がどんなことを考えていたのかわかるようになるはずだった。なぜなら、わたしも両親と同じ立場になるからだ。

「あたし、妊娠してる」わたしは言った。「来年産まれる。母親になるの」

父が凄まじい声を上げて泣き始めた。嬉しいのか、悲しいのか、怒っているのかはわからなかった。

母が父の肩に手を回して抱きしめるようにした。父がその手にすがるようにして、更に大きな声で泣き続けた。

7

十月一日、わたしと児島くんはグアムにいた。わたしのお腹はすっかり大きくなっていた。

ドアがノックされた。はい、と返事をするとモーニング姿の児島くんが入ってきた。白のモーニング、白のワイシャツ、白のネクタイ。にっこり笑っている。

「きれいだ、晶子さん」

わたしは立ち上がった。ウエディングドレスを着ていた。

突き出したお腹をさすりながら、あなたも素敵よ、と言った。児島くんが大きな声で笑った。

わたしたちがグアムに来ているのには理由があった。児島くんが入社した会社が、どこでそういうことになったのかはわからないが、グアムにある大手ホテルグループのすべてのコンピューターのメンテナンスを請け負うというビジネスを始めたのだ。

会社は本来広告代理店のはずだったが、利益が出るならどんな仕事でもやるという社長の方針もあって、そんなことにもチャレンジしたのだという。アメリカ資本のそのホテルグループから、日本の民間会社が仕事を受注するというのは極めて異例なことで、ヤフーニュースでも取り上げられたほど大きな事件だった。

児島くんはどういうわけか、入社したばかりだというのにそのプロジェクトのメンバーに選ばれていた。今後数年にわたって、日本とグアムの間を頻繁《ひんぱん》に往復することになるらしい。何のためなのか聞いたが、本人もよく理解していなかった。

まずは現地に行って視察するように、という命令が下ったのは八月の終わりだ。十月一日に行くことが決まり、それに向けて準備をしていたのだが、九月の二週目に担当者が急遽《きゅうきょ》中東へ行かなければならなくなったので、十月五日まで待ってほしいという連絡が先方からあった。

先延ばしにしてもよかったのだが、新しい会社というのはそういうものなのか、予定通り十月一日に現地入りして、五日まで待機するようにという指示が出た。休みをくっつけて前乗りしたらどうかと考えついたのは児島くんだった。会社の了解は取れたという。

九月末からグアムに入って、プレ新婚旅行をしよう。結婚式も挙げよう。児島くんはそう言った。その提案には心引かれるものがあった。妊娠も安定期に入り、当初の不安も消えていた。

わたしと児島くんは旅行というものをしたことがなかった。忙しかったというのが主な理由で、それどころじゃなかったというのが実際のところだったが、それもいいかもしれないと思った。

もちろん、わたしの旅費や滞在費は自分で払うつもりだったし、自分たちがプライベートで使う部分については、出張費を返上するということで児島くんは会社と話をつけていた。その辺が新しい会社のいいところで、入社したばかりの新入社員のわがままを理解してくれた。

幸い、わたしの仕事は一段落ついていた。ぶっちゃけ有給や代休は死ぬほど残っており、総務からはせめて代休だけでも消化してほしいと言われていた。労働基準法との兼ね合いがあるのだ、ということだった。

会社は休める。お互いの家とも何とか話はついた。子供が産まれたら、結婚式や新婚旅行について後回しになるのはわかりきったことだった。その前に形だけでも新婚夫婦的なことができるのは、このタイミングしかないように思われた。

とはいえ、時間はない。無理だろうなと思いつつ旅行会社に行って、二週間後にグアムで結婚式を挙げたいのですがと相談すると、そんな無茶なという顔をした担当者が泣きそうになりながら飛行機とホテルを調べてくれたが、予想通り空きはなかった。

仕方がないねと二人で家に帰ったところで、児島くんの携帯が鳴った。さっきの旅行会社の担当者で、ウエディングプランのついたホテルにキャンセルが入り今なら押さえられる、飛行機の方も直接ＪＡＵに確認したところ二席だけ確保できた、どうしますかという連絡だった。

お願いしますお願いしますと児島くんが言い、そのまま旅行会社にとって返した。すったもんだがあったのだが、とにかく申し込んだ。すべてぎりぎりではあったが、何とかクリアできた。

ウエディングプラン自体は一種の決まり事なので、問題はなかった。ドレスやその他をこちらで用意する必要もない。チャペルで結婚式を挙げ、神父がつく。すべてホテルと旅行会社がやってくれるので、面倒はないということだった。

わたしたちは親や友人、会社関係の人たちにその話をして、了解を取り付けた。反対したのは父で、二人だけで結婚式を挙げるとはどういうことかとごねたのだが、無理やり納得させた。

子供が産まれてしかるべき時期になったら、きちんとした式を挙げるのだからと説明すると、だから若い奴は嫌いなんだと言いながらも、どうにか許してくれた。

そういう流れで、わたしたちはグアムにいた。飛行機に乗る直前まで大騒ぎで、わたしは空港から仕事のメールを送っていたぐらいだったが、とにかく収まるところに収まり、グアム国際空港に到着していた。

着いたのは今朝八時で、そのままホテルに直行した。衣装合わせや打ち合わせが四時間ほど続いたが、それも無事に終わり、すべての準備が整っていた。結婚するのだ、という実感が湧いたのはほんの数分前のことだ。

「そうですよ。結婚するんですよ」

児島くんが言った。本当にしますか、とわたしはお腹に触れた。しましょうよ、と児島くんがちょっと不安そうな顔になった。

「いや、まあ、その……嫌なら止めてもいいんですけど」

「何でいきなり弱気になるのよ」

「あの……晶子さんがあんまりきれいなんで、ちょっとぼくじゃ分不相応かなあって……」

児島くんは真剣だった。すぐおばあちゃんになる、とわたしは言った。

「それでもいいの？」

「すぐ追いつきます。ぼくもおじいちゃんになりますよ」

「それは困るわ。おじいちゃんと結婚なんかしたくない」

児島くんがわたしの手を握った。温かい手だった。

「ぶっちゃけますけど、めちゃめちゃ好きです」

わたしの目を見つめながら言った。その彼を無言でハグした。児島くんが震えていた。泣いているようだった。

「めちゃくちゃ幸せになってやろう」わたしはうなずいた。「一生バカップルでいよう」

ノックの音がした。ドアが開き、若い女性と中年の外国人が入ってきた。

女性は旅行会社の担当者で、今から始まる結婚式を仕切ることになっていた。外国人はホテル付きの神父で、日本語も話せた。

「そろそろお時間です」女性が言った。「準備はよろしいでしょうか」

わたしと児島くんは手をつないだまま、はい、と首を縦に振った。ではチャペルに移動しましょう、と女性が先に立って部屋を出た。

「よかったでんな」

神父がわたしの肩を叩いた。日本語に堪能《たんのう》なのは間違いないが、どういうわけかこてこての大阪弁だった。

「奥さん、お子さんいてますのやろ。ええこっちゃ、幸せになれまっせ」

ありがとうございます、と児島くんが言った。うちはな、と神父が胸を張った。

「うちとこの教会で式を挙げはった人は、みんな幸せになってますのや。間違いおまへん。百組以上立ち会いましたが、みんなハッピーや」

自信たっぷりにうなずいた。なぜ大阪弁なのかがどうしてもわからなかったが、何となく説得力があった。

「ええ天気や。結婚式日和《びより》や」

ホテルの廊下に外からの光が射《さ》し込んでいた。わたしたちは歩き続けた。

二人の子供が立っていた。四、五歳だろうか。女の子と男の子だ。手に小さなブーケを持っている。神父が立ち止まり、わたしたちも足を止めた。

「オメデトゴザイマス」

女の子がブーケを差し出した。恥ずかしそうにしていた男の子も同じようにした。

「この子らは、うちとこの教会で式を挙げはったカップルのお子さんです」神父が子供たちの頭を撫《な》でた。「お二人のために来てくれはりました。正味な話、アルバイトでんな。お金払うて来てもらってます」

そこは言わなくていいんじゃないだろうか。でも神父は笑っていた。まあいいや、とわたしたちも笑った。

女の子と男の子がわたしたちの手を取った。先に立って歩きだす。ほな行きまひょか、と神父が言った。

「今日は他に二組おるんでね。忙しいこっちゃ。商売繁盛商売繁盛」

わたしと児島くんは子供たちに引っ張られるようにして歩を進めた。空いていたわたしの手を握った児島くんが、やっぱり子供は二人以上欲しいよね、とつぶやいた。

「頑張ってみません？」

頑張りましょう、とわたしはうなずいた。四十を過ぎても子供を産もう。大丈夫だ。わたしならできる。

「すいませーん、少し急いでください」前を行っていた女性が振り向いた。「お願いしまーす」

わたしと児島くんは顔を見合わせて笑った。ウエディングドレス姿の妊婦だったが、わたしは大股で廊下を進んだ。

子供たちと神父もついてくる。どこかから、コングラッチュレーション、という声が聞こえた。

女性がドアを開けて待っている。わたしと児島くんはそのドアに向かって駆け出した。

解説

林　毅
（豊川堂本店）

先日、我が家の愛猫「くり」が、二年と七カ月という短い生涯を終えました。白血病でした。

もともと近所のコンビニの隣にいた子猫で、車窓越しに偶然見つけ近寄って行くと、逃げるどころかその場で横になってごろんごろん。その姿を見て妻は「私を連れてってと言っているよ」と言って（今思えば体が弱くてただ逃げることもできなかっただけかもしれませんが）、我が家で一緒に暮らすことになった。

「くり」は（ノラなので実際はかなり汚れていたのだけれど）、栗色の毛が美しい愛くるしい子猫だった。そして、子猫とはいっても発達障害があるのかと思うくらい、とてもとても小さい猫だった。その後は健康的に育っていたかと思っていただけに、突然の発病から1カ月もしないうちにこの世を去ってしまったのは、言い表せないほどショックが大きかった。

「くり」の亡骸《なきがら》を見ながら、家に拾われてきてはたして幸せだったのか？　それで良かったのか？　そう考えたのだけれど、振り返ってみればこれほど楽しく幸せな日々はなかったわけで、やはり出会えて良かったのだと、そう思えてきました。

『可愛いベイビー』は、三十八歳のＯＬと二十四歳の青年の恋の行方を描いた物語であるが、これは「年下」シリーズ三部作の最終巻なのである。本書だけでも十分楽しめると思うのだけれど、できればふたりの「出会い」をしっかりと確かめていただきたい。出会うということはホントに素敵なことです。三冊を通して読めば、物語はさらに深く楽しめるに違いないと思う。

一作目『年下の男の子』で、ふたりは出会う。

飲料メーカー・銘和乳業の広報課に勤める当時三十七歳の川村晶子さん（結婚はしないだろうと思って、自分でマンションを買ってしまうのだ）。そんな彼女の前に、仕事を通して知り合ったＰＲ会社の契約社員、二十三歳の児島くんが現れる。なんと十四歳も年下の彼から好意を示されるのだが、そんなのは現実的に無理だよねって、晶子さんも最初は思う。でも「どうしても川村さんじゃないと駄目なんです」なんていう彼に、だんだんと惹かれていってしまうのだ。でもでも、将来を考えると、彼とは無理だ、別れた方が良いのだと思うに至る。途中、部長からの求婚があって心が揺らぐ晶子さんだったが、最後は、彼の両親のもとを訪れ「息子さんをお婿にください。わたしが幸せにしてみせます」なんて啖呵《たんか》を切ってしまうのだった。

続く二作目が『ウエディング・ベル』。

一度は結婚を決意した晶子さんだったが、なかなかその後はうまく運んでいかない。年齢差を理由に父親には反対をされ、結婚への糸口がつかめぬまま時ばかりが過ぎていく。

恋もうまくいかなきゃ仕事もって感じで、どちらも平行線。宣伝部に異動になった晶子さんは大忙しなのだ。大ヒット商品となったドリンク「モナ」の増産をめぐって宣伝部との販売部意見の対立があり、これも解決の糸口すら見つからない。おまけに主力商品のスナック菓子「スムーザック」に使われている中国産小麦粉が汚染されている事実が発覚したりして、そりゃまあタイヘンなわけ。でも年下の彼の一言をヒントに、事態を打開。結婚問題にも一計を案じ、最後は、なんとか両家の親を会わせることに成功する。しかし話はそこで終了。こんなに話が進んでいかないなんて、アリ⁉　まったくじれったいというかもどかしいというか。でもそれは、年の差婚はそれだけ難題なのだということの表していているのかもしれないとも思えてくる。はたして日々は続いてゆくのである。

そして、三作目となる『可愛いベイビー』。完結編である（今度こそなんとかせねば、五十嵐さん‼）。いやが上にも結婚への期待が高まってくる（いや、その先の出産までも期待させるタイトルであるわけで）いやいや、ようやく来たかという感じである。

ここから先は本作のネタバレになりますので、未読の方はご注意ください。

いきなり児島くんから、ＰＲ会社をリストラされたとの報告。またもや多難なスタートである。そうして生活費節約のためにふたりは、想定外の同棲生活に突入することに。（もしかしてこのままなし崩し的に結婚なのかと思ったりもしますが）、でもまだそううまくはいかない。晶子さんといえば、これまで以上にキャリアウーマン的になった印象で、新商品「ツバサ」のＣＭ制作に奔走中。売れっ子モデル長谷部レイを起用した、社運を賭けたＣＭ撮りの話で盛り上がってくるのだけれど（その辺の仕事ぶりも実は興味深かったりします）、ふたりの結婚には相も変わらず周囲は賛否両論のまんま。

結婚はまだまだ。

そんななか、突如として晶子さんにからだの不調が。まさかの妊娠!!? となる。はたして児島くんの再就職は? 二人の結婚は? いやいや、どうなるどうなる……。

逡巡する晶子さんに、児島くんは言う。「すべては偶然なんかじゃなかった。会社が潰れ、契約社員として働かなければならなかったことも、社員のミスの穴埋めで徹夜仕事に行かされたのも、すべてはその女の人に出会うためだった。大きく言えば生まれてきたのもこの人と会うためだとわかった。晶子さんが六十歳でも十四歳でも好きになったでしょう」って。だから晶子さんは「あたしをお嫁さんにしてくれる?」と言ってしまったのだ。

そうして(残り頁が少なくなってくるなか)話はしっかりきれいにまとまって完結する。おばあちゃんの一言も良かったし、お母さんのビンタも良かった。お父さんの気持ちもよく分かった。いや、なんだか安心しました。

(はじめて書いた作品という)「TVJ」が第十八回サントリーミステリ大賞優秀作品賞を受賞、続いて五十嵐さんは、二〇〇一年、「リカ」で第二回ホラーサスペンス大賞を受賞、衝撃のデビューをした。これまでに四〇を越える作品を送り出していて、かなり多作な作家といえるが、「相棒」で歴史・時代小説を対象にした第十四回中山義秀文学賞の候補に、「サウンド・オブ・サイレンス」で児童文学の賞で知られる第二十八回坪田譲治文学賞の候補になるなど、さまざまな文学賞にノミネートされている。幅広い作風をもった、実に多彩な作家である。「パパとムスメの7日間」や「交渉人」などドラマ化の作品もあるように、とてもテンポのいいエンターテイメント作品も多いし、（ミステリ作家と言われるけれど）青春小説やスポーツ小説などにも面白い作品が多い。何より男性でありながら女性を主人公にした物語をいくつも書き上げていて、個人的にはその辺がとても好み。

本作シリーズの（女性が年上という）年の離れたカップルの結婚というのは、やはりあるようでない話だと思って読んだのだけれど、ラブコメ的なテイストでありながらも、現実を踏み外さないというか、リアルさを失わない話運びには、感心させられた（これも作者の筆の力でしょう）。晶子さんと児島くんのさまざまなエピソードを読みながら、困難はあってもこういう年の差婚はアリだとも思えてくる。そういうのも素敵だなと思えてくる。三冊に及ぶ長い物語のなか（実際は出会ってから二年も経っていないわけですが）、ホントにいろんなことがあった。児島くんのやさしくてのんびりしたキャラクターも良かった。最後は、心が温かくなる話でした（晶子さん、児島くん、おめでとう）。

三作で完結ということですが、ふたりのその後を（いや、三人になっていますね）、また読んでみたいとも思う。子育てに追われながらも仕事をする晶子さんを、見てみたいです（五十嵐さん、お願いします）。

ライアル・ワトソン博士の著書に『水の惑星』という本があるのだけれど、それには地球という星がいかにして誕生したかが記されている。それはもう偶然に偶然が重なって生まれた地球。つまり「奇跡の星」なのですね、地球は。その奇跡の星に生まれて、そこで人と人とが出会うこと。それはもうすべて奇跡というしかありません。しかも晶子さんと児島くんの場合、普通は恋愛の対象外ともいえる十四歳差。そもそもあまり出会わないわけで、出会ったとしても成就しないですよね、普通。だからこそふたりの出会いは奇跡中の奇跡。ふたりの素晴らしい軌跡を、皆さまにも体感していただきたいと思う（これをお読みの方には晶子さんのような女性も多いですよね）。そして晶子さんのように、パズルの最後のピースがぴたりとはまるような「出会い」をしていただければと思ったりもします。

五十嵐さんは、あるようでいて「ない」物語を描きます。でもそれは「ある」のです。

本書は、二〇一四年五月に刊行された同題の作品を文庫化したものです。
文庫化にあたり、大幅な修正、加筆がなされています。

実業之日本社文庫　最新刊

有栖川有栖
幻想運河
水の都、大阪とアムステルダム。遠き運河の彼方から静かな謎が流れ来る――。バラバラ死体と狂気の幻想が織りなす傑作長編ミステリー。（解説・関根亨）
あ151

五十嵐貴久
可愛いベイビー
38歳課長のわたし、24歳リストラの彼。年齢、年収、キャリアの差……このカップルってアリ？ナシ？　大人気「年下」シリーズ待望の完結編！（解説・林 毅）
い33

風野真知雄
「おくのほそ道」殺人事件　歴史探偵・月村弘平の事件簿
俳聖・松尾芭蕉の謎が死を誘う!?　ご先祖が八丁堀同心の若き歴史研究家・月村弘平が恋人の警視庁捜査一課の上田夕湖とともに連続殺人事件の真相に迫る！

か16

河治和香
どぜう屋助七
これぞ下町の味、江戸っ子の意地！　老舗「駒形どぜう」を舞台に描く笑いと涙の江戸グルメ小説。料理評論家・山本益博さんも舌鼓！（解説・末國善己）
か81

倉阪鬼一郎
料理まんだら　大江戸隠密おもかげ堂
蝋燭問屋の一家が惨殺された。その影には人外の悪しき力が働いているようで…。人形師兄妹が、異能の力で巨悪に挑む！　書き下ろし江戸人情ミステリー。

く44

実業之日本社文庫　最新刊

佐川光晴
鉄道少年
国鉄が健在だった一九八一年。ひとりで電車に乗っている男の子がいた——。家族・青春小説の名手が贈る、謎と希望に満ちた感動物語。（解説・梯 久美子）
さ61

沢里裕二
処女刑事 横浜セクシーゾーン
カジノ法案成立により、利権の奪い合いが激しい横浜。性活安全課の真木洋子らは集団売春が行われるという花火大会へ。シリーズ最高のスリルと興奮！

さ34

鳥羽 亮
三狼鬼剣 剣客旗本奮闘記
深川佐賀町で、御小人目付が喉を突き刺された。連続殺人と強請り。非役の旗本・青井市之介は、悪党たちを追いかけ、死闘に挑む。シリーズ第一幕、最終巻！

と212

畑野智美
運転、見合わせ中
電車が止まった。人生、変わった？ 朝のラッシュ時、予想外のアクシデントに見舞われた男女の〝今この瞬間〟を切り取る人生応援小説。（解説・西田藍）
は81

南 英男
特命警部 醜悪
闇ビジネスの黒幕を壊滅せよ！ 犯罪ジャーナリストを殺したのは誰か。警視庁副総監直属の特命捜査官・畔上拳に極秘指令が下った。意外な巨悪の正体は？

み75

実業之日本社文庫　好評既刊

五十嵐貴久
年下の男の子
37歳、独身OLのわたし。23歳、契約社員の彼。14歳差のふたりの恋はどうなるの？　ハートウォーミング・ラブストーリーの傑作！（解説・大浪由華子）
い31

五十嵐貴久
ウエディング・ベル
38歳のわたしと24歳の彼。年齢差14歳を乗り越えて結婚を決意したものの周囲は？　祝福の日はいつ？　結婚感度UPのストーリー。（解説・林 毅）
い32

赤川次郎
死者におくる入院案内
殺して、隠して、騙して、消して――悪は死んでも治らない？「名医」赤川次郎がおくる、劇薬級ブラックユーモア！　傑作ミステリ短編集。（解説・杉江松恋）
あ18

赤川次郎
恋愛届を忘れずに
憧れの上司から託された重要書類がまさかの盗難！新人OL・恭子は奪還を試みるのだけれど――。名手がおくる痛快ブラックユーモアミステリー。

あ110

赤川次郎
忙しい花嫁
この「花嫁」は本物じゃない…謎の言葉を残した花婿がハネムーン先で失踪。日本でも謎の殺人が!?　超ロングランシリーズの大原点！（解説・郷原 宏）
あ112

碧野 圭
辞めない理由
あきらめない、編集の仕事が好きだから……大ヒット『書店ガール』著者がすべての働く女性へ贈る、痛快お仕事エンターテインメント！（解説・大森望）
あ55

実業之日本社文庫　好評既刊

朝比奈あすか
闘う女
望まぬ配属、予期せぬ妊娠、離婚……変転の人生を送ったロスジェネ世代キャリア女性の20年を描く。要注目の新鋭が放つ傑作長編！（解説・柳瀬博一）
あ71

あさのあつこ
花や咲く咲く
「うちらは、非国民やろか」――太平洋戦争下に咲き続けた少女たちの青春と運命をみずみずしい筆致で描いた、まったく新しい戦争文学。（解説・青木千恵）
あ121

池井戸 潤
空飛ぶタイヤ
正義は我にありだ――名門巨大企業に立ち向かう弱小会社社長の熱き闘い。『下町ロケット』の原点といえる感動巨編！（解説・村上貴史）
い111

池井戸 潤
不祥事
痛快すぎる女子銀行員・花咲舞が様々なトラブルを解決に導き、腐った銀行を叩き直す！　テレビドラマ「花咲舞が黙ってない」原作。（解説・加藤正俊）
い112

池井戸 潤
仇敵
不祥事を追及して職を追われた元エリート銀行員・恋窪商太郎。彼の前に退職のきっかけとなった仇敵が現れた時、人生のリベンジが始まる！（解説・霜月 蒼）
い113

恩田 陸
いのちのパレード
不思議な話、奇妙な話、怖い話が好きな貴方に――クレイジーで壮大なイマジネーションが跋扈する恩田マジック15編。（解説・杉江松恋）
お11

実業之日本社文庫　好評既刊

熊谷達也
オヤジ・エイジ・ロックンロール
大学時代以来のギターを再開した中年管理職のオヤジにロック魂が甦る——懐かしくも瑞々しいオヤジ青春小説。ロック用語講座も必読！（解説・和久井光司）
く51

黒野伸一
本日は遺言日和
温泉旅館で始まった「遺言ツアー」は個性派ぞろいの参加者たちのおかげで大騒ぎに…『限界集落株式会社』著者の「終活」小説！（解説・青木千恵）
く71

桜木紫乃
星々たち
昭和から平成へ移りゆく時代、北の大地をさすらう女の数奇な性と生を研ぎ澄まされた筆致で炙り出す。桜木ワールドの魅力を凝縮した傑作！（解説・松田哲夫）
さ51

平　安寿子
こんなわたしで、ごめんなさい
婚活に悩むＯＬ、対人恐怖症の美女、男性不信の巨乳……人生にあがく女たちの悲喜交々をシニカルに描いた名手の傑作コメディ７編。（解説・中江有里）
た81

千早　茜
桜の首飾り
あの人と一緒に桜が見たい——気鋭作家が贈る、桜の季節に人と人の心が繋がる一瞬を鮮やかに切り取った、感動の短編集。（解説・藤田宜永）
ち21

知念実希人
仮面病棟
拳銃で撃たれた女を連れて、ピエロ男が病院に籠城。怒濤のドンデン返しの連続。一気読み必至の医療サスペンス、文庫書き下ろし！（解説・法月綸太郎）
ち11

実業之日本社文庫　好評既刊

西川美和
映画にまつわるXについて
『ゆれる』『夢売るふたり』の気鋭監督が、映画制作秘話や、影響を受けた作品、出会った人のことなど鋭い観察眼で描く。初エッセイ集。（解説・寄藤文平）
に41

新津きよみ
夫以外
亡夫の甥に心ときめく未亡人。趣味の男友達が原因で離婚されたシングルマザー。大人世代の女が過ごす日常に、あざやかな逆転が生じるミステリー全6編。

に51

原田マハ
星がひとつほしいとの祈り
時代がどんな暗雲におおわれようとも、あなたという星は輝きつづける──注目の著者が静かな筆致で女性たちの人生を描く、感動の7話。（解説・藤田香織）
は41

原田マハ
総理の夫　First Gentleman
20××年、史上初女性・最年少総理となった相馬凛子。夫・日和に見守られながら、混迷の日本の改革に挑む。痛快&感動の政界エンタメ。（解説・安倍昭恵）
は42

春口裕子
隣に棲む女
私の胸にはじめて芽生えた「殺意」という感情──生きることに不器用な女の心に潜む悪を巧みに描く、戦慄のサスペンス集。（解説・藤田香織）
は11

花房観音
萌えいづる
『女の庭』をはじめ、話題作を発表し続けている団鬼六賞作家が、平家物語をモチーフに、京都に生きる女たちの性愛をしっとりと描く、傑作官能小説！

は22

実業之日本社文庫　好評既刊

東野圭吾
白銀ジャック
ゲレンデの下に爆弾が埋まっている——圧倒的な疾走感で読者を翻弄する、痛快サスペンス！　発売直後に100万部突破の、いきなり文庫化作品。

ひ11

東野圭吾
疾風ロンド
生物兵器を雪山に埋めた犯人からの手がかりは、スキー場らしき場所で撮られたテディベアの写真のみ。ラスト1頁まで気が抜けない娯楽快作、文庫書き下ろし！

ひ12

東野圭吾
雪煙チェイス
殺人の容疑をかけられた青年が、アリバイを証明できる唯一の人物——謎の美人スノーボーダーを追う。どんでん返し連続の痛快ノンストップ・ミステリー！

ひ13

宮下奈都
よろこびの歌
受験に失敗し挫折感を抱えた主人公が、合唱コンクールをきっかけに同級生たちと心を通わせ、成長する姿を美しく紡ぎ出した傑作。（解説・大島真寿美）
み21

宮下奈都
終わらない歌
声楽、ミュージカル。夢の遠さに惑う二十歳のふたりは、突然訪れたチャンスにどんな歌声を響かせるのか。青春群像劇『よろこびの歌』続編！（解説・成井豊）
み22

水生大海
ランチ探偵
昼休み十時間有給、タイムリミットは2時間。オフィス街の事件に大仏ホームのOLコンビが挑む。安楽椅子探偵のニューヒロイン誕生！（解説・大矢博子）
み91

実業之日本社文庫 い33

可愛《かわい》いベイビー

2017年4月15日　初版第1刷発行

著　者　五十嵐貴久《いがらしたかひさ》

発行者　岩野裕一
発行所　株式会社実業之日本社
〒153-0044　東京都目黒区大橋 1-5-1
クロスエアタワー 8 階
電話 [編集]03(6809)0473 [販売]03(6809)0495
ホームページ　http://www.j-n.co.jp/
印刷所　大日本印刷株式会社
製本所　大日本印刷株式会社

フォーマットデザイン　鈴木正道(Suzuki Design)

ISBN978-4-408-55349-8（第二文芸）